슈리아
유미스 에르미아

미나리스
"정말, 너무나 꼴사나워서
아무에게도 보여줄 수가 없군."
우케이 카이토

캐릭터 상관도
공범
토끼 수인
미나리스
용사
우케이 카이토
복수
복수
카이토의 첫 번째 때
주요 파티 멤버
인족 지상주의 마을의 소녀
루샤
자매
마술사
유미스
왕녀
알레시아
『붉은 눈동자』의 소유자
슈리아
상인
그론드
성녀
메테리아

# 두 번째 용사는 복수의 길을 웃으며 걷는다

## 2 ~꿈에 미친 마술사~

키즈카 네로
Kizuka Nero

“언니는 대단하세요.
노력가이고 마음씨 곱고
셀미의 병도
고쳐줬어요!”

"이봐, 너희의 목숨은 말이야.
나의 천칭을 기울어뜨릴 만큼
무거운가?"

# 프롤로그

추억이란 마음속 천칭을 얼마나 기울어지게 할 수 있을까.

장소 자체에는 의미가 없다.

중요한 것은 마음속에 있는 기억이기에 어느 누구도 결코 빼앗아 가지 못한다.

지금도 반짝반짝 빛나고 있고, 첫 번째 때의 내게도 남아 있었던 몇 안 되는 보물.

……그럼에도, 그래서 더더욱, 소중했던 보물이 더러운 손에 더럽혀진 기분이었다.

그래, 그때 너희는 그 장소에 어떤 의미가 있는지 전혀 몰랐을 테지.

그래, 어쩌면 너희에게는 당연한 행동이었겠지.

그럼에도 내게는 충분하고도 넘치도록 죽이고 또 죽여버리고 싶은 이유이기에.

이봐, 너희는 어떻게 생각하지?

누군가를 죽이는 데 특별히 이유 따위를 필요로 하지 않는 이 세계에서.

어제는 서로 웃었던 녀석들과 다음 날에는 적이 되어 마주하는 이 세계에서.

진흙탕 밑바닥을 기어서 돌아다니는 것 같은, 내가 바라보고 있는 이 세계 속에서.

이봐, 너희의 생각은 어떻지?
너희 목숨은 정말로,

……내 마음속 천칭을 기울어뜨릴 만큼의 무게가 있다고 자신하나?

# 제1장 뜻밖의 재회와 마음의 천칭

왕도를 떠나고 며칠 뒤.

어제도 오늘도 죽죽 이어지는 길을 걸어 나아간다. 바뀐 점을 말하자면 주위의 나무들이 잡목림에서 숲이라고 말할 수 있는 수준까지 밀도가 늘어났다는 것이려나.

"으음……. 역시 말기군."

"네? 무슨 말씀이세요?"

"아니, 대낮에 이렇게 모습도 바꾸지 않고 가도 한복판을 걸어가려니까 도무지 진정이 안 되네."

내가 탄식하자 말을 건네는 미나리스에게 대답해줬다.

최근, 첫 번째 때의 이동 중에는 배반자들의 추격이 지독했었기 때문에 이토록 평화로운 분위기가 아니었다.

오로지 캄캄한 밤을 틈타 『어둠 정령의 옷』의 능력을 최대한으로 이끌어 낸 다음에 인식을 저해하는 심검의 능력을 덧붙여서 집중력이 잔뜩 소모되는 마력 운용법을 실행하든가, 혹은 【둔갑 도깨비의 거울 칼】로 아예 모습을 바꿔버려야 했다.

뭐, 후자의 방법은 몇 번 활용하지 않았고 대부분 전자를 이용했지만.

내가 바꿀 수 있는 모습은 한 종류밖에 없는데, 난처하게도 상당한 미소녀의 모습으로 바뀌는 터라 가만있어도 눈에 띄기 때문이었다.

그 모습을 직접 보여줬던 녀석들은 많지 않았던 데다 의태 중이라는 사실을 꿰뚫어 볼 만큼 수준 높았던 녀석들도 적었지만, 도피 중의 몸으로 눈에 띄는 모습은 바람직하지 않았다. 그리고 접근하는 남자들은 높은 확률로 징글맞다는 표현도 한참 모자란 더러운 녀석들이었다.

"그런고로 최근에는 해가 떠 있는 동안 이렇게 걸어 다녔던 적이 아예 없었어. 가끔 있어도 어느 상단에 슬쩍 숨어들어서 얼굴 안 보이도록 후드를 깊숙이 뒤집어썼거든."

지금 떠올려도 정말이지 울적한 여행을 했다는 느낌뿐이다.

정처 없이 단지 도망치는 행위를 『여행』이라고 부를 수 있다면 말이지만.

"솔직하게 말하면 이렇게 미나리스와 둘이 여행을 하는 지금도 미묘하게 위화감이 느껴지네. 상단에 슬쩍 섞여 들 때도 주위 사람들과 엮일 행동은 안 했으니까."

미나리스가 딱히 무엇인가 저지르지는 않았다. 단지 혼자 지내는 생활이 너무 당연한 일상으로 굳어진 탓에 변화의 대응에 시간을 좀 필요로 할 뿐이다.

"그 말씀이 「말기」와 어떻게 연결되는 거예요?"

이상하다는 기색으로 되묻는 미나리스에게 다시 대답해줬다.

"그냥, 거리낌 없이 해님 아래를 걸으려니까 진정이 안 될 만큼 완전히 범죄자 근성이 배어들었다는 생각이 들어서."

쓸데없이 긴장을 할 이유도 없는데도 안절부절 진정할 수가 없었다.

해님을 똑바로 마주 보지 못할 행동은 삼가라고 배워왔는데도 이런 꼬락서니라니.

어린 시절에 예의범절을 배우면서 부모님과 나눴던 대수롭지 않은 작은 약속이지만, 아마도 나는 또 하나 약속을 깨뜨리고 말았다.

'뭐, 고통 끝에 죽음을 내리겠다고 복수를 맹세했던 시점에서 이미 글러 먹었나.'

"해님, 말씀인가요?"

"아, 이쪽 세계에는 기본적으로 태양을 신앙하는 사고방식이 없었던가?"

찾아다니면 어딘가에 비슷한 종교가 있을지도 모르겠지만, 아무튼 내가 아는 한 태양을 신앙하는 부류의 종교는 없다.

이 세계의 종교를 잠시 언급하자면 선하다든가 사악하다든가 형태는 여럿 있는데도 이른바 하느님을 신앙하는 부류라든가 혹은 정령이라고 불리는 부류를 신앙하는 종교가 일반적이고, 그 이외의 종교는 애당초 존재를 드러내지 않는 경우가 대부분이다.

"내 고향에서는 태양을 신으로 모시고 우러르는 경향이 있었거든. 나쁜 짓을 하면 부끄러워서 태양을 똑바로 마주 바라볼 수 없다는 거지."

"네, 참 신기한 사고방식이네요."

"그러게. 8백만의 신이 어쩌고저쩌고, 태양뿐 아니라 그 무엇이라도, 아예 평소 사용하는 도구에도 신이 깃든다는 말을 늘어놓는 절조 없는 나라였으니까."

어떤 의미에서는 긍정적인 발상이라고 여긴다만, 직접 사용하는 찻그릇이나 찻잔 및 찻주전자까지 오랜 세월이 흐름에 따라 신이 깃든다는 가치관은 제법 대담한 비약이 아니려나.

실상이야 알 도리가 없지만, 나는 신을 자처하는 존재가 있음을 알기에 더더욱 송구하다는 기분이 든다.

"뭐, 이러다가 곧 익숙해질 테니까 신경 쓰지 마."

그렇다, 인간은 적응하는 생물이니까.

내가 혼자 지내는 생활을 당연하게 받아들일 만큼 고독에 익숙해졌던 지난날과 마찬가지이다. 언젠가는 이렇게 걸어 다니는 데도 익숙해지겠지.

게다가 나는 더 이상 선악으로 행동을 판단하지 않을 작정이었다.

그 하찮은 판단 기준으로 담아내지 못하는 것이 얼마나 많은가, 그야말로 진력이 나도록 배웠으니까. 또한 앞으로도 분명히 어느 누구의 눈에든 올바르게 보일 리 없는 결과를 하나하나 이룩할 테니까.

"그건 그렇고, 오늘의 레슨 1이다."

"앗?!"

내가 마음을 다잡고 멈춰 서면서 선언한 말을 들었을 때 미나리스는 얼굴에 즉시 진지한 빛을 띠었다.

여행 중간중간, 단지 이동만 하기에는 시시했던 터라 때때로 이렇게 수행이랄까, 미나리스의 기초 능력을 끌어올리기 위한 특훈을 실시했다.

그 개시 신호가 『레슨』이라는 단어였다.

"제법 맛있는 사냥감이 숨어 있으니까 그 녀석을 찾아내라. 의태와 기척 죽이는 솜씨가 장난 아니게 뛰어나서 육체 감각에만 의지해선 가망이 거의 없을 거야."

찾아내라고 말하자 곧장 코부터 실룩거리는 미나리스에게 말을 덧붙였다.

수인의 신체 능력은 우수하다. 물론 후각을 비롯한 오감에도 적용되는 말이고, 미나리스의 색적 능력은 육체 감각에 많은 부분을 의지하고 있다.

그것 자체는 물론 나쁘지 않고 당연한 활용법이지만, 이대로 가만히 두는 것은 좋지 않았다.

색적을 오직 한 가지 방법에 의존한다는 말은 반대로 표현하자면 해당 방법을 피하여 활동 가능한 상대에게 더없이 무력해진다는 뜻이다.

장점으로 단점을 보충한다는 말로 개선 가능한 약점을 방치한다는 것은 이 세계에서는 너무 어리석은 태도이다.

왜냐하면 장점을 발휘하지 못하는 상황에서는 강점을 잃어버릴 뿐 아니라 약점마저 노출시키는 격이기에. 전투 중 발생하는 빈틈치고는 치명적이다.

그 빈틈이 목숨을 빼앗을 테니까.

"희미한 마력의 기척을 감지해라. 네가 냄새를 맡아 구분하는 요령과 같아. 마물이 미처 다 숨기지 못한 마력의 경계를 찾아내."

'조금 난이도가 너무 높았나?'

실제로 나도 미나리스의 수행을 위해 적당한 상대가 없나 주변의 기척을 주의 깊게 살피면서 다녔기에 비로소 찾아낼 수 있었다.

마력을 감지하는 감각은 정말이지 말로 표현하기가 어렵다.

부연 시야로 눈에 힘을 주는 듯한, 벽 너머 떠들썩한 인파 중 한 사람의 작은 목소리를 듣는 듯한, 마치 아지랑이를 붙잡는 듯한 감각이다.

말로 전하기는 도무지 어려운 터라 이런 기회를 놓칠 수 없었다.

"발견만 하면 해치우는 데 애먹을 만한 상대가 아니야. 그런데 고기가 상당히 맛있지. 오늘 점심 식사의 재료로 쓰도록 할까."

겉모습은 좀 **뭣한** 마물이지만, 고기의 맛은 상당한 절품이다.

일본에서도 식용 목적으로 양식될 정도니까 이미지만 어떻게 하면 개인적으로 맛있는 마물 고기 랭킹에서 상당히 높은 순위를 차지하는 녀석이었다.

"앗, 찾아냈어요! 저기예요!!"

「꾸웨에에엑!!」

휙, 작게 울리는 바람 가르는 소리와 함께 미나리스가 던진 투척 나이프가 나무 그늘로 빨려 들어간다.

아무것도 없는 듯 보였던 그 장소에서 천천히 번져 나오는 모양새로 움찔움찔 떠는 멧돼지 정도 크기의 개구리가 나타났다.

『필리아 글록』.

저 개구리는 『퓨어 글록』이라고 이름이 붙어 있는 동전만큼 작은 개구리 마물의 변이종이다.

"이, 이거……. 정말 먹을 수 있나요?"

이 세계에서는 비교적 넓은 지역에서 개구리 고기를 먹고 있다. 이유인즉 가격이 비싼 닭고기와 달리 간편하게 잡을 수 있는 데다가 맛도 비슷한 개구리를 제법 귀하게 여기기 때문이었다.

극히 평범한 일반 남자 고등학생으로 살았던 나도 맨 처음에는 물론 질색했지만, 이런저런 일을 겪음에 따라 벌레를 제외한 괴식은 대부분 극복해 냈다.

따라서 「먹을 수 있는가?」라는 미나리스의 말은 해치운 대상이 개구리였기 때문이 아니라 발견 직전까지 눈에 힘을 주고 봐도 찾아내지 못할 만큼 교묘하게 의태하고 있었던 마물이 띤 **체색**을 두고 하는 염려였다.

"그야 색이 저러니까 걱정될 만도 하지."

저 개구리는 정말이지 겉보기에 심상치 않은 체색을 갖고 있었다.

미끈미끈 빛나는 짙은 보라색과 녹색에 선명한 적색과 흑색이 섞인 얼룩무늬. 체표 곳곳에 일그러진 형태를 이룬 사마귀가 솟아나 있고 입에서는 꿀럭꿀럭 분홍색 혀가 축 삐어 나왔다.

극채색의 배색과 겉모습은 아무리 봐도 「먹지 마라, 위험하다!!」라고 큰 목소리로 주장하는 격이다.

맨 처음 이 녀석을 입에 넣은 사람이 어떤 스킬로 식용 가능함을 판단한 누군가인지, 혹은 먹을 게 없어서 손을 뻗을 수밖에 없었던 처지의 누군가인지 알 방법은 없어도 나는 진지하게 그 용기를 칭찬해주고 싶다.

"뭐, 맛은 확실히 보장할게. 직접 체험했으니까 거짓말 아니다? 적어도 이제까지 잡아다가 맛봤던 마물 고기와 비교하면 육질이 두 등급은 위쪽에 있거든."

식사는 대강 맛있으면 뭐든 상관없다는 파에 속하는 나이지만, 오랜만에 맛깔나는 고기를 먹을 수 있다는 생각에 기분이 저절로 들떠 올랐다.

왕도 주변의 숲은 만에 하나라도 위험에 노출되는 일이 없도록 기사단이 훈련도 겸하여 정기적으로 마물을 소탕한다.

따라서 기본적으로 왕도 주변에는 고블린과 가름 및 보어 등등 번식력이 강하고 랭크는 낮은 마물만 서식한다. 또한 그렇듯 약한 마물은 유감스럽게도 식용육(食用肉)으로 별로 품질이 좋진 않았다.

애당초 고블린도 가름도 먹는 경우가 거의 없고 말이지.

일부 지역에서는 고블린 고환을 자양 강장에 뛰어난 진미 취급한다는데 절대로 먹고 싶지는 않다.

벌레 말고도 못 먹는 괴식이 있었군, 으음.

"그런가요? 그렇다면 기대되네요."

대답을 하는 미나리스의 목소리도 살짝 들뜬 기색이었다.

"뭐, 이번에는 심플하게 소금을 뿌려서 꼬치구이를 해 먹자. 요즘은 수프 같은 요리만 잔뜩 먹었으니까."

성큼성큼 다가가서 퓨리아 글록의 다리를 주워 들었다.

겉모습과 달리 제법 바슬바슬한 감촉의 점액이 서늘하게 손바닥을 식힌다.

"미나리스, 이 녀석은 살을 발라낼 때 요령이 조금 필요하니까 내가 맡을게. 조리대를 꺼내주겠어?"

"알겠습니다."

미나리스가 둥글 주머니에서 꺼낸 것은 잠두콩 비슷한 형태를 띠도록 제법 큼지막한 널빤지를 써서 만든 조리대였다.

노예로 팔리기 이전에는 병에 걸려서 몸이 약해졌던 모친 대신에 미나리스가 줄곧 요리를 담당했다. 기본도 엉성한 내가 요리를 맡아 봤자 전혀 승부가 되지 않는다.

그런고로 건강이 회복되었던 이후로는 자연히 식사는 미나리스가 쭉 식사를 담당했는데, 아무러면 여행길에 조리대를 따로 마련할 수는 없으니까 요리를 하기 불편해 보였었다.

"흠, 이렇게 새삼 보니까 역시 날림이라는 느낌이 강하군."

새삼 조리대를 바라봐도 괜찮다고 평가할 만한 완성도는 아니었다.

만듦새는 상당히 단순하다. 두툼한 나무를 잘라 널빤지 한 장을 만들고, 도려낸 홈에다가 탁자 다리를 짜 맞춘 것이 전부인 정말 간단한 물건이다.

작업이 불편한 듯한 미나리스를 보고 내가 급조로 만든 물건이지만, 당연히 준비도 뭣도 없었던 탓에 여러모로 소홀한 부분이 눈에 띄었다.

S랭크의 기량을 아낌없이 쏟아부은 결과물이기에 물론 약간의 거스러미도 존재하지 않았고, 짜 맞춘 다리 부분도 1밀리미터 단위로 어긋남 없이 잘라 냈기에 덜컥거리지도 않는다.

다만 어쩔 수 없이 소재는 단순한 나무라서 방부 가공은 물론이거니와 방수 가공도 하지 않았기 때문에 요리를 할 때마다 매번 흠집이 난다.

"에르미아에 도착하면 제대로 된 조리대를 사자."

"네? 그래도, 주인님이 애써 만들어주신 물건인데요……."

"어차피 대충 쓰려고 만든 물건이니까 별로 신경 쓰지 마."

퓨리아 글록을 조리대 위에 얹어 소금을 살짝 뿌린 다음에 【물 요정의 물방울 칼】을 불러내서 점액을 씻어 냈다.

등에 나이프를 넣어 가른 다음 능숙하게 살점, 뼈, 내장까지 내용물을 구분 지었다.

“이걸로 끝, 이제 요리는 맡겨도 될까?”

“앗, 알겠습니다.”

나는 적당히 나뭇가지를 잘라 만든 꼬치를 미나리스에게 건넨 뒤 대강 큼지막하게 썬 고기를 다듬어서 꼬치에 꿰어달라고 부탁했다.

내가 조리대를 닦고 깔끔하게 정리를 마쳤을 무렵에는 꼬치 꿰기를 마치고 소금 따위로 간해서 고기를 굽는 좋은 냄새가 슬슬 떠다니고 있었다.

“오, 냄새 괜찮은데?”

“주인님, 살짝 더 구우면 다 익을 테니까 조금 기다려주세요.”

결국 요리의 대부분은 미나리스에게 맡겨버렸다.

뭐, 그래야 더욱 맛있는 요리가 만들어질 테니까 적재적소라고 하는 게 맞겠다.

“알았어.”

짧게 대답한 뒤 나는 모닥불을 사이에 두고 미나리스와 마주 보면서 바닥에 앉았다.

기름이 오른 살점이 모닥불에 구워지면서 딱딱 터지는 소리가 몹시 식욕을 돋군다.

“이봐, 슬슬 다 익은 게…….”

“안 돼요. 개구리 마물 고기가 가장 맛있어지려면 조금 더 기다려야 해요."

"그, 그렇구나."

번뜩, 눈초리에 빛을 발하면서 미나리스는 지적했다. 그러던 때에 불현듯 또 하나의 기척이 느껴졌다.

'……고기 굽는 냄새에 이끌려서 왔나.'

이윽고 나타난 녀석은 작은 강아지 같은 모습을 지닌 한 마리 새끼 가름이었다.

"음. 잠깐만, 미나리스."

"네? 주인님?"

자연스러운 동작으로 나이프를 던지려고 하는 미나리스를 제지했다.

"적의가 없어. ……배가 고파서 왔나? 다리를 다쳐 먹이를 못 구했나 보군."

아직 안 구운 고기를 하나 집어 새끼 가름의 앞쪽으로 굴렸다.

어지간히도 배를 곯았을까, 새끼 가름은 앞발로 몇 번 찔러보더니 맹렬하게 고기를 먹어 치웠다.

"그래그래, 맛있냐? 기다려봐라, 네 앞발도 치료해주마."

겁먹지 않도록 몸 뒤쪽으로 【취록(翠綠)의 정검(晶劍)】을 만들어내서 고기에 정신이 팔린 가름의 다리를 치료해줬다.

"이래도 되는 건가요? 주인님."

"마물이어도 허덕이는 새끼를 죽여 경험치를 쌓고 싶지는 않네."

말이 통했는지는 모르겠다. 그러나 새끼 가름은 고맙다는 듯이 할짝, 손을 한 차례 핥았다.

"자, 너도 다 먹었으면 가라. 여기는 인간의 영역이니까. 너에게는 안전한 장소가 아니야."

훠이훠이, 손을 흔들자 새끼 가름은 잠깐 망설이면서 이쪽을 쳐다보다가 숲속으로 돌아갔다.

"……사역마로 삼으려고 하신 게 아니었나요? 그래서 도와주시는 줄 알았습니다만……."

"아니야. 글쎄, 뭐랄까……. 그냥 변덕이겠지."

그렇다, 그냥 변덕이다.

**첫 번째 세계**에서 내가 구하지 못했던 가름에게 의리를 지키기 위해서일까.

죽든 살든 내버려 두려니까 기분이 안 좋았기 때문에, 단지 그 이유가 전부였다.

"옛날에 새끼 가름과 사이좋게 지낸 적이 있었거든. 결국 내 잘못에 휘말려서 죽어버렸어."

부상을 입어 허덕거리고 굶주리는 모습이 마치 그 녀석 같았기에 손을 내밀 수밖에 없었다. 방금 전에 도운 가름은 그 녀석과 아무 관계가 없다는 사실을 물론 잘 아는데도 불구하고.

"그러니까 그냥 변덕이야. 변덕 이상의 의미가 없으니까."

그렇게 말한 뒤 나는 모닥불 위의 고기로 손을 뻗었다.

"주인님, 맛있게 익으려면 조금 더 기다려야 해요."

"……그러십니까. 네, 기다립니다, 기다려야죠."

뻗어 나가던 손을 시들시들 맥없이 떨굴 수밖에 없었다.

그날 밤.

식사 후 한동안 더 걸어 나아가다가 적당한 지점에서 야영을 하고 있었다.

불 옆쪽으로 모포를 덮어쓰면서 미나리스가 한 차례 몸을 뒤척였다. 나도 피로가 없는 건 아니었지만, 위치가 가도일지라도 언제 마물이 덮쳐들지 모른다.

그런 데다가 우리는 2인조로 하는 여행이었다. 인원수가 적으면 마물도 더욱 거침없이 덮쳐든다.

첫 번째 도망 생활에서는 결계를 치고 잠들었기 때문에 야숙 중에도 불침번을 설 필요가 없었는데, 지금은 MP가 너무 부족한 데다가 애당초 충분한 강도로 아침까지 유지 가능한 결계를 펼칠 수단이 없었다.

"으엑, 뜨겁다, 쓰다……."

불에 물을 끓이고 달인 약초를 풀어서 만든 음료를 입에 넣는다.

혀를 자극하는 강렬한 쓴맛과 화상을 입지 않는 아슬아슬한 온도로 졸음기를 쫓아 보내면서도 그 두 가지를 미처 견디지 못하고 떨떠름한 표정을 지었다.

파지 풀이라는 이름의 이 약초는 달여서 온수에 풀어 마시기만 해도 곧바로 제법 괜찮은 피로 해소 및 각성 효과를 발휘하는 신기한 식물, 말하자면 판타지 약초였다.

어디에서든 대량으로 자생하는지라 어느 도시에 가도 싼값에 구할 수 있는 신출내기 모험가의 든든한 아군이지만, 커피와 말차와

100퍼센트 초콜릿의 쓴맛만 추출해서 농축시킨 듯한, 오로지 쓰기만 한 맛이 강렬하게 나는 데다가 해가 떨어지고 쭉 달인 뒤 그 자리에서 바로 온수에 넣어 마시지 않으면 효과가 없다.

게다가 온수의 온도 또한 상당히 뜨겁지 않는 한 역시 효과가 나지 않는다는 벌칙 게임 비슷한 음료였다.

그럼에도 이게 없으면 마물 막이의 결계를 펼칠 수 있는 제법 고가의 마도구를 소지했든가, 중견 중에서도 상위에 자리매김하는 수준의 마술사가 결계술을 펼치든가, 다수의 인원으로 파티를 짜서 순번제로 충분한 휴식을 취한다든가, 이런 다른 수단이 필요했다.

미나리스라는 뜻밖의 인재를 거두긴 했다만, 맨 처음 내가 왕도에서 노예를 구하려고 했던 이유 중 하나도 여기에 있다.

쓴맛과 뜨거운 온도만 견딘다면 최소 인원 두 명이 교대로 휴식을 취하면서 여행할 수 있으니까 약초의 수요는 높았다.

불침번은 해가 떨어지고 밤의 중간쯤까지는 내가, 그리고 해가 떠오르기 얼마 전까지는 미나리스가 맡아서 분담하고 있다. 교대 시간을 재는 모래시계의 모래가 아직 꽤 많이 남아 있었다. 모래 양으로 보아하니 아직 시간은 충분하겠다.

"후유, 쓰다, 으에엑……."

옆쪽에서 탁탁 장작 터지는 소리가 들린다. 미나리스를 깨우지 않도록 한껏 소리를 낮추고, 그럼에도 불평을 할 수밖에 없는 쓴맛 때문에 혼잣말이 새어 나왔다.

불이 꺼지지 않게 적당히 모아 둔 마른 나뭇가지를 집어 던지고, 음료가 든 나무 컵을 내려놓은 뒤 일렁거리는 불길을 바라본다. 이런저런 생각을 하기에 마침 적당한 상황이었다.

먼저 떠오르는 장면은 왕도 성벽에서 일어났던 사건.

복수에 영향이 없는 인간을 굳이 복수로 죽이는 짓은 하지 않는다.

분명하게 선을 긋지 않으면 복수의 윤곽이 애매해진다.

그리됨은 즉 자신의 복수에 확신을 가질 수 없게 된다는 말과 같은 뜻이었다.

복수에 따른 살해인가, 화풀이에서 비롯된 살해인가.

그 선 긋기를 애매하게 두고 계속 방치한다면 독처럼 차츰차츰 고여서 언젠가는 미망을 낳게 되리라. 그 미망을 계속 무시한다면 아무 사람이나 아랑곳하지 않고 죽여 버리는 진짜 괴물이 될 수밖에 없겠지.

복수는 감정이다.

내면에 있는 열기 때문에 더 이상 자신이 망가져버리지 않도록 우리는 복수의 길을 선택했다.

그럼에도 불구하고 단지 본능에 따라 움직일 뿐인 이성을 잃은 괴물로 전락한다면 설령 원수를 전부 죽이는 데 성공할지라도 내면에 있는 열기는 사라질 줄을 모른 채 하염없이 타오를 것이다.

두 번 다시 인간으로 돌아가지 못한다. 결국 자신은 여전히 망가져 있다.

……그래서는 죽은 사람과 무엇 하나도 다르지 않다.

따라서 나는 내면에 그은 일선을 바꿀 의향이 없을뿐더러 오히려 바람직하다고 여긴다.

나는 스스로를 내버릴 의도가 없으니까 복수에 끌어들이는 대상은 복수와 관련이 있는 인간이면 족하다.

그렇다 해도 아무나 다 마구잡이로 죽이는 계획을 선택하지 않다뿐이지 아무도 끌어들이지 않는 것은 역시 무리다.

적어도 아무 유감이 없는 상대일지언정 그자를 죽이는 것이 복수로 연결된다면 망설이지 않을 테니까 여파에 휘말리는 사람은 분명 발생할 테지.

어차피 복수 이외의 상황에서도 살아남기 위해 필요하다면 얼굴조차 모르는 상대를 거침없이 죽일 것이다.

그 행위를 망설일 만한 정신 상태가 이미 아니었다. 선한 정신을 무턱대고 고집한다면 배반당하기도 전에 여행길에서 죽게 되겠지.

요는 균형이었다.

스스로의 내면에서 감당 불가능할 만큼 무관계한 대상을 너무 휘말리게 만들면 괴물이 되고, 반대로 마냥 피해를 꺼리는 탓에 전부를 구하려고 들면서 목적한 과실에 손을 뻗는다면 뭐든 이루지도 못한 채 많은 것을 잃어버리리라.

바로 그 때문에 선악 따위의 빌어먹도록 쓸모없는 가치에 자신의 판단 기준을 두는 짓은 그만뒀으니까.

"복수하고 싶은 상대는 세계 전부가 아니야. 아무 상관도 없는 작자에게 고통을 준들 의미가 없지."

또박또박 말하고 소리 냄으로써 잊지 않고자 각인한다.

그렇다, 복수하고 싶은 상대는 세계 전부가 아니었다. 나를 배반한 놈들, 한때는 동료라고 믿었던 녀석들이다.

구해야 하는 상대를 잘못 판단했던 첫 번째 때처럼, 두 번째에서도 복수하고 싶은 상대를 잘못 판단해서는 안될 노릇이었다.

"아, 차라리 정말 세계 전부를 원망할 수 있다면 얼마나 편하게 복수할 수 있을까……."

무의식중에 자조의 말을 흘리면서 그런 편안한 복수의 길을 몽상했다.

철두철미, 전부가 적이라면 이 세계를 멸망시키고자 날뛰고 돌아다니기만 하면 충분했다. 선별 따위는 하지 않고 모조리 다 죽이고 다니는 괴물이 될 수 있었다.

레티시아와 만나지 못한 채 원래 세계로 돌아간다는 생각만 가지고 첫 번째를 배반당해서 끝났다면 분명 괴물이 됐을 것이다.

이쪽 세계에 건너왔을 때 내게는 세상 전부가 단지 모조품이라는 생각밖에 들지 않았다.

무대의 배경화 같은 풍경에 마왕을 해치워달라는 말밖에 할 줄 모르는 등장인물들.

스테이터스와 레벨, 마왕과 스킬, 기괴한 모습을 지닌 마물에 해치우기만 해도 입수 가능한 경험치와 그에 수반되어 획득할 수 있는 인간을 벗어난 힘.

혹여 부상당하더라도 강력한 회복 마법 및 고가의 마법약으로 금세 통증이 가실 뿐 아니라 결손 부위마저도 치료 가능.

마치 게임 속 세계에 갇힌 기분이었다. 그저 마왕을 물리치면 클리어 가능한 게임.

그런 세계에 어디 현실감 따위가 느껴질 리가 없잖은가. 그런 세계에서 배반당했다면 이 세계에서 살아가는 인간 따위야 단순한 도구라는 생각밖에 갖지 못했을 것이다.

그렇게 완전히 절망하고 완전히 망가졌을 자신을 쉽게 상상할 수 있었다.

그 행위를 딱히 즐기지도 않고 기뻐하지도 않고 그저 오로지 담담하게 죽을 때까지 세계를 죽이면서 돌아다니는 괴물로 전락했을 자신이었던 누군가의 모습.

분명 몹시도 편한 길이었겠지.

다만 복수의 거무칙칙한 유열마저 얻지 못하는, 아무 만족도 느끼지 못하는, 어떤 뿌듯한 기분도 없이 자살과도 같은 자해 행위밖에 되지 못했겠지만.

"아차차, 이런, 안 되지."

따딱! 한층 더 큰 소리를 울리면서 모닥불이 허물어졌다.

상념에 너무 깊이 잠겨 있었나 보다, 모닥불의 기세가 꽤나 약해졌다. 모은 가지들 중 잘 탈 만한 마른나무를 찾아 급히 던져 넣었다.

"……쓰다, 뜨겁다."

입에 넣은 파지 풀 달인 차는 나무 컵에 아직 찰랑찰랑 남아 있었다.

쓴맛이 스며든 입속을 리셋하고자 왕도의 도구점에서 보존식으로 판매하던 마른 야채를 꺼내 들었다.

적당한 길이의 나뭇가지를 손에 들고 【물 요정의 물방울 칼】에 마력을 주입했다.

조각칼만 한 칼날을 만들어 내서 쓸데없는 부분을 잘라 버리고 끝쪽이 뾰족해지도록 깎았다.

그 끝에 마른 야채를 꽂아 끼워서 눈앞의 모닥불에 가져다 대고 가볍게 구워다가 왕도에서 미리 사들였던 조미료를 뿌려 베어 물었다.

아직 아침은 멀었고 밤은 길다.

"어디 보자."

이래저래 생각할 거리는 있었지만, 고민해도 답이 나올 것 같지는 않았다.

기분을 전환하고자 이번에는 추후의 경험치 분배 방향에 대해 검토했다.

왕도를 떠난 다음에도 가도에서 마주치는 마물을 경험치로 바꿔 쌓인 경험치를 분배했었다.

우선은 부채를 완전히 갚았고, 레벨이 올라가지 않는 아슬아슬한 수치까지 경험치를 할당했다. 이제 필요한 상황에 맞춰 당장 레벨을 올릴 수 있다.

레벨을 올릴 타이밍은 신중하게 판단해야 했다. 심검만 해방해도 능력치는 꼬박꼬박 상승하니까.

능력치를 일시적으로 낮추고 획득 경험치를 올리는 심검도 있지만, 그 녀석은 장비하고 있는 동안에 해당 심검을 제외한 무기의 공격력을 제로로 만들어버린다.

따라서 몸뚱이 하나로 적을 물리쳐야 한다는 건데, 지금 사용하면 공격력 부족으로 당연히 아무 것도 해치울 수가 없다.

그리고 남은 경험치가 약 25000가량.

"으음, 어떻게 할까……."

이곳 주변의 마물은 제법 강해서 경험치는 나쁘지 않지만, 안타깝게도 조우 횟수가 다소 적었다.

에르미아에서 한동안 머물 예정이기에 당분간은 자유롭게 할당 가능한 경험치를 입수하기 어려운 처지가 된다.

그렇게 생각하면 후보는 좁혔는데도 불구하고 아무래도 단호하게 분배하기가 좀처럼 쉽지 않았다. 심지어 「주인님은 맹꽁이인가요?」라고 미나리스가 싸늘하게 쏘아붙이기도 했다.

갑자기 눈물이 나오려고 하네. 아니 뭐, 흘리지는 않았다.

"그나저나 요즘 들어서 미나리스의 태도가 꽤나 엄격하단 말이지."

이전과 마찬가지로 노예와 주인이라는 입장을 무너뜨리지는 않는데도 저자세이건만 이상하게 위압된달까, 때때로 거역하지 못할 오라가 느껴진달까.

비굴하게 복종하는 태도는 티끌만큼도 원하지 않지만, 어쨌든 이게 좀 난감하기는 한데.

작게 한숨 쉬면서 모닥불의 불을 뒤적였다.

멍하니 여행길 도중 겪은 사건을 떠올렸다.

첫 번째 때는 기껏해야 마왕 토벌의 여행 중 마지막 즈음이 되어서야 주위에 눈을 돌릴 수 있었다.

식사 따위야 먹을 수 있다면 족했고 경치라든가 돌아볼 여유가 전혀 없었다.

그래서 이러저러하다가 거리에서 판매하는 용도 불명의 수수께끼 장난감을 사려고 한다거나 그야말로 바가지 요금이었던 노점의 먹거리 따위에 눈길이 쏠리기도 했다. 그럴 때면 「주인님은 바보인가요?」라면서 미나리스가 싸늘한 미소를 지으며 화를 냈다. 가난하고 외딴 마을에서 생활하면서 배인 가치관 때문인지 돈을 충분히 갖고 있어도 낭비를 용납하지 못하는 듯했다.

요즘 들어서 예쁘게 웃는 얼굴을 보여주는 경우는 서로 떠올린 복수 방법에 대해 이야기 나눌 때라든가 실천 가능할 법한 고문법을 적당히 발견한 고블린 따위를 상대로 시험한다거나 혹은 가끔씩 보이는 무턱대고 기분 좋은 날이라든가 MP 취기 때문에 머리가 빙글빙글 도는 멍~ 상태가 되었을 때가 전부였다.

그건 그렇다 치고, 슬슬 이제 그만 어영부영하고 어느 심검을 해방할지 결정 내려야겠다.

그러고도 끙끙 고민한 끝에 이전부터 고려했던 세 가지 심검 중 해방한 것은【역경에 처한 자의 은밀한 칼】.

이제부터 당분간 능력치는 내가 밑도는 처지가 될 가능성이 높아서 쓰임새는 많을 것이다.

나보다 능력치가 낮은 상대에게는 다른 심검을 쓰면 그만이기도 하고, 이렇다 할 부작용이나 디메리트가 없다는 점도 좋다.

경험치 15000을 소비해서 이제 남은 경험치는 10000.

다음은 적당히 민첩이나 MP를 강화해주는 심검을 해방할까 생각하다가 그만뒀다.

지금 남아 있는 10000을 쓰면 내략 20 전반까지 레벨을 끌어올릴 수 있었다.

유사시에 임기응변으로 대응하기 위해서라도 꼭 필요한 상황이 올 때까지는 자유롭게 사용 가능한 여지를 남겨 두는 게 좋겠지.

“이제 됐군.”

문득 옆쪽을 돌아봤더니 모래시계의 모래가 다 떨어져 있었다.

생각보다 시간이 빨리 지나갔다.

“주인님, 교대 시간이에요.”

교대를 알리기 위해 미나리스를 깨우려는 차에 미나리스가 먼저 몸을 일으켰다.

“뭐야, 깨어 있었어?”

“네……. ……주인님, 이래저래 혼잣말이 참 많으시네요.”

“뭣?!”

아니, 그거야, 어쩔 수 없잖아. 나 홀로 여행이 길다 보니까 혼잣말이 많아질 수밖에.

나 홀로 생활이 길면 혼잣말이 많아지는 거랑 똑같다고.

“낮 동안에는 별로 상관없습니다만, 밤에는 신경 쓰여서 잠을 못 자니까 조심해주세요.”

표정이 없는 포커페이스는 스킬을 쓴 효과일까. 아니면 뭐냐, 상당히 짜증이 난 걸까.

“죄, 죄송합니다…….”

“아뇨, 앞으로 조심해주시면 문제는 없습니다.”

쌀쌀맞은 대꾸에 풀이 죽어서 모포를 덮어쓰고 눈을 감았다.

뭐랄까, 점점 역학 관계가 역전된다는 기분이 든다.

기본적인 방침이나 중대한 선택에 대해서는 어지간한 이유가 없는 한 다소곳하게 따라준다만, 그 밖의 기본적인 생활 부분이…….
아니, 무시당한다거나 딱히 그렇다는 게 아니다. 아니기는 한데, 쌀쌀맞은 태도일지라도 하는 소리는 오히려 걱정 때문에 꺼낸 말이라는 것도 알겠다.

이유는 명확하군. 왕도에서 내가 충동적으로 뛰어나갔던 것이 큰 잘못이었다.

미나리스는 나 이상으로 근본이 고지식한 듯했다.

어쨌든 간에 마음을 써서 건네는 주의의 말이라는 것은 알기는 알겠는데, 그렇기는 한데, 으음…….

이런저런 생각을 하던 중 이윽고 의식이 천천히 가라앉았다.

☆

"주인님? 이제 잠드셨네요."

저는 주인님이 잠든 것을 확인한 뒤 평소처럼 사리살짝 주인님의 머리카락을 빗기고 스킬 철면피를 해제했습니다.

"아아아아, 정말, 주인님의 목소리는 어쩜 이리도 귀를 간질간질 울리는 거죠. 혹시 말이죠, 세이렌이라든가 그쪽의 피가 섞여 있는 걸까요."

절대 주인님을 깨우지 않도록 작은 목소리로 몸부림칩니다.

스킬을 해제한 탓에 자신의 얼굴이 마구 히죽거린다는 것을 알 수 있었습니다.

"조만간 어떻게든 음성을 기록하는 기능이 있는 마도구를 확보해야겠어요."

괜찮습니다, 결코 낭비가 아닙니다. 몹시 유의미하고 가치 있는 지출이 되겠죠.

……다만, 전혀 관계없는 문제이기는 합니다만, 다음에 주인님께서 무슨 쓸모가 있나 모르겠는 잡동사니에 흥미를 보여도 아무 말 않고 잠자코 지켜봐주기로 하죠.

저는 음성을 기록 가능한 마도구를 손에 넣을 기회가 다가왔을 때를 위해서 주인님을 회유해야겠다고 마음속으로 결심했습니다.

'뭐, 군것질만큼은 용납하고 싶지 않지만요…….'

노점의 군것질만큼은 난색을 표할 수밖에 없습니다. 주인님의 식사를 만드는 것은 제 역할이니까 양보하고 싶지 않습니다.

제가 손수 만들면 훨씬 더 저렴한 데다 재료의 질 또한 더욱더 깊이 음미할 수 있건마는 직접 요리하겠다고 말씀드려도 「노점에서 사 먹으니까 더 맛있는 거야」라고 망언을…….

아뇨, 아직 제 요리 실력이 모자라다는 뜻이겠죠. 좀 더 요리 실력을 갈고닦을 수밖에 없겠습니다. 언젠가 들은 적 있는 말처럼 위장을 틀어잡아다가 제가 만든 요리가 아니면 맛을 못 느끼게끔 노력하는 방법밖에 없겠습니다.

"……그러나 주인님께서 사용하실 일회용 용기는 아까운데 말이죠. 요리의 레퍼토리를 늘리기 위해서라도, 아니, 그래도 하다못해 평범한 주점이나 식당은 또 모르겠지만 노점은 식자재와 조리법에 불안이……."

그런 식으로 눈앞에서 일어난다고 해도 미처 듣지 못할 만큼 극도로 작은 목소리로 혼잣말을 중얼중얼하다가 도중에 저도 혼잣말이 많아진 것은 주인님과 마찬가지라고 알아차린 덕분에 살짝 기쁜 마음이 들었습니다.

그래도 주인님이 밤에 혼잣말을 자꾸 늘어놓는 바람에 신경 쓰여서 잠들지 못하고 제대로 휴식을 취하지 못한 날도 많습니다.

제 개인의 이유로 주인님에게 타박을 놓았으니까 저 또한 혼잣말에는 꼭 조심을 해야 하겠습니다.

그렇게 시시한 생각을 깊이깊이 사고하면서 모닥불에 장작을 추가하거나 혹은 불타는 장작을 무너뜨리거나 불이 잘 타도록 돌보는 중에 밤은 새벽녘으로 향해 갔습니다.

☆

때로는 미나리스와 더욱 고통스럽게 죽이기 위한 고문 토론으로 꽃을 피우고, 때로는 계획해 놓은 복수를 실행하는 날을 위하여 수행하면서 고레 마을에 도착했다.

다음 목적지는 에르미아. 이곳은 에르미아부터 주변으로 확대되는 숲을 사이에 두고 있는 마을이다.

마을에서 침구의 질이 좋다고 평판이 난 숙소를 잡은 우리는 피로를 풀기 위해서 느긋하게 잠에 들었다.

보통은 평판처럼 질 좋은 침구가 있는 숙소는 잘 없기 마련이지만 이번에 잡은 숙소는 충분히 당첨이라고 말할 수 있는 부류에 속했다.

짚이 아니라 솜을 채워 넣은 침대와 깃털 이불은 역시 훌륭하다.
"주인님, 아침이에요."
"으음, 아직, 졸려……. 5분만 더……."
기본적으로 외지인인 우리가 확보할 수 있는 마을 정보 따위야 고만고만했다. 첫 번째 때의 기억이 있는 나지만 역시 침대의 질이 어쩌고저쩌고하는 요소를 신경 쓸 여유는 없었다.
그래서 더더욱 가끔가다 당첨을 맞는 이런 침대에 줄곧 기분 좋게 파묻혀 있고 싶었다.
"그러니까, 부탁할게. 조금만 더……."
잠꼬대처럼 중얼거리고 깃털 이불을 도로 깊숙이 뒤집어썼다.
"어서요, 빨리 일어나세요. 오늘은 모험가 길드에 가기로 했잖아요?"
그렇게 말하고 미나리스는 따뜻한 이불을 벗겨 낸다는 악마 같은 소행을 저질렀다.
"으윽, 으으음……. 돌려줘……."
"안 돼요, 이 이불은 이제 제 물건……. 흠흠, 그게 아니라, 아무튼 어서 일어나세요."
미나리스는 벗겨 낸 이불을 자기 침대에 집어 던지더니 다음은 베개를 빼앗아 가려고 했다.
"아아, 아아아, 읏, 아파……."
나는 결국 어여쁜 침구를 맥없이 빼앗기고 말았다. 그러고도 엎드려 있으려니까 시트 끝자락을 수인의 능력을 유감없이 발휘해서 들어 올리는 통에 침대 옆쪽으로 굴러 떨어졌다.

아무렴 이러고도 더 잠투정을 부릴 수는 없었던 터라 못내 아쉬움을 느끼면서도 몸을 일으켰다.

"좀 많이 난폭하지 않나요, 미나리스 아씨."

"분명히 첫 번째 유예를 드렸는데도 안 일어나는 주인님 잘못이에요."

……첫 번째가 따로 있었던가? 아, 그러고 보니 5분만 더, 라고 말했던 것 같기도 하다.

"게다가 주인님께서 말씀하셨잖아요, 안 일어나면 이렇게 하라고요."

"그런 소리를 했다고? 아니, 했던가."

명료하게 깨어난 머리로 어제 그렇게 당부했던 말을 떠올렸다.

왕도에서 거하게 늦잠을 자고 말았던 만큼 그때와 같은 전철을 밟지 않도록 어젯밤에 미리 일어나지 않으면 이렇게 해달라고 부탁했었다.

게다가 오늘은 **모종의 사정** 때문에 꼭 빨리 일어나야 하는 필요성이 있었던 만큼 더더욱.

그런 이유도 있어서 평소처럼 1인용 방 두 개가 아니라 2인용 방을 하나 빌렸으니까.

……결코 돈이 아깝다는 미나리스의 말 때문은 아니었다.

「그렇게 저를 쫓아내고 싶은 건가요?」

「아, 주인님도 남자니까요. 혼자 보내고 싶은 시간도 있겠네요.」

「괜찮아요, 저는 이해심 많은 여자랍니다?」

추호의 이해심도 없어 보이는 극한의 눈동자로 책망을 담아 쳐다보는지라 엉뚱한 의심을 받을까 봐 포기했던 게 아니다.

절대 정곡을 찔린 게 아니다. 아니, 진짜라니까.

……뜻밖의 말에 동요해서 2인용 방을 수긍해버렸는데, 지금 돌이켜보면 오히려 정곡을 찔린 사람의 반응이 아니었을까?

“첫 번째 유예 때 주방을 빌려서 아침 식사 준비를 끝내 두었으니까요, 아래층으로 내려가죠.”

“그러자, 일단 밥부터 먹을까.”

문득 떠오르는 무서운 생각에는 사고가 미치지 않도록 뚜껑을 덮고, 아직껏 한쪽 구석에 남아 있었던 졸음기라는 이름의 안개를 최악으로 바닥을 기는 꿈자리 나쁜 기분과 함께 뱉어 내면서 한 차례 거하게 하품을 했다.

가볍게 몸단장을 갖추고 1층으로 내려간다.

덧붙이자면 몸단장을 할 때는 번갈아 방을 쓰기로 하고 한쪽은 복도에서 기다렸다.

번거로우니까 같이 하자는 말을 꺼냈던 미나리스를 무시하고 이 규칙만큼은 애써 사수했다.

아니, 그게, 아침마다 남자는 이래저래 일이 있잖아?

같은 방을 쓴다는 것만으로도 나 자신이 충분히 아슬아슬하고 말이죠.

“역시 뭔가 천천히 먹여서 죽이는 게 제일 아닐까요?”

“미나리스는 그걸 좋아하네. 나는 죽이는 방법보다도 어떻게 상대에게 괴로움을 줄까 고민하는 게 더 중요하다고 생각해. 몸의 통증만 갖고 굴하지 않는 녀석이나 애당초 스스로 통각을 끊을 수 있는 녀석도 있으니까 말이야. 고통이 아무 의미가 없잖아. 그런 의미에서는 의식이 없을 때 죽이는 걸 제일 피해야겠지."

"정말 맞는 말씀이에요. 고통스럽게 후회하면서 죽음을 맞이해야죠. 마구 일그러지는 표정으로……."

숙소의 주인아주머니가 만든 아침 식사를 먹으면서 우리는 잡담을 나눴다.

물론 내용이 내용이니까 주위에 들리지 않게 주의했다.

덧붙이자면 지금 미나리스는 토끼 귀와 꼬리를 감추지 않아서 때때로 실룩실룩 귀가 흔들거렸다. 도토루 주변을 지난 다음부터는 오히려 그렇게 하는 게 좋다고 미나리스에게 말해 두었다.

오를레아 왕국의 기풍 가운데 수인을 싫어하는 경향이 있다는 것은 분명하지만, 그렇다고 나라의 인간 전체가 수인을 질색하는 것은 또 아니었다. 실제로 국경 부근의 마을이나 촌락에서는 수인 모험가 등등이 다수 출입하고 있기도 하고 시민권을 얻어 평범하게 생활하고 있기도 하다.

수인을 몹시 진지하게 싫어하는 족속은 왕도에 살고 있는 왕족을 필두로 하는 특권 계급의 귀족들이 대부분이고, 또한 수인을 직접 본 경험도 없이 단순하게 본인들보다 열등한 존재라고 낙인찍고 싫어하는 인간이 대부분이었다.

왕도에서 수인의 대우가 나쁜 이유는 그 때문이고, 반대로 그러한 상황이었기 때문에 호사가 기질이 있는 귀족 손님에게는 주위에는 비밀로 입수 가능한 암시장에서 곧잘 수인이 팔리고는 했다.

그런 의미에서 미나리스는 무척 운이 나빴다고 말할 수 있겠다. 미나리스가 태어났던 마을은 수인을 싫어하는 사람들이 모인 거주지 중에서도 상당히 폐쇄적인 곳이었겠지.

실제로 이 마을에도 수는 적지만 수인이 없지는 않으니까.

"……주인님도 신경 쓰이시나요? 제 귀요."

"응? 괜찮지 않아? 예쁘고, 잘 어울리고."

가만히 상념에 잠겨서 토끼 귀를 보고 있었더니 미나리스가 문득 질문을 꺼냈다.

또한 수인 혐오의 풍조를 떼어 내고 본다면 미나리스는 상당한 미인이다. 아니, 내가 살았던 세계의 관점으로 봐도 선남선녀가 잔뜩 돌아다니는 세계이지만, 그중에서도 미나리스는 특히 여성의 매력이 흘러넘치는 터라 내 여동생과 좋은 승부가 되겠다.

이 주변까지 오면 수인 혐오 따위의 편견도 거의 사라지기에 때때로 스쳐 지나가는 상인 및 모험가 남자들이 넋 놓고 쳐다보다가 목에 있는 노예 문장을 알아보고 결국은 원망 가득한 시선으로 나를 쳐다보다가 미나리스에게 절대 영도의 시선을 받고 풀이 죽어서 떠나가는 순환 구조가 만들어졌다.

더욱이 그 남자들의 일행 중 여자가 있으면 그쪽에서도 절대 영도의 시선이 날아들기에 정말이지 피학성애자나 좋아할 상황이 만들어진다.

"그, 그보다, 오늘은 모험가 길드에 가는 거죠?"

"응, 뭐. 왕도에서 제법 떨어졌고, 이제 목적지 에르미아까지 얼마 안 남은 곳까지 왔으니까 말이야."

여기까지 오면 별달리 꼬리가 잡힐 일도 없다.

게다가 추후 여행을 계속하기 위해서도 모험가의 신분과 특전은 몹시 편리하게 써먹을 수 있다.

첫 번째 때는 용사라는 입장 덕분에 딱히 무엇을 하지 않아도 비슷한 특권이 주어졌지만, 이번에는 내 손으로 하나부터 쌓아 나가야 할 필요가 있다.

높은 랭크의 모험가에게 부여되는 특권은 매우 편리하지만, 느닷없이 랭크를 너무나 많이 올려서 눈에 띄는 사태는 피하고 싶기에 여러모로 어려운 부분이 있기는 하다.

뭐, 천천히 고민해보자. 지금은 우선 최하급 모험가의 신분을 확보하면 충분하니까.

"그나저나……. 이 식사는 뭐랄까, 미묘하군."

조금 넉넉한 양은 좋다고 치고 못 먹을 정도는 아니지만, 입속에 느껴지는 맛이 표현하기 어려운 느낌으로 애매애매하다.

분명하게 말해서 미나리스가 만드는 식사가 몇 단계는 더 맛있다.

"그러게요, 숙소 가격도 싸고 침구 품질도 좋은데 어째서 더 번창하지 않을까 의문이 들었었거든요……."

미나리스도 접시에 담긴 식사를 한입 먹더니 역시 형용하기 어려운 미묘한 표정을 짓고 있었다.

아무튼 저녁 식사는 바깥에서 먹어야겠군.

☆

아침 식사를 다 먹은 우리는 평소보다 약간 더 이른 시간부터 행동을 시작했다.

행선지는 모험가 길드. 목적은 물론 모험가 등록이다.

모험가 길드는 의뢰인과 모험가의 중개를 담당하는 기관이었다.

왕국, 수인국, 제국, 법국, 어느 나라에나 존재하면서 어느 나라에도 속하지 않고 자유와 힘과 모험을 상징으로 내걸고 있는 조직.

모험가에게 최저한의 신분을 보증해주고, 의뢰인과 모험가 사이에서 말썽이 일어나지 않도록 관리하는 조직.

뭐, 간단하게 말하면『나라를 넘나드는 인재 파견 사무소』였다.

모험가가 어쩌고 말하면 듣기에는 좋지만, 흔히 상상할 법한 로망 넘치는 일만 하는 게 아니다.

약초 채집부터 거리의 청소, 집세 독촉에 불륜 조사.

우체부처럼 편지를 전달하는 일이나 호위 의뢰.

요컨대 의뢰가 떨어지면 뭐든 다 하는 프리랜서 아르바이트정도가 올바른 인식이겠다.

적당히 종류가 나뉘는 단발적인 의뢰를 받아 수행하고, 계약된 기간 이외에는 상대에게 속박되지도 않는다.

많은 모험가는 항상 고용 상태에 있지 않으며, 일거리가 정기적으로 들어오지도 않는다.

따라서 수입 및 생활이 곧잘 불안정해지는 직종이었다.

그렇다 해도 잡일 비슷한 일거리를 맡아서 처리하는 시기는 맨 처음 얼마간뿐이다. 모험가의 주된 임무는 누가 뭐래도 마물 퇴치와 마물의 소재를 확보하는 데 있기에.

고블린 및 가름 같은 약한 마물로 전투 경험을 쌓아 나가면 머지않아서 수입이 좋은 임무에 속하는 마물 토벌 의뢰를 수주할 수 있게 된다.

물론 맨 처음부터 위험도 높은 마물의 토벌 의뢰를 받기란 어림없었다. 모험가는 본인의 실적에 따라 랭크가 나뉘어지고, 모험가의 역량에 맞춘 일거리밖에 수주를 못 하는 체계가 자리 잡혔기 때문이다.

G랭크라고도 불리는 모험가가 되기 위한 연령에 미치지 못한 수습을 제외하면, 실질적으로 가장 아래쪽에 속하면서 고블린 및 가름 등등의 마물 토벌 의뢰를 받을 수 있는 것이 F랭크. 차츰차츰 실적을 쌓아 힘을 기름으로써 하나씩 랭크가 올라가고 SSS랭크가 최고위로 자리매김하고 있다.

또한 확인되어 있는 마물에게도 역시 F랭크부터 SSS랭크, 거기에 플러스 · 제로 · 마이너스와 같이 세 단계로 난이도를 나누어 설정하여 그 랭크에 따라 토벌 의뢰가 부여된다.

즉 랭크가 낮은 동안에는 위험도는 높은 대신에 수입이 좋은 일거리를 받을 수 없는 구조였다.

SSS랭크의 모험가쯤 되면 완전히 전설의 인물 대우를 받는다. 다만 드래곤처럼 강력한 마물을 토벌한다거나 고난이도로 손꼽히는 던전 심부의 수호자 토벌을 성공시키는 등 모험가로 성공해서 유명세를 떨치는 인물은 극히 일부였다.

대부분은 주위 사람들에게 선망과 존경을 받을 수 있는 위치까지 도달하기 전에 목숨을 잃어버리거나, 혹은 자신의 한계를 깨닫고 무리를 하지 않는 선에서 멈추는 길을 선택한다.

그럼에도 모험가가 되고자 하는 인물이 끊이지 않는 까닭은 누구나 다 알 법한 영웅들에게 동경심을 품는 지원자가 끊이지 않는다는 것과, 그 직업에 적을 둘 수밖에 없는 상황까지 몰린 인간이 많다는 데 있었다.

모험가가 되는 데 필요한 자격은 열네 살을 넘기는 나이와 한 끼니의 밥값쯤 되는, 대동화로 몇 장쯤 드는 최초의 등록료뿐이다.

연줄도 자금도 출생도 경력도 필요 없다.

등록료마저 돈이 없으면 맨 처음에는 외상으로 달아 둘 수도 있었다.

즉 정말 먹고살 길이 막막하고 아무것도 가진 게 없는 고아마저도 모험가가 되는 것은 가능하다는 뜻이다.

바로 그 때문에 신변에 위험이 적은 안정된 취직자리를 얻지 못하거나, 혹은 거부한 사람들의 수용처로 기능하는 것이 이 모험가라는 직종의 일면이기도 했다.

여기에서 다시 맨 처음으로 화제를 되돌리면, 모험가의 신분은 우리에게 많은 부분에서 이점이 있다.

우선 앞서 언급한 대로 신분을 보증해준다.

이 대륙을 석권하고 있는 단체는 인족 지상주의의 왕국, 수인 지상주의의 수인국, 실력 지상주의의 제국, 종교 국가인 법국. 이 네 국가다. 그리고 각각의 빈틈을 메꾸는 형태로 몇몇의 소수 민족 국가 등등 작은 나라가 존재하고 있다.

이러한 여러 나라를 넘나들면서 이동하는 경우, 만약 제법 괜찮은 랭크를 보유하고 있다면 모험가 길드가 신분을 보증해주기에 국경을 넘어가는 절차가 편리해진다.

또한 어느 정도 규모가 있는 도시의 경우, 한곳에서 신분이 없는 인간이 오래도록 머무르는 것이 불가능하다. 열흘 이상 도시에서 체재하고 싶다면 모종의 신분 증명을 필요로 한다.

더욱이 도시에 들어갈 때마다 드는 출입세의 면제.

어떤 의미로 보면 당연한 혜택이었다. 의뢰 수행을 위해 도시를 드나드는 경우가 많은 모험가에게 매번 출입마다 돈을 받아서야 벌이가 성립하지 않는다.

그리고 마지막으로 모험가의 신원을 파고들지 않는다는 암묵의 규칙이 존재한다.

본래 살았던 도시에서 쫓겨난 몰락 귀족이거나.

뒷세계에서 손을 씻고 나온 사연이 있는 인간이거나.

심지어는 신분을 감추고 싶어 하는 왕족 등등의 지위가 있는 인간이거나.

이렇듯 신원을 숨기고 싶어 하는 인간이 이름을 바꿔 등록하곤 한다. 그 때문에 모험가는 굳이 신원을 캐묻지 않는 것이 암묵의 규칙으로 자리 잡았다. 즉 신원을 밝히지 않는 인간이 다수 종사하는 직업이라는 뜻이다.

왕국에 쫓기는 처지에 있는 우리, 정확하게는 나에게 좋은 방패막이가 된다.

첫 번째와 세 번째의 이점은 우리의 목적을 감안하면 확실하게 도움이 된다. 미나리스에게는 두 번째도 꽤 중요할 테고.

"그나저나 왜 이렇게 아침 일찍부터 길드가 문을 여는 시간에 맞춰 방문하는 건가요?"

해가 얼굴을 보인 지 얼마 되지 않았고 아직껏 가게도 개점 준비를 하는 시간대의 대로를 걸어 나아가는 중에 미나리스가 문득 의문을 입에 담았다.

"이미 말했잖아, 「뻔한 이벤트」를 피하기 위해서야."

그렇다. 모험가 등록은 모름지기 뻔한 이벤트의 보고이다.

등록하러 온 신인에게 야만스러운 선배 모험가가 시비를 붙인다. 그렇게 수작질을 상대해주다가 길드의 높은 사람의 눈에 띄어서 귀찮은 일거리를 떠안게 되거나 시비질에 휘말리거나 감시당하거나 이런저런 패턴이 있는데, 무엇 하나도 변변한 경우가 없다.

선행 계열의 주인공들은 오히려 휘말리고자 몸을 던지겠지만, 아무짝에도 쓸모가 없는 그따위 노예 신세는 첫 번째 때만으로도 충분하다.

"지금은 아직 쓸데없이 바보처럼 눈에 띄도록 방문할 수는 없는 노릇이거든. 아무튼 일단 시비에 휘말리지 않게 조심하는 게 제일이야. 그래서 아침 일찍부터 사람이 적은 시간대에 등록을 마치려는 거지."

"으음, 그런 비슷한 이야기는, 지나가다가 들은 적이 있기는 있는데요……."

미나리스는 딱히 와 닿지 않는다는 눈치로 살짝 고개를 갸웃거렸다.

이 세계에서도 신입 모험가가 일약 유명세를 떨치는 영웅담의 첫머리는 대체로 모험가 등록 때 덤벼드는 들러리 역할과 함께 전개되는지라 대충 비슷비슷한 지식은 갖고 있을 터이나 미처 납득은 되지 않는 기색이었다.

뭐, 확실히 뭔가 사건이 일어난다는 전제로 하는 행동을 의문스럽게 여기는 것은 어쩔 수 없다. 그러나 나는 첫 번째 때에 왕도에서 모험가 등록을 하던 중 뻔한 이벤트와 딱 맞닥뜨렸었다.

불쑥 시비를 거는 녀석을 가볍게 상대해줬더니 실력은 좀 대단해도 문제가 있는 거친 모험가 취급을 당한다는 뻔한 패턴을 따라서 순식간에 길드장과 대면하는 자리를 가져야 했다.

용사 이외의 가짜 신분을 손에 넣기 위한 행동이었는데, 설마 그렇게 뻔한 이벤트가 일어날 줄은 상상을 못 했던 터라 즉각 정체를 들키는 처지가 되었다.

뭐, 옛 기억을 돌이켜보던 사이에 고레의 모험가 길드가 자리 잡고 있는 목조 건물이 슬슬 눈에 들어왔다.

앞쪽에 날개를 본뜬 방패와 검의 문장이 간판으로 달려 있었고 건물은 다른 곳과 비교해도 현격하게 큰 규모였다.

건물 근처까지 다가가서 곧바로 안에 들어가지 않고 먼저 안쪽의 낌새부터 살폈다.

“좋아, 예상대로 사람이 적군.”

“……그렇게까지 하셔야 돼요?”

기막히다는 듯이 미나리스가 말했지만, 역시 뭘 좀 모른다.

정말로 뭘 좀 모른다.

"잘 들어, 미나리스. 이건 거의 저주란 말야. 빈민가에 들어서면 거의 무조건 건달 놈들이 시비를 걸고, 나처럼 다른 세계에서 온 사람이 모험가로 등록하려고 하면 대개 불쑥 시비질에 휘말린다고. 조심 좀 해서 피할 수 있다면 그게 진짜로 현명한 거야."

"아, 과연 그렇군요. 그렇게 되는 거네요."

역시 미나리스는 아직껏 믿기지 않는다는 기색이었지만, 반대로 더 이상 무엇인가 말을 하지도 않았다. 저런 반응을 보고 있으려니까 나 또한 염려가 지나치지 않나 생각도 들었다.

아니, 염려가 지나치다면 지나친 대로 상관없잖아. 군걱정 좀 해서 아무런 말썽도 안 겪고 원만하게 일을 마친다면 그게 최고지.

나는 미나리스를 데리고 모험가 길드 안쪽으로 들어서서 곧장 접수처를 향해 다가갔다.

길드 안으로 들어가서 보니까 역시 아직은 우리를 제외한 다른 모험가는 거의 방문하지 않은 듯 보였다.

길드의 내부는 식당 및 주점과 같은 구조를 갖추고 있었으며 꽤나 넓었다.

드문드문 보이는 모험가는 **적은 숫자**의 의뢰서가 붙은 퀘스트 보드를 살피고 있다.

의뢰가 적은 이유는 시간대의 문제다. 퀘스트의 갱신이 이루어지는 것은 점심이 지난 무렵이기 때문이었다.

어째서 느지막이 갱신하냐면 길드에 병설돼 있는 주점을 번성시키기 위해서라는 별것도 아닌 이유 때문이다.

기본적으로 퀘스트의 수주는 먼저 낚아채는 자가 임자다. 퀘스트 갱신 타이밍에 수입이 좋은 일거리를 확보하고자 하는 것은 필연적이기에 점심 무렵에 맞춰 길드를 방문하게 되고, 곧이어 길드 주점에서 밥값을 쓰게 되는 구조를 만들어 놨다.

아침때를 노리지 않는 까닭은 아침보다 점심이 더욱 배를 쫄쫄 굶아서 대량 주문이 들어오기 때문이고, 아침과 점심을 겸사겸사 먹는 사람도 많아서였다.

대부분의 모험가가 다소 이른 점심 무렵의 시간대에 활동을 개시하는 이유는 의뢰를 받지 않은 동안은 시간 활용이 자유로워서 나태의 유혹을 거스르지 못하는 탓이지만, 그 부분을 노려서 만든 이 시스템 또한 적잖이 조장한다고 볼 수 있겠다. 결국은 자기 관리의 범위인지라 딱히 길드를 나쁘다고 말할 수는 없다만.

“어디 보자…….”

길드 안쪽을 새삼 가볍게 둘러본 뒤 접수처로 향했다. 접수처에는 베니어판 같은 물건으로 만든 칸막이가 있었고, 각 부스마다 한 사람씩 접수 담당자가 앉아 있었다.

모험가 길드에 설치된 접수처에는 두 종류의 인물이 앉아 있다. 이른바 미모의 접수 아가씨라고 불리는 부류와 사무 담당이라고 여겨지지 않을 만큼 우람한 체격으로 위압감을 발하는 인물이다.

모험가는 진입 문턱이 낮기 때문에 배움이 짧은, 아니, 교양이나 예의와 같은 분야에 어두운 인간도 많고 힘의 논리로 살아가는 자도 많았다.

모든 모험가가 꼭 그렇다는 말은 아니고 랭크가 올라갈수록 많은 경험을 쌓아서 인맥 및 사교의 유용성을 깨닫기 때문에 무례한 인간은 점점 적어지지만, 유감스럽게도 전체적으로 봤을 때 막된 인간이 많은 것이 실상이었다.

따라서 그런 작자들이 무턱대고 난폭하게 굴지 못하도록 고삐를 잡으려는 의도로 이렇듯 실력자의 분위기가 나는 인물을 의도적으로 가려서 뽑는 것이 보통이다.

몇 사람인가 있는 미인 접수 아가씨는 완화제라고 보면 되겠다. 의뢰를 맡기러 오는 사람들까지 다 위압하면 문제가 되기도 하고, **젊은** 신입의 경우는 여러모로 미인에게 오히려 약한 모습을 보이면서 끌려다니는 경향이 있기 때문이었다.

무슨 말을 하고 싶냐면 인간은 전부 바보라는 정도일까.

"좋은 아침입니다, 오늘은 어떤 용무로 오셨나요?"

두 번째로 가까운 접수처에 다가가자 담당 여성이 영업 스마일로 인사말을 건넸다.

미나리스가 살짝 가자미눈을 뜨고 쳐다봐도 신경 안 쓰련다.

뭐가 아쉬워서 아침부터 불쑥 숨 막히는 남자 앞으로 가야 한단 말인가. 별로 얼굴 따위야 아무래도 좋지만, 어느 쪽이든 선택할 수 있는 이 상황에서 가까이 접근만 해도 체감 온도가 5도는 올라갈 것 같은 거한을 굳이 선택할 필요성은 발견할 수 없었다. 호모가 아니란 말이다, 나는.

"저와 저쪽 여자애의 모험가 등록을 부탁드리려고 합니다."

"모험가 등록 말씀인가요?"

힐끗, 접수 아가씨의 시선이 품평이라도 하는 듯 위에서 아래로 내리달았다.

사람을 보는 시선이 너무 노골적이다. 보아하니 신입이겠군.

"실례입니다만 모험가로 등록 가능한 연령은 열네 살부터라는 규칙이 있습니다. 그때까지는 수습 대우를 받아야 하고 랭크 상승도 불가능하며 잡무 등 위험 요소 없이 도시 안에서 완수 가능한 의뢰만 수행할 수 있습니다. 출입세의 면제와 같은 특전은 부여되지 않습니다만, 그 대신 길드에서 개최하는 초급 모험가 육성 코스에 무료로 참가할 수……."

"아뇨, 열네 살은 넘었습니다. 저는 열일곱 살이고요, 저쪽도 열여섯 살이거든요."

일순간 말을 머뭇거렸던 이유는 체감상 스무 살을 넘겼기 때문이다.

스테이터스에 표시된 숫자가 열일곱 살이었으니까 아마도 이게 맞다고 봐야겠지.

"네?"

끔뻑이라는 표현을 그야말로 이런 때 쓰면 되겠다 싶도록 훌륭하게 멍한 얼굴을 보여준다. 이런 반응은 첫 번째 때에 이미 익숙해졌다.

경험이 적은 탓일까. 감정을 전부 드러내는 태도도 그렇고 나 하나만 빤히 쳐다보는 시선이 너무 노골적이다. 누구를 어떻게 보고 어떻게 판단했는지 훤히 들여다보인달까. 물론 나는 얼굴을 딱히 어려 보이게 꾸미지는 않았다. 그야말로 동양인 매직이었다.

솔직히 이미 다 익숙해졌기 때문에 아무 생각도 안 들지만, 옆쪽에서 스킬『철면피』까지 쓰면서 웃음을 꾹 참고 있는 모양인 미나리스와는 나중에 차분하게 대화를 나눌 필요가 있겠다.

"알겠습니다. 그럼 이쪽의 수정에 손을 올려주시겠어요?"

그렇게 말하고 꺼내 놓은 물건은 『나이를 읽는 구슬』이라고 불리는 야구공 정도 크기의 수정 구슬이었다. 그 이름대로 손을 댄 인물의 나이를 읽는 마도구로, 상세한 구조는 모르겠으나 열네 살보다 위가 맞는지 파악이 가능하다.

"여기에 손을 대면 열네 살 미만의 경우에는 붉게 발광하고, 그 이상은 푸르게 발광합니다. 이러한 연령 제한은 각국과 맺은 협정으로 결정한 규칙인지라 어떠한 신분을 갖고 계신 분이라도 따라주셔야 하니까 양해 부탁드립니다."

마지막으로 굳이 저렇게 다짐을 놓는다는 것은 나를 귀족이라고 봤다든가 아무튼 의욕만 앞서는 도련님으로 의심하고 있다는 뜻이겠지.

미나리스를, 정확하게는 목 부위에 있는 노예 문장을 쓱 쳐다보고 꺼낸 말이니까 분명 틀림없겠다.

기본적으로 노예는 고가이고 우리 두 사람이 입은 복장도 왕도에서 제법 괜찮은 가격의 옷을 샀기 때문에 품질이 좋았다. 요컨대 딱히 돈 때문에 불편함을 겪는 일행으로 보이지는 않을 것이다.

그러니까 「나이를 읽는 구슬도 모르는구나, 어차피 연령 제한 규칙도 권력을 써서 무시할 수 있다고 넘겨짚을 만큼 세상 물정 모르는 귀족 가문의 바보 도련님이 억지를 부리려고 하네」라는 생각이라도 하고 있겠지.

실제로 비슷비슷한 사례를 첫 번째 때에 직접 목격했었다.

다만 타당한 판단임은 이해해도 그런 녀석들과 동류로 보였다고 생각하면 다소 불쾌한 기분이 들긴 했다.

여전히 웃는 얼굴로 대응하는데도 이쪽을 얕보는 기색이 뻔히 들여다보인다.

미나리스도 그런 기색을 꿰뚫어 봤는지 『철면피』를 푼 표정에 살짝 발끈하는 분위기가 감돌았다.

'이런, 진정해야지. 나한테는 오히려 잘된 일이잖아.'

겉모습이 젊은 우리 두 사람이 어느 정도 얕보일 것은 이미 예상했잖은가. 애당초 이 장소에는 우리의 무력을 과시하기 위해 온 입장이 아니니까 괜히 주목받고 싶지 않다는 목표는 잘 달성한 셈이다. 그렇다 해도 짜증스럽기는 물론 짜증스럽다만.

마음을 가라앉히고 접수 아가씨에게 받아 든 나이를 읽는 구슬에 손을 대자 정말로 손안에서 푸른빛을 발했다.

"미나리스."

"네."

미나리스에게 나이를 읽는 구슬을 넘겨주자 한쪽 손으로 받아 든다.

그 손에 들리고도 구슬은 푸른빛을 발한다.

"시, 실례했습니다. 그나저나 나이를 읽는 구슬은 길드의 비품 중에서도 귀중한 물건이니까 조심히 다뤄주시면 감사하겠습니다."

살짝 발끈하는 태도로 접수 아가씨가 목소리를 냈다.

아무래도 이 접수 아가씨, 무턱대고 자존심이 강한가 보다. 접수처를 담당하는 만큼 경험은 얕아도 일솜씨는 뛰어난 인재긴 할 테지. 솔직히 살짝 위압감을 발출해서 겁을 좀 줄까 하는 충동도 들었다.

뭐, 그렇게까지 직접적인 행동에 나서면 전투 요원으로 있는 근육 근육 마초 접수원이 날아오는 장면을 쉽게 상상할 수 있었기 때문에 엉뚱한 짓을 하지는 않는다만.

"아, 죄송합니다. 별로 귀중한 물건으로 보이지는 않아서요. **길드를 찾아온 모험가에게 대하는 방식**과 마찬가지로 취급해도 상관없을 줄 알았죠."

"……윽."

생긋 웃고는 빈정빈정 입을 놀린다.

마력을 발하지도 않았고 딱히 스킬을 쓰지도 않았다. 하지만 돌려서 네 속마음이야 뻔히 보인다는 야유로 면박을 주면 바보가 아닌 이상 말뜻을 알아차리기 마련이었다.

이렇게 말해줘도 머리가 안 돌아가는 사람한테 설마 길드의 접수처를 담당하도록 맡기지는 않을 테니까.

"조금 바쁘니까 빨리 등록 용지나 가져다주면 좋겠네요, 접수인분."

"앗, 네. 바로 갖고 오겠습니다."

접수 아가씨는 허둥거리면서 안쪽으로 들어갔다.

"주인님, 뭔가 처분이 애매해서 오히려 욕구 불만이 될 것 같아요. 조금 더 확실하게 해도 되지 않았을까요?"

"아니지, 무엇 때문에 아침 일찍부터 왔는데. 접수인을 불쑥 물리적으로 위압하면 다 헛짓이 되잖아."

"그야, 뭐, 그렇기는 한데요. 안목도 없는 돼지에게 얕보였다고 생각하면……."

어째서인지 평소보다 미나리스 씨의 태도가 약간 매서운 것 같다.

나도 접수 아가씨의 태도가 짜증스럽기는 마찬가지였지만, 솔직하게 말해서 딱히 방해만 하지 않는다면 아무래도 좋다는 것이 가장 앞서는 감상이었다.

“여기 모험가 등록 신청서를 가져왔습니다. 동화 한 장으로 대필을 해드리고 있습니다만 혹시 필요하신가요?”

“아뇨, 필요 없습니다.”

건네받은 두 장의 용지 중 한 장을 미나리스에게 넘겨주고 적당히 빈칸을 채웠다.

나도 미나리스도 작성을 마친 용지를 접수 아가씨에게 제출했다.

“카이토 씨, 그리고 미나리스 씨. 나이는 열일곱에 열여섯, 종족은 인족과 토인족, 전투 방법은 두 분 모두 검사군요. 파티의 이름은『스콘 로드』? 이상 없으신가요?”

“네, 그렇게 부탁합니다.”

“그러면 이 내용으로 길드 카드를 만들어드리겠습니다. 길드 카드 작성에는 다소 시간이 필요하오니 그동안 저쪽에 앉아 기다려주세요.”

그렇게 말하고 접수 아가씨가 책장 옆쪽에 설치되어 있는 소파를 가리켰다.

“책장에는 모험가와 관련된 상세 제도를 기재한 책도 있습니다. 필요하시다면 나중에 구두로도 설명해드리고 있습니다만, 문자를 읽고 쓰는 데 문제가 없으시니까 기다리는 동안에 직접 확인해주셔도 무방합니다.”

이어서 손가락으로 가리킨 장소에는 많은 책이 꽂힌 책장이 있었다.

“그 밖에도 마물마다 토벌 증명 부위 및 검증이 완료된 약점을 기록한 마물 도감, 약초와 독초 부류의 식생과 분포 및 채집 때 주의사항 등이 쓰여 있는 도감도 비치되어 있으므로 편하게 읽어주세요. 그러면 잠시 실례하겠습니다.”

그렇게 자기 할 말을 쭉 늘어놓고 접수 아가씨는 떠나갔다.

실제로 마냥 기다리자면 따분하니까 접수 아가씨의 말대로 책장에서 소책자를 꺼내 들었다. 선택한 것은 모험가에 대해 쓰여 있는 책자였다.

미나리스도 일단 읽고 쓰기를 할 줄 알기에 『독초 · 약초 일람』이라는 책을 손에 들고 있었다. 『환염독귀(幻炎毒鬼)』가 독을 만들어 내는 스킬이기도 하고, 독초 및 약초의 지식을 깊이 연구하려는 행동은 잘못되지 않았다.

한편 나는 마물도 약초 및 독초 종류도 첫 번째 때에 대부분은 【팔목(八目)의 투본검(透本劍)】으로 감정을 써서 상세한 정보가 데이터화되어 검 안에 기록되어 있기 때문에 우선해야 하는 사안은 모험가라는 직종 자체의 구조와 지식이었다.

첫 번째 때는 용사임을 들켜서 아무것도 하지 않았는데도 처음부터 최상위 랭크의 딱지가 붙어버렸기 때문에 모험가라는 직종의 사정을 잘 알지 못했다.

‘쳇, 살짝 기대했더니만…….’

유감스럽게도 이렇다 할 색다른 정보는 없었다.

『의뢰를 처리하여 랭크를 올림으로써 수주 가능한 의뢰가 늘어난다』.

『모험가는 도시 출입 때 세금을 내지 않는다』.

『나라를 넘나드는 이동도 전쟁이 발발하지 않는 한 신분을 길드가 보증해주기에 편리하게 지나다닐 수 있다』.

기본적인 항목은 원래 알았던 바와 다를 바가 없었다. 물론 모르던 지식도 분명 있었다.

모험가의 랭크는 개인에게 부여되는 것 말고도 파티의 종합 평가에 해당하는 파티 랭크도 있다고 한다.

구성원 전부가 E급의 모험가여도 서로 협력하여 D급의 모험가와 동등한 활약을 펼칠 수 있다고 증명하면 파티의 랭크는 D가 되고, 길드에서 수주 가능한 의뢰도 E급이 아닌 D급의 범위에서 받을 수 있었다.

그리고 또 한 가지, 용사로 활동했었던 첫 번째 때는 못 알아차렸는데 나라 및 길드가 공동으로 관리하는 던전 안에 들어가려면 개인이든 파티든 어느 한쪽은 D급 이상의 평가를 받는 모험가로 한정된다고 한다.

이게 정말로 고민이 되는 부분이었다.

머지않아 던전에 들어가야 할 텐데, 역시 단번에 랭크를 너무 많이 올려서 주목을 끄는 상황은 바람직하지 않았다.

정면으로 맞부딪쳐서 압도 가능한 힘을 되찾지 못한 지금은 아직 일렀다.

어떻게 할지는 나중에 미나리스와도 상의하면서 고민해야겠지.

그렇게 손에 든 책을 어느 정도 쭉 훑어보고 책 뒤쪽을 보니 『길드의 랭크별 기준 평가』라는 7단계의 피라미드가 그려져 있었다.

등록하면 받을 수 있는 랭크마다 표찰의 색과 대략적인 등급이 표시돼 있다.

정점에 있는 SSS부터 순서대로 살펴보면 아래와 같다.

SSS(백) : 전설, 설화 속 영웅

SS (흑) : 인간의 틀을 벗어난 강자(50년에 몇 명)

S (적) : 대단한 천재(10년에 몇 명)

A (녹) : 천재(1년에 몇 명)

B (황) : 최전선을 책임지는 인재

C (갈) : 베테랑 모험가

D (청) : 한 사람 몫

E (회) : 반 사람 몫

F (자) : 거의 일반인

수습(없음): 등록 불가

대충 이런 느낌이다.

수습에게는 표찰이 지급되지 않기 때문에 색상 표기도 없다.

그 부분도 전부 훑어보고 덮은 책을 책장에 꽂아 넣었다.

'그나저나 아무 이벤트도 안 일어나는군. 역시 내가 지나치게 염려한 건가?'

그런 생각을 떠올리고 잠시 후 자신이 경솔하게도 플래그를 세웠다는 사실을 깨달았다. 아니, 깨달아야 했다.

"하하하! 오늘은 정말 운이 좋았네! 오럴 래빗을 발견할 줄은 상상도 못 했다고."

"그러게 말입다, 도망쳐서 숨는 재주만 엄청 좋은 녀석이었습죠."

"빨리 환금합시다, 얼마나 값이 나갈지 아주 기대되는군요."

길드의 문을 열고 유난히 목소리가 큰 3인조가 들어왔다.

검은색에 가까운 회색의 곱슬머리를 어깨까지 내려뜨린 왼쪽 눈 아래에 눈물점을 단 여자.

거꾸로 곤두선 짧은 금발과 처진 눈매에 살짝 키가 작은 남자.

그리고 남자치고 긴 편인 흑발과 가느다란 눈에 안경을 쓴 인텔리풍의 남자.

힐끗 시선을 보냈다가 찌르륵하고 전기가 피부를 어루만지는 듯한 감각에 휩싸였다.

설마 이런 곳에서 맛볼 줄은 상상도 못 했던 감각.

오싹오싹 치밀어 올라오고 기대감과 통증이 부드럽게 뒤섞여 있는, 몹시도 고통스럽지만 그럼에도 다디달고 화끈거리며 거세게 목을 불사르는 걸쭉한 극약.

"……그래, 역시 뻔한 이벤트는 저주와 같군."

잘라도 잘라도 잘려 나가지 않는 약속된 전개는 언제든 이쪽의 사정도 심중도 아랑곳하지 않고 다가든다.

뭐, 결국 그런 것 따위야 아무래도 좋다.

행운이었을까, 불행이었을까. 혹여나 진짜 저주라고 해도 나에게 차이는 전혀 없다.

단 한 가지, 나에게 중요한 것은.

……저 놈들이 내가 죽이고 또 죽이고 싶어서 견딜 수가 없는 상대였다는 사실이다.

'그래, 이런 데서 만나게 될 줄은 상상도 못 했어.'

눈물점이 있는 리더 격 여자가 자일리.

키가 작고 척후의 역할을 맡는 금발에 처진 눈꼬리가 도트.

흑발을 내린 어깨에 활을 걸치고 있는 남자가 테리.

다만 한 명이 부족했다. 또 한 명, 이 녀석들에게는 동료가 있었을 텐데.

시건방진 태도에 본래는 귀족 출신이었다고 자랑하고 다녔던 마술사 꼬마가, 헨젤이 있어야 했다.

여기저기 시선을 던져봐도 마지막 한 명이 어째서인지 눈에 들어오지 않는다. 이곳에 같이 오지 않았나?

'쳇, 정보가 부족하군. 제길.'

관계성의 부실함은 곧 정보량의 부실함이다.

저 녀석들과 만난 곳은 아예 다른 장소였다. 이름 및 무력은 어느 정도인가, 어떤 성격의 인물인가, 저 녀석들 각각의 개성을 더 이상은 알지 못했다.

후, 답답하구나.

다음으로 꺼내 든 마물 도감을 형식적으로 넘기면서 주위를 관찰했다.

역시 이곳에는 없는 건가 싶어 낌새를 살피고 있던 때에 또다시 다른 한 명, 길드 안으로 작은 체구의 소년이 들어왔다.

밝은 금발을 지닌 그 소년은 갈색 로브 안쪽에 가죽 갑옷을 껴입고 한 자루의 지팡이를 들고 있었다.

"……뭐야, 역시 같이 있었잖아."

나는 차마 견딜 수 없는 웃음을 숨기고자 한쪽 손으로 얼굴을 덮어 가렸다.

두리번두리번 주위를 둘러보고 헨젤이 곧장 근처의 접수 카운터로 향하는 모습을 손가락 사이로 바라보면서 빙글빙글 몸을 맴도는 피가 뜨거운 돌에 떨어져서 가열되는 듯한 감각을 느꼈다.

분명 정의로운 누군가는 저 녀석들이 한 짓을 용서하라고 말씀하실지도 모르겠다.

굳이 얽히지 않는다면 목숨까지 빼앗지는 않겠노라고, 마음의 천칭이 망가지기 이전의 나였다면 혹시 그런 선량한 판단을 내렸을지도 모르겠다.

직접 배반을 당한 관계도 아니었다. 그야말로 일순간에 살점도 피도 내장도 다 끓어올라서 독으로 바뀌어버릴 깊이가 있는 열기가 아니라는 사실은 굳이 부정하고 싶지도 않다.

그래도……. 응, 역시 안 되겠다.

나는 이 녀석들을 용서하지 못할 것 같다. 용서하고 싶다는 마음이 들지 않는다.

싸늘한 불꽃이 몸을 그슬리는 땅속에서.

갈증에 시달리는 철판 위에서.

검디검게 물들어버린 뼈마저 남지 않도록 죽여주마.

……내 마음의 천칭은 전혀 균형을 잡지 못하고 한쪽으로 기울어졌다.

# 제2장 타오르는 양지의 기억과 녹아내리는 살점의 가마

감미롭고 달콤하면서 아득한 꿈속의 기억.

마치 환상 같았고 그러나 분명하게 존재했었던 용사(나)와 마왕(레티시아)이 함께 보낸 시간의 기억.

☆

짹짹, 작은 새 우는 소리가 들려왔다.

아련하게 감싸 안아주는 따뜻한 햇살이 이곳은 죽고 죽이는 싸움이 당연한 세계라는 사실을 잠시나마 잊게 돕는다.

“이봐, 보통 이런 건 여자가 남자한테 해주지 않아?”

문득 바람이 불어들더니 이 세계에서는 드물게도 옅은 색깔을 띤 꽃잎과 희미하게 감도는 꽃향기를 날려 보낸다.

그리고 거기에 살짝 섞여서 레티시아의 은근하고 달콤한 향이 코끝을 간질였다.

숲속 깊은 곳, 폐허가 된 교회가 있는 꽃밭.

생명력 넘치는 담쟁이덩굴이 뻗어 나가는 벽과 건물은 폐허치고는 충분히 훌륭했다. 그리고 그 앞에 펼쳐지는 것은 아름다운 꽃밭과 한 그루의 나무.

나는 나무에 몸을 기댔고, 쭉 뻗은 두 다리에는 레티시아가 작은 머리를 얹어 놓았다.

"으응? 뭐냐, 오늘은 내가 이겼잖느냐. 내가 어리광 부릴 차례란 말이다. 말하는 대로 들어주지 않으면 싫어할 테다."

방울 소리와 같은 목소리는 내 다리를 베개로 쓰고 있는 레티시아에게서 들리는 목소리였다.

"아니, 아니지. 내가 이겼을 때도 대부분 네가 어리광 부렸잖아. 뭐, 별로 상관없지만."

"어서, 어서! 손을 멈추지 말거라. 더욱 다정하게 쓰다듬어라. 애정을 담아서, 듬뿍이다."

"그래그래."

"우훗~ 우후후후~."

사락사락 윤기 있는 붉은 머리카락을 기막히다는 시늉을 하며 쓰다듬었다.

굳이 안 졸라도 반복하는 동안 손길에 저절로 정감이 담긴다.

"에잇, 에잇~!"

"앗, 이 녀석아! 간지럽잖아, 뭐하는 거야!"

"후후~ 한번 해보고 싶었을 뿐이다. 특별히 의미는 없지. 에잇, 에잇~!"

즐겁게 웃음 지으면서 때굴때굴 머리를 움직이는 레티시아는 정말로 기분 좋아 보였다.

아아, 안 되겠다. 머리가 바보처럼 굳어버렸어.

이렇게 얼간이 같은 짓을 하는데도 끓어오르는 것은 귀엽다든가

사랑스럽다든가 그런 감정뿐이었다.

"받아라, 답례다!!"

"끄응, 으아앙~!! 이, 이 녀석, 카이토! 오늘은 내가 이겼으니까 어리광 다 받아주고 다정하게 대해달란 말이다. 하극상은 안 되잖느냐~!"

레티시아를 부둥켜안다시피 하고 머리카락 곳곳을 마구마구 쓰다듬자 바동바동 움직이면서도 싫어하는 기색은 아니었다.

"으앙!!"

"어이쿠."

그런 반응이 귀여워서 무심코 힘이 많이 들어가 버렸나 보다.

나의 품에서 빠져나와 몸을 일으킨 레티시아가 내 몸을 퍽퍽 때렸다.

"머리카락이 다 삐쳐 나갔잖느냐!"

"하하! 미안, 미안해. 자, 이리 와."

"에잇~. 이번에는 정말 다정하게, 듬뿍~ 달달하게 해야 한다."

"알겠다니까. 있는 힘껏 달달하게 말이지?"

살짝 흐트러졌던 레티시아의 예쁜 머리카락을 정성 들여서 빗었다.

손에 닿는 감촉 하나마저도 놓치기 아까웠기에 어쩌면 전투 상황과 비슷하게 신경을 집중시켰을지도 모르겠다.

그때 스스로도 뭐하다 싶을 만한 행동을 떠올렸다.

도무지 내게 어울리지도 않는 데다가 끝난 다음에는 여러모로 부끄러워서 마구 몸부림치는 미래밖에 안 보인다. 이런 짓을 하고 싶다고 생각하는 시점에서 여러모로 제정신이 아니었다.

"으응~. 흐앙~. 카~이토~."

그런데도 레티시아가 푸근하게 내 이름을 불러주는 순간 사고가 휙 날아갔다.

"레티시아."

"음? 으음~?! 흐앗, 무얼 하는 것이냐?!"

정신을 차리고 보니 마치 새가 쪼아 먹는 것처럼 레티시아의 머리카락에 키스하고 있었다.

자신에게 무슨 일이 일어났는지 깨달은 레티시아는 얼굴을 새빨갛게 붉힌 채 부끄러워했지만, 그러나 어디인가 기쁜 분위기를 내비치면서 가만히 어쩔 줄을 몰라 하고 있었다.

'……뭐야, 이 녀석. 왜 이렇게 귀여운 거야.'

"너 말야, 너무 비겁하잖아!! 너무 귀엽다고!!"

"바, 뭣, 으으~!"

주체할 수 없이 사랑스럽다는 충동이 흘러넘쳐서 더는 견디지 못하고 레티시아를 꽉 끌어안고 말았다.

즐겁다, 기쁘다, 흐뭇하다. 이런 시간이 더욱, 더욱더.

시간이 멈춰주기를 이 세계에 오고 처음으로 바랐다.

"에잇, 바보로구나. 카이토는 바보, 바보, 바보다!"

"그래, 정말로 바보 같아. 애당초 달달하게 해달라고 말했던 게 레티시아였잖아."

정말 안 되겠다, 엄청나게 행복하다.

연애 모드에 들어간 자신이 이런 식으로 될 줄은 상상 못 했는데, 나쁘지 않다.

"으윽……. 너무 달달하잖느냐. 이런 짓을 당하고 나면 사람들 앞에서도 자제심을 발휘하지 못하고 말 게다."

"그러면…… 확실히 곤란하겠군."

"곤란하고말고, 카이토의 세계에 갔을 때 부모님 앞에서까지 이런 모습을 보인다면 역시 과하게 부끄럽단 말이다."

"그렇겠네, 마이라든가 이 꼴을 보면 「오라버니, 불결해요!!」라고……. 안 되겠다, 그러면 절망할지도……."

버럭버럭 화내며 삐친 마이의 모습이 떠오른다.

아니, 그로부터 2년 이상이나 지났으니까 마이도 혹시 바뀌지 않았을까.

원래 세계에서 내 신원이 어떻게 되어 있는가 모르겠다만, 가장 유력한 것은 가출해서 행방불명이라든가 뭐 그렇게 처리됐겠지.

아버지에게도 어머니에게도 물론 마이에게도 죽도록 엎드려 빌 수밖에 없겠지.

"……에잇, 시스콤 녀석."

"하하, 질투야?"

"질투란다."

잠시간 서로의 눈과 눈을 마주 보다가 더는 못 견디고 둘이 동시에 웃음을 터뜨렸다.

원래 세계로 돌아가고 싶다. 그 마음은 무엇 하나도 바뀌지 않았다. 그래도 지금은 이렇게 시시덕거리는 시간마저도 너무나 즐거워서 이 세계에 불려 온 것을 정말 잘됐다고 여긴다.

아직은 더 많이, 내가 레티시아와 원래 세계로 돌아갈 수 있을 때까지 시간이 걸릴 것이다.

이 세계에 불려 왔던 무렵과는 다르다. 용사로서 나는 강해졌다.

'그러니까 꼭 이 세계에서도, 원래 세계에 돌아가도 너와 함께…….'

"레티시아……."

"으응……."

마치 빨려 들어가는 것처럼 자연스럽게 몸이 움직여서 입술을 겹쳤다.

"웡웡!"

""윽?! 왁?! 아?!""

갑자기 날아든 소리에 우리는 놀라서 떨어졌다.

이쪽을 향해 짖고 있는 녀석은 한 마리의 가름.

완전히 다 성장하면 개라고 말하지 못할 만큼 커다래지는 녀석이지만, 아직 다 자라지 않은 저 가름의 체구는 거의 평범한 강아지와 다를 바 없는 크기였다.

목 주변 부위의 털이 달 모양으로 하얗게 물들어 있는 게 특징이었다.

"이, 이 녀석……. 매번, 매번……."

"흠, 으흠흠!"

나와 레티시아는 지켜보는 녀석이 있었다는 것이 부끄럽기도 하고 방해받아서 분통이 나기도 하고 얼굴이 새빨개져서 뭐라고 말도 못하겠다는 표정만 짓고 말았다.

"크응~?"

"후유, 이거 참."

이상하다는 듯이 우는 저 새끼 가름을 보면 결국은 평소와 마찬가지로 기운이 빠져버리고 만다.

"옜다, 이걸 바라는 거지?"

"컹컹♪"

둥글 주머니에서 꺼낸 마물 고기를 던져주자 곧장 달라붙어서 우걱우걱 정신없이 먹어 치운다.

"언젠가부터 매번 먹이를 내놓으라고 오는구나, 이 녀석."

배가 고팠기 때문인가, 비틀비틀 헤매 들어온 이 녀석에게 변덕을 부려 남겨 놓았던 식사를 한 번 줬더니 우리가 이 장소에 올 때마다 매번 이렇게 먹이를 내놓으라고 들르고는 한다.

"착하다, 착해. 복스럽게도 먹는구나. 잔뜩 먹고 큼지막하게 자라거라."

레티시아가 새끼 가름의 머리를 마구 쓰다듬었다.

"아~ 나는 모른다? 그 빨간 도마뱀이 삐치는 거 아니야?"

"응? 뭐냐, 질투하는 게냐?"

"그래, 맞아. 질투야. 그러니까 나도 좀 신경 써줘라."

"후유, 어쩔 수 없는 녀석이로다. 으응."

이윽고 다시 또 입술을 겹쳤다.

정말이지 마치 꿈과 같은 나날이었다.

그런 진부한 말밖에 나오지 않을 만큼 몹시, 몹시도 소중한 나날이었다.

"큭. 헉, 헉헉."

이런, 가볍게 휴식 삼아서 나무 그늘에 쪼그려 앉아 있다가 잠깐 의식이 날아가 버렸다.

현실 도피와 비슷한 달콤한 꿈의 잔재가 눈앞의 싸늘한 현실에다가 마음을 헤집는 쓴맛을 덧붙인다.

무엇이 어쩌다가 이리되었단 말인가.

나는 상처 입고 너덜너덜해진 몸을 이끌고 어두운 숲속을 나아가는 중이었다.

레티시아와의 전투를 끝내고 돌아왔던 나는 영문도 모른 채 동료들에게 집중포화를 맞았고, 부상을 입어 소모된 몸으로 간신히 목숨만 건져 도망치는 신세가 됐다.

그러나 나를 쫓는 것은 동료들이 전부가 아니었다. 최종 결전에 임하기 위해 이곳에 데리고 왔던 병사 및 모험가까지 전부가 내 목숨을 노렸다.

분명 주전파 마족 중 어느 녀석에게 모두가 조종당하는 것이다. 이제까지 격렬한 전투를 치르면서 지친 빈틈을 노리고 들어온 것이 틀림없었다.

"헉헉, 젠장."

몸도 마음도 어느 한쪽의 상처도 치료하지 못한 채 비틀비틀 어두운 밤에 감싸인 숲속을 나아간다.

그러다가 정신을 차렸을 때 나는 언젠가 레티시아와 지냈던 그 폐허로 화한 교회의 꽃밭까지 다다랐다.

"하하, 구해 내지도 못하고 제 손으로 죽인 주제에……. 내가 생각해도 정말 구제할 길이 없는 빌어먹을 놈이군."

싸우고 싶지 않았다.

이해와 수용은 서로 다르기에, 그럼에도 싸울 수밖에 없었다는 것도 분명했고.

아무 일도 없었던 것처럼 전부를 딱 잘라 매듭짓지도 못한 채, 원래 세계에 돌아가겠다는 약속마저 아직 지키지 못했는데도, 이렇듯 지난날의 잔향에 의지하려고 한다.

이리도 추할 수가 있는가. 이리도 한심할 수가 있는가.

바로 그때였다.

"윽, 이렇게 접근하고 나서야 알아차리다니, 정말 지독하게 지쳤군."

슬쩍 다가들어 온 마물의 기척을 느끼고 경계심을 불러일으킨다.

나타난 녀석은 한 마리의 가름이었다.

"음? 저 목의 무늬는……. 너, 예전의 그 가름인가……?"

"그르르."

강아지 정도 크기였던 녀석이 어느 사이에 성장해서 평범한 가름보다 훌쩍 큰 몸집을 갖고 있었다.

"……다리를 다쳤나. 나를 쫓아오는 녀석들에게 당했겠구나."

다친 부분은 명백하게 날붙이에 베인 상처였다. 마물끼리 영역 다툼을 벌이다가 입을 상처가 아니다.

"아무튼 치료를 하더라도 먼저 건물 안으로 들어갈까."

나는 괴로워 보이는 가름을 안아서 허물어져 가는 교회 내부로 들어갔다. 쾌적하다고 말하기는 어려운 공간이었지만, 다소나마 추위와 비와 이슬을 피할 수 있는 만큼 감지덕지였다.

"미안하다, 다른 때였다면 당장에 낫게 해줬을 텐데……."

전투에 열중하던 중 둥글 주머니가 내 손에서 떨어져 나가고 말았다.

안쪽에 들어 있었던 대량의 물자가 주위로 쏟아져버려서 내 수중에는 하급 포션마저도 남아 있지 않았다.

"크릉."

적당히 뜯은 약초를 몇 장쯤 상처 부위에 대고 속옷의 천을 소지한 나이프로 갈라서 붕대 대신 감아줬다.

마물의 생명력은 강하다. 적어도 이제 상처가 원인이 되어 죽어버리는 일은 없을 것이다.

"하하, 너덜너덜하구나. 나도, 너도."

"커엉."

살짝 머리를 쓰다듬어주자 가름은 저항하지도 않고 내 손길을 받아들였다.

"자, 오늘은 이만 자자. 하룻밤 쉬면 부상도 다 나을 거야."

내가 이 숲에서 벗어나면 조종당하고 있을 그 녀석들도 나를 쫓아서 이곳을 떠나갈 것이다.

어지간히 지쳤던 듯 잠시 머리를 쓰다듬어주는 사이에 벌써 잠들어서 조용히 숨소리를 내쉬고 있었다.

"……."

한편 기력이 다하고 지쳐 잠들고 싶은 마음은 산더미 같았지만 결전에서 사용한 심검의 부작용 때문에 이틀은 더 잠들 수가 없었다.

가만히 교회에서 나와 어느 날이었던가 레티시아와 입맞춤을 나눴던 꽃밭에 서 있는 나무의 뿌리 부분에 주저앉았다.

올려다본 달에 걸린 구름이 조금이나마 가셔서 주위를 비추어줬다.

몸이 낫지는 않으나 지금은 아득하게 느껴지는 옛 나날의 추억만으로도 조금은 치유되는 기분이 든다.

아무것도 달라지지 않는 꽃의 향기와 색채가 어째서인지 조금이나마 마음을 감싸줬기에 더는 견디지 못하고 눈물이 흘러나왔다.

플레임 멀티 랜스
"화염연창』!!"

"읏?! 뭐야?!"

그리고 그 순간, 시야가 불현듯 **불타올랐다**.

느닷없이 날아든 다수의 화염 창이 고요한 분위기가 감돌고 있던 주변 곳곳을 온통 휩쓸어버린다.

거센 기세에 꽃밭은 무참하게 유린당했고, 붉은 뱀의 혓바닥이 주위를 차차 둘러 감았다.

지직지직 식물 타들어 가는 소리며 냄새와 함께 적색과 갈색으로 물들어 가는 불의 세계로 바꿔 놓는다.

"뭐하는 거야! 한 방에 해치우라고 말했잖아!!"

"어쩔 수 없다고! 상대가 저런 괴물이잖냐!!"

줄줄이 나타난 것은 평범한 수준의 모험가로 구성된 부대였다.

부대의 선두에 서 있는 것은 모험가들을 통솔하는 네 명의 모험가.

자일리, 도트, 테리, 헨델이라고 불리고 있는 인물들.

"이렇게 된 이상 어쩔 수 없지! 포위해서 봉쇄해라!!"

리더 격의 자일리라고 불렸던 여자가 소리쳤다.

"빨리빨리! 놓치면 안 된다고!! 제아무리 괴물 같아도 결국은 인간이야! 마법을 계속 때려 박으면 우리도 충분히 해치울 수 있어!"

"크?!"

만전의 상태였다면 무방비로 격중 당한들 아무렇지도 않았을 마법인데도 레티시아와의 전투로 몹시 지쳤던 탓에 조금씩이나마 피해를 받아야 했다.

시야를 가득 메우는 마법은 내가 지도했던 대로 일면 제압을 기본으로 하는 불 계통의 마법 사격을 충실하게 실행했기에 빈틈이 없다.

상황을 타개하기는 어렵지 않았지만, 그렇게 하면 지금의 나로서는 상대를 자칫 죽여 버릴 수도 있었다. 혹은 치료가 불가능할 상처가 남는 사태를 피할 수 없겠다.

재차 요란하게 내 주위가 터져 불타올라서 꽃밭을 휩쓸었다.

"그만, 그만해!! 제정신으로 돌아와줘!!"

이곳은 소중한 추억이 가득 담긴 장소란 말이다!

내 행복의 상징과 같은 장소였다고!!

"태우지 마! 이곳은, 이곳만큼은!"

필사적으로 부르짖는 소리는 들이닥치는 화염의 장벽에 휩쓸려 사라졌다.

"빨리빨리 쏴라, 싹 태워버려! 너희도 놀지 말고!"

"재촉하지 않아도 다 알고 있다고, 자일리. 이래 봬도 나는 귀족 출신, 인간에게 해를 끼치는 마왕인 이상 주저하지 않고 처단해야겠지. 불태워 꿰뚫는 불꽃의 창, 『화염창(플레임 랜스)』!"

이글이글 타오르는 불꽃의 창이 지면을 달리면서 그토록 아름답게 피어올랐던 꽃들도 티끌이 되어 사라진다.

타오른다, 타오른다, 불타오른다.

레티시아가 나에게 남겨줬던, 단 하나도 잃고 싶지 않았던 보물이 부조리한 폭력에 유린당한다.

어째서, 이렇게 됐단 말인가.

"큭!! 그만, 그만하라고!!"

거듭거듭 거듭거듭 그만하라고 소리 높여서 외쳤다.

"어서! 도트, 테리. 기름 뿌려라! 용사, 아니지, 마왕을 토벌하면 우리가 영웅이라고!"

"예이, 누님!"

"흠, 맡겨주쇼."

마구 짓밟히고 있는 무력한 꽃들.

마치 소중한 옛 나날까지 짓밟히는 기분이었다.

"너희도 기운들 써라! 금화 수백 장짜리 큰 의뢰라고! 기합 넣어라!"

""""오오!!""""

자일리의 목소리에 마법의 집중포화가 한층 더 격해졌다.

그리고 제어가 흐트러진 듯 보이는 한 발의 화염구가 꽃밭 한쪽에서 있던 교회의 잔해로 뻗어 나갔다.

"윽!! 멈춰!!"

'저기에는 그 가름이……!!'

지면을 박차고 컨트롤이 엉성한 마법으로부터 건물을 몸으로 감쌌다. 건물이 붕괴하면 가름은 도망치지 못하고 죽어버린다.

그러나 내 행동은 상황을 더욱 악화시키고 말았다.

“지금이다! 『화염총(플레임 배럿)』!!”

내 급한 모습을 보고 기회라고 자신했을까, 헨젤이 자세를 무너뜨린 나를 겨냥해 속도 중시의 마법을 날린다. 그러나 총망하게 구축한 마법은 역시 나를 커다랗게 빗나가서 건물로 날아갔다.

자세가 무너져 있는 나로서는 더 이상 막을 여력이 없었다.

그리고 아무 장애물에 막히지 않은 놈의 마법은 마치 빨려 들어가듯이 건물에 착탄한 후 거침없이 폭발을 일으켰다.

노후화된 건물에는 충격을 견딜 내구력이 전혀 없었기에 와작와작 커다랗게 소리를 울리면서 무너진다.

“아, 아아, 아아아…….”

눈앞에서 불타올라 붕괴되고 허물어진다. 그 가름이 잠들어 있을 건물이 허물어진다.

단지 그 광경밖에 눈에 들어오지 않았다.

아프다, 아프다.

마음이 비명을 지르고 몸에서 힘이 빠져나간다.

얼굴을 지키고자 팔을 들어 올리지도 못했던 터라 무방비했던 내 몸에 잇따라 마법이 명중했다.

콰앙, 소리를 울리며 불타 번져 나가는 화염이 내 추억째 그 장소를 불살랐다.

언젠가 두 사람만의 비밀 장소라며 서로 웃던 꽃밭이 불타오른다.

언젠가 두 사람이 등을 기대고 가름에게 먹이를 줬던 나무가 활활 불타오른다.

그리고 지금 막 내 눈앞에서 가름의 목숨과 함께 교회가 허물어졌다.

"좋아! 기세 좋고! 마무리 일격을……."

"아아아아아아아아아아아아아아아아아아아아아아아아아아아!!"

거센 고함을 쏟아 내면서, 정신을 차렸을 때 나는 이미 주위를 날려버렸다.

"헉, 헉헉, 헉, 헉헉."

어느 사이인가 주위에는 훤히 드러난 맨땅과, 날아가 버린 흙을 뒤집어쓰고 나동그라져 있는 모험가들과, 옅게 연기를 내며 불길에 감싸여 허물어지고 말았던 교회 건물이 남아 있었다.

"헉헉, 크, 헉, 헉헉."

너덜너덜한 몸을 끌어다가 무너져 있는 잔해의 산더미로 달려갔다.

수북이 쌓인 잔해의 산을 필사적으로 치워 낸다.

그 끝에 어떤 광경을 보게 되는지 뻔히 알면서도 손을 멈추지 않았다. 멈출 수가 없었다.

"헉, 아아, 아아아아, 끅, 흐흑, 으읍, 미안, 미안해……."

역시나 기적 따위는 일어나지 않았다. 그곳에서 나는 당연하게도 **주검**을 맞이했다.

안아 든 가름의 몸은 싸늘했다. 뚝뚝 볼을 타고 흐르는 눈물의 열기마저 거짓이 되어 사라져 가는 것 같았다.

"……아아, 제기랄, 빌어먹을 놈아, 그래, 그런 거잖아."

그렇다, 그것이, 이것이, 과거의 꿈.

그 광경이 당시의 아픔을 남김없이 내 마음에 재현한다. 현실에 충실한 악몽 속이라고 조소를 띠고 선고한다.

"빌어먹을, 다 안다고. 다 알고말고."

그렇다, 이것이 나의 현실이다.

꿈이 아닌, 현실에 일어났던 나날의 기억.

달콤한, 정말로 행복해서 가슴 벅찼던 기억. 그 기억에 거짓이 없었기에, 거듭거듭 되풀이하여 자신에게 들려줘야했던 현실의 쓴맛이 예리하게 입속을 헤집었다.

"이런, 이따위 빌어먹을 현실이었다는 거지."

이 녀석들이 결코 조종당해서 움직였을 리 없다고 내가 알게 된 시기는 조금 더 나중이었다.

이미 지나가버린 시간은 돌아오지 않는다.

깨진 달걀은 깨진 채, 흘러 떨어진 물은 떨어진 채.

설령 세계를 되감더라도 결코 없었던 일로 잊어버리지는 못한다.

꿈인데도 불구하고, 아니, 꿈이어서인가.

"아아, 젠장, 정말로 고마운 꿈이잖아."

그저 억누를 수 없는 눈물만 뚝뚝 맺혀서 떨어진다.

마치 모든 것이 다 거짓이었다고 부정당한 기분이다.

지금도 파편 하나조차 빛이 바래지 않은 나의 보물이 한 줌 재만

한 가치도 없다고, 그런 식으로 비웃음당하고 있는 기분밖에 들지 않는다.

그래, 그러니까 역시 죽여야겠다.

나는 너희를 용서할 수 없어.

용서하고 싶다고, 용서해도 괜찮겠다는 생각이 티끌만큼도 들지 않아.

너희는 말이야, 단지 주위의 부추김 때문에, 혹은 의무감으로, 의뢰라는 마음에.

그렇게 아무것도 모른 채 나를 습격했을지도 몰라.

그런데 말이지.

어떤 특별한 사건도 없이 단지 평온한 시간을 보냈던 그 장소가, 나에게 얼마나 소중한 곳이었는지 너희는 알지 못했을 거야.

그때 너희가 빼앗았던 하나의 목숨마저도 영영 몰랐을 테지.

너희에게 그곳은 단지 교회가 있는 폐허였고, 한 그루 나무가 서 있고 꽃밭이 펼쳐져 있는 흔한 장소였을 뿐.

빼앗았던 생명도 단지 마물에 지나지 않았을 테고.

그럼에도 나에게는 레티시아가 나에게 준 소중한 추억 중 하나였다.

그럼에도 나에게는 둘도 없이 소중한 생명이었다.

이미 지나가버린 추억의 장소와, 고작 한 마리 마물의 생명은.
——몰랐다는 말 한 마디로 넘길 수 있을 만큼 나에게는 가볍지 않단 말이다.

☆

"주인님, 이런 데서 잠들다니 부주의하세요."
"으음, 으으……."
멍한 의식을 깨우며 들려오는 목소리.
살며시 몸을 흔드는 손길에는 정감이 담겨 있었다.
"흐암, 미나리스. ……미안, 잠들어버렸나."
휙휙 머리를 흔들자 멍한 머릿속이 조금씩 명료해졌다.
이것저것 분담해서 물품 구입을 마쳤는데, 합류 장소로 결정했던 마을 광장의 벤치에 예정보다 더 빨리 도착하고 말았다.
아직은 미나리스가 오지 않은 것을 확인한 뒤 가만히 하늘을 바라보면서 시간을 때웠는데, 잠들 생각은 없었다만 따끈따끈 따뜻한 햇볕을 쬐는 동안에 깜빡 잠들어버렸나 보다.
"어땠어? 필요한 물건은 다 구했어?"
"네, 예상보다 훨씬 싸게 구입했어요!"
"오, 그거 잘됐네."
기분 좋게 희색이 도는 미나리스에게 웃음 지었다.

그때 마치 미리 맞춘 것처럼 나와 미나리스에게서 동시에 꼬르륵 소리가 났다.

하늘에 떠올라 있는 태양의 높이를 보건대 마침 적당한 시간이었다.

아침 일찍 나오기도 했고 배가 고픈 것은 당연하다면 당연하다.

"적당한 시간이고, 밥 먹으러 갈까?"

"그렇네요, 저도 배가 고픈 참이었어요."

벤치에서 일어선 뒤 우리는 걸어 나아갔다.

아무리 평정을 가장한들 역시 그 녀석들이 머리에서 떨어지지 않는다.

걸어가면서 뇌리에 떠오르는 장면은 몇 시간 전 길드에서 일어난 소동이었다.

☆

"미나리스. 나, 저 녀석들을 죽여야겠어."

기울어지는 내 천칭에서 울린 덜커덕 소리는 일말의 오차도 없이 미나리스에게 전해졌다.

"……알겠습니다, 주인님."

한마디 말에 여러가지가 통했는지 미나리스는 수긍한 기색으로 한 차례 고개를 끄덕여줬다.

미나리스도 나의 복수심을 공유하고 있다. 추체험으로 겪은 기억은 세세한 부분까지 완벽하게 전달되지는 않는 듯싶지만, 복수심의 공유 쪽은 이상 없이 제대로 기능하고 있었다.

자, 이제 어떻게 할까. 찬찬히 고민하면서 일단 낌새를 살폈다.

헨젤은 자일리의 파티에 말을 건네지도 않고 우리 옆쪽의 접수처로 움직이고 있다. 이쪽은 방금 전 접수 아가씨보다 조금 나이가 많아 보이는 외모였고, 베테랑의 품격이라고 말해도 될 만한 분위기가 느껴졌다.

"『모험가가 되러 왔다. 수속을 해라.』"

마력으로 강화한 청력으로 감지한 것은 거만한 어조로 말을 건네는 헨젤의 목소리.

'모험가 등록……? 아직 자일리의 파티와 행동을 함께하는 게 아니었나.'

나는 내심 혀를 차고 말았다.

함께 파티를 구성한 게 아니면 움직임을 파악하기가 번거로워진다. 특별히 큰 문제는 아니어도 매사에 번거로운 것은 분명하겠다.

"『모험가 등록 말씀이군요, 알겠습니다.』"

"『꾸물거리지 마라! 빨리 처리해!』"

그 후에도 헨젤의 거만한 언사를 받아넘기면서 접수 아가씨는 노련하게 대화를 진행시켰다.

다만 헨젤이 매사에 본래 신분을 내세워서 억지를 부리는 터라 접수 아가씨는 꽤나 애먹는 모습이었다.

"저쪽은 한동안 내버려 둬도 문제없겠네요, 주인님."

"그래, 자일리 패거리는 어떨까……."

한동안 대충 실랑이를 벌일 것 같은 헨젤은 일단 내버려 두고, 자일리 패거리가 있는 방향으로 시선을 보냈다.

자일리를 비롯한 3인조는 병설 주점에서 아침 식사를 먹고 있었다. 메뉴 중 조금 비싼 축에 속하는 식사를 주문해서 축배를 든다.

세 사람 모두 이곳에 오기 직전까지 밤을 새워서 술을 마신 듯 술기운이 미처 다 빠지지 않아 불그스름한 얼굴로 신나게 대화를 나누고 있다.

아마 오크를 토벌하고 돌아오는 길에 오럴 래빗을 발견하고 고생 끝에 해치운 것 같았다.

오럴 래빗은 커다랗게 쫙 벌어지는 입과 작은 뿔을 갖고 있는 몸길이 50센티미터 정도의 토끼형 마수이다.

전투 능력은 전무한 데다가 방어력도 없지만, 몹시 날쌔고 몸털을 주위의 색에 녹아들도록 위장하는 고유 스킬을 갖고 있기 때문에 해치우기는 꽤나 어려웠다.

그리고 무엇보다도 레어 몬스터였다. 경계심 강하고 색적 능력도 뛰어난 탓에 정말로 극히 드물게 발견된다.

그 때문에 전투력이 없는데도 불구하고 토벌 난이도가 D랭크로 설정됐다.

그렇기는 하나 오럴 래빗의 고기는 진미, 내장은 약으로, 뿔과 발톱은 고가의 마도구 제작에 쓰는 촉매로, 모피는 고급 가구의 재료로 쓰이는 등 모든 소재가 고가에 거래되는지라 한 마리만 사냥하도 1개월치의 수입은 벌어들일 만큼 값이 나갔다.

'왜 이렇게 이른 아침부터 나왔나 싶더니만, 그런 이유였군.'

이런 시간에 길드를 찾은 것도 아마 그 때문이겠지.

어제 밤늦게 오럴 래빗을 사냥하고, 마을로 돌아올 무렵에는 곧

하얗게 동이 틀 시간이었을 것이다.

당연히 그런 시간대에 길드가 문을 열 리는 없을 테니까 숙소로 돌아가서 잠들기보다도 단골 주점에서 시간을 때우다가 길드가 문을 여는 때 맞춰서 오는 쪽을 선택했겠지.

"……."

짭짤한 수입에 들뜬 저 모습이 웃음을 터뜨리면서 꽃밭을 불태웠던 모습과 겹쳐 보였다.

"『자자, 어서 이 녀석을 돈으로 바꿔보실까.』"

자리에서 일어난 자일리가 술기운을 다스리려고도 하지 않고 길드 접수처로 향한다.

"……음? 얼씨구……."

그대로 아무 일 없이 환금을 마치려는가 싶었는데, 자일리가 가서 선 접수처는 헨젤이 있는 접수처와 같은 곳이었다.

"『비켜라, 꼬마. 방해된다, 방해야!』"

"『뭐냐, 너는! 윽, 취한 건가?』"

"하하하, 일이 재미있게 돌아가는구나."

"갑자기 말다툼을 벌이는군요."

거나하게 취해서 먼저 시비를 붙인 쪽은 자일리였지만, 헨젤도 모험가라는 직종에 꿈을 갖고 있었는지 「모험가가 아침부터 술이나 마시고」라든가 「그 모양이니까 랭크가 안 오르는 거다」라든가 제대로 불씨를 던진다.

당연히 그런 말까지 듣고 자제할 인간도 아니다. 좋은 일이 있고 난 다음에 술도 들어가서 들떠 올랐던 참에 찬물을 뒤집어쓰면 아주 짜증을 부릴 것이다.

조롱하면서 바보 취급하고 여유로운 태도로 헨젤을 상대하던 자일리도 점점 말투가 거칠어지면서 「너 같은 꼬마가」라든가 「모험가는 말이야, 그렇게 꿈을 가질 만한 직업이 아니라고!」라든가 뻔한 대사를 내뱉고 있다.

비록 길드 관계자의 눈이 있기 때문에 말싸움에서 더 나아가지는 않는다만, 장소가 달랐다면 당장 맞붙어 싸움박질을 벌였을 수도 있겠다.

그렇기는 하나 길드의 관계자도 이만한 말다툼이야 거의 일상다반사인지라 입만 놀려서 싸우는 동안은 간섭하지 않는다.

다만 간섭이 없는 까닭에 오히려 자일리와 헨젤의 말싸움은 수그러들 기미가 보이지 않았다.

'어디 보자, 이제 어떻게 될까…….'

마치 기적과 같은 타이밍이고 전개였다.

이 녀석들을 죽일 방법을 고찰하기 위해서라도 각각의 상황을 파악해 두고 싶었다.

그런고로 눈치채이지 않도록 자일리와 헨젤의 실랑이질을 보고 있었지만…….

"카이토 씨, 미나리스 씨, 오래 기다리셨습니다~!"

"분위기 파악 좀 해라, 신입아……!!"

어지간히 서둘렀는지 옆쪽 접수처의 바로 곁에서 일어나고 있는 싸움도 알아차리지 못한 채 신입 접수 아가씨가 우리를 불렀다.

"저 여자…… 토막 내서 으깨다가 다진 고기를 만들어버릴까요?"

싸움의 추이를 지켜보고 있던 상황에서 이름을 불린 까닭에 접수 아가씨와도 눈이 딱 마주쳐버렸다. 도저히 못 들었다고 시치미를 뗄 수도 없는 상황이었다.

"……아니, 차라리 잘됐어."

조금 더 떨어진 곳에서 상황을 보고 싶었는데 어쩔 수 없겠다.

다가가서 휘말린다면 그래도 좋고, 반대로 더 부추겨서 갈등을 유도할 수도 있겠지.

어쨌든 간에 우선은 길드 카드를 받도록 하자.

"여기 길드 카드를 받아주세요. 재발행에는 대략 은화 다섯 장의 비용이 발생하오니 잃어버리지 않도록 주의하시고요."

접수 아가씨에게 건네받은 카드는 연노란색을 띤 카드 지갑 크기의 판 모양이었다. 플라스틱 같은 질감을 갖고 있지만, 이것도 어떤 마물의 소재를 가공해서 만들었을 것이다.

"이걸로 카드에 피를 흘려주세요. 그러면 카드의 소유자가 확정됩니다."

설명과 함께 건네준 바늘로 손가락에 작게 상처를 내서 판에 떨어뜨렸다.

일순간 옅은 빛을 발한 뒤 원래 상태로 돌아간다.

"이제 카드 등록은 완료입니다. 이후 카드에 각인된 정보는 소유자가 기원하거나 길드의 마도구를 통해서만 확인할 수 있습니다."

들은 말처럼 마음속으로 기원하자 카드에 문자가 떠올라 나타났다.

## 스테이터스

이름 : 카이토

연령 : 17세

종족 : 인족

전투직 : 검사

모험가 랭크 : F

파티 랭크 : F

소속 파티 : 『스콘 로드』

---

이름 : 미나리스

연령 : 16세

종족 : 토인족

전투직 : 검사

모험가 랭크 : F

파티 랭크 : F

소속 파티 : 『스콘 로드』

미나리스의 카드에도 똑같은 형식으로 문자가 떠올랐다.

"또한 이쪽이 모험가의 등급을 나타내는 표찰입니다. F랭크의 경우에는 자주색 표찰이네요. 어느 도시에서든 문지기에게 보여주면 출입세가 면제되오니 의뢰차 도시 바깥에 나갈 경우에는 잊지 말고 휴대해주세요."

"눈에 띄는 곳에 표찰을 붙여 둘 필요가 있나요?"

"아뇨, 출입 때 소지만 하면 괜찮고요, 눈에 보이는 장소에 붙일 필요는 없으세요. 다만 일종의 직위를 드러내는 역할을 하니까 어느 정도 랭크가 올라갔을 때 항상 보이는 곳에 붙이고 다니는 분은 계시네요."

뭐, 본래 일본에서 살았던 내가 보기에 치안이 좋다고 평할 만한 도시는 사실상 거의 없었다. 빈민가는 말할 것도 없고, 그런 장소가 아니더라도 완력만 센 싸움 대장 같은 바보가 어디에나 있다.

제법 높은 랭크라고 알리면 굳이 접근해서 시비를 거는 바보는 적어진다.

아무튼 이렇게 대화 나누는 동안에도 바로 옆쪽에서는 대책 없는 말다툼질이 이어지고 있었다. 도중부터 3인조 중 나머지 두 사람도 다가들어서 주위를 둘러싸는 모양새로 자일리 패거리와 헨젤이 대치하고 있었다.

3대1의 승부가 되어버린 상황에서 헨젤은 우리가 접수 아가씨와 대화 나누는 동안에도 가세를 요청하려는 듯 이쪽을 살짝살짝 쳐다보는 것을 알 수 있었다.

나이가 비슷할 뿐 아니라 지금 막 신입으로 등록을 마쳤다는 사실을 알고 동료로 끌어들이고 싶어 한다는 속내가 훤히 들여다보였다.

따라서 아무 말도 하지 않고 떠나가려는 낌새를 보여주면…….

"이, 이봐! 너희도 그렇게 생각하지 않나?!"

"예? 아, 뭐."

당황한 기색으로 말을 건네는 헨젤을 마주 보면서 내심 히쭉 웃었다.

여전히 단순한 소년이기에 무척 다행이다. 이제는 나도 미나리스도 우연히 소동에 휘말린 제삼자에 불과하다.

"다소 희귀할 뿐 특별히 강하지도 않은 마물을 사냥했다고 들떠올라서 아침부터 싸구려 술이나 마시고 취하다니, 이런 향상심 없는 족속 때문에 모험가 전체가 얕보이는 거다!"

"아앙?! 이 꼬마가, 듣자 듣자 하니까!"

"잠깐만요, 자일리 씨! 일단은 성질 좀 가라앉히세요."

자일리를 말리고자 도트가 움직였다. 테리도 눈동자를 이리저리 굴리며 시선으로 호소하고 있었다.

그 앞쪽으로 힐끗, 접수처 의자에 앉아서 눈을 반쯤 뜨고 싸움질을 관망하는 몹시도 우락부락한 아저씨가 보인다.

단지 우락부락한 게 전부가 아니라 대부분은 과거에 이름 좀 날렸던 전직 모험가가 은퇴 후 맡기 마련이기 때문에 역량도 확실하다고 보면 되겠다.

"뭐, 얼마 전부터 이야기가 들리기는 했는데요, 이러면 어떨까요? 지금 여기에서 마물 토벌 의뢰라든가 뭐든 동시에 받는 겁니다. 하루 동안에 얼마나 많은 숫자를 사냥할 수 있나 승부라도 벌이면 되지 않겠습니까?"

그렇게 말하자 양측이 모두 흥미를 나타내면서 이쪽을 돌아봤다.

"이대로 입씨름만 벌인들 어느 쪽도 도저히 기분이 가라앉지 않을 테고요, 길드에서 나간 다음에 주먹 휘둘러서 막싸움을 벌이는 바보 같은 짓을 하기보다도 이러는 편이 모험가의 역량을 과시할 수 있잖아요? 이긴 쪽이 보수를 독식하는 겁니다. 이 정도면 문제없겠죠?"

"아, 네. 모험가끼리 사적 대결을 벌여 금전을 수수하는 행위는 저희 도시에서도 금지하는 행위입니다만, 그런 형태를 취한다면 길드도 간섭하지 않겠습니다."

방금 전까지 대화 나눴던 접수 아가씨에게 묻자 저런 대답이 돌아왔다.

『사적 대결에 따른 금전 수수 행위를 금한다』.

이는 시골처럼 한적한 지역에서 올라온 자의식 과잉 신입이 이번 소동과 같은 경위로 금전을 갈취당하는 사건이 다발했기에 제정된 규칙이라고 한다. 특별히 범죄는 아니라 해도 길드에서 엄격하게 제재를 내린다.

즉 결판을 내겠다고 직접 맞붙어 봤자 이기든 지든 양쪽 다 손해만 입는 셈이다. 충족되는 것은 고집뿐이겠지.

"쳇, 뭐, 소소한 여흥거리는 되겠군."

슬슬 취기도 가신 것일까, 자일리가 소년의 차림새에 시선을 보내고 나서 말했다. 일대일로 두 사람이 직접 대결해도 자일리가 패배할 일은 거의 없을 것이다. 그만큼 실력 차가 존재함을 자일리 본인도 잘 알고 있을 터이나 소년은 마술사의 차림을 하고 있었다.

마법은 기본적으로 위력이 높다. 요행으로 적중되어도 가벼운 부상으로 그치지 않는다. 물리적으로 아무것도 얻을 수 없는 승부에서 괜한 리스크를 짊어질 만큼 이 녀석들은 역시 바보가 아니었다.

"나 또한 그 방법에는 이의가 없다. 오히려 바라는 바지. 사냥감은 뭐지?"

"어이구, 오늘 막 등록한 F랭크가 고를 만한 의뢰가 뭐가 따로 있겠냐. 대충 이 녀석으로 하는 게 타당할 테지."

그렇게 말한 뒤 자일리는 한 장의 의뢰서를 잡아뗐다.

의뢰 내용는 고블린 퇴치. 다섯 마리 이상이 달성이고, 한 마리씩 더 잡을 때마다 별도로 추가 보수가 지급된다.

"지금 네 랭크 갖고는 이거밖에 못 받을 테니까 말이다."

쏘아붙인 뒤 팔랑팔랑 의뢰서를 흔든다.

"크, 분명히 나는 오늘 등록한 F랭크다! 한데 말이다, 말해 두겠는데 나는 플레임 랜스까지 쓸 수 있는 마술사다. 너희 따위하고는 타고난 소질이 다르다고!"

그 말에 자일리의 눈이 의구심을 띠고 살짝 가늘어졌다.

플레임 랜스는 제법 난이도 높은 마법이다. 섬멸력도 위력도 소비 MP도 높고, 제어 난이도도 높은 편. 그런 마법을 지금 나이에 사용 가능하다면 거만하게 구는 이유로는 충분할 테지.

……뭐, 어디까지나 이 녀석이 본인의 역량만 갖고 구사할 수 있을 때의 이야기다만.

소년이 손에 든 지팡이에 가볍게 감정을 걸어서 보니『화염 마법 보조』의 부여가 되어 있었다. 지팡이의 기초적인 품질도 양호하고,

척 봐도 금화 몇 장은 치러야 하는 무기였다.

자일리도 같은 사실을 깨달았는지 눈에 늪 바닥의 오수와도 비슷한 욕망의 색이 어려 있었다.

문득 신경 쓰여서 허리에 매단【팔목의 투본검】에 마력을 넣어 자일리의 스테이터스를 들여다봤다.

"……오호, 그랬군."

"과연, 그렇게 된 것이군요."

서로에게 주의가 쏠려 있는 두 사람에게 눈치채이지 않도록 우리는 작은 목소리로 중얼거렸다. 감정 결과는 나와 미나리스가 공유 가능하도록 설정해 뒀다.

스테이터스를 살펴본 바 고유 스킬의 항목에 있는 것은 한 가지의 고유 능력.

……『금맥의 후각』.

"어쨌든 간에 상황이 재미있어지겠군."

"네, 그러게 말이에요."

나는 또다시 말다툼을 벌이는 네 명에게 시선을 보냈다.

자일리, 도트, 테리, 헨젤.

너희가 어떤 경위로 동료가 되어 그날 내 앞길을 가로막았는가.

나는 알지 못한다. 알고 싶지도 않다.

그때 그 자리에 있던 인물은 너희가 전부는 아니었고, 너희가 어쩌다 보니 리더 비슷한 지위를 수행했을 뿐이라는 사실도 잘 알고 있다.

너희와 마찬가지로 나를 습격했던 녀석들은 잔뜩 있지만, 내가 전부를 기억하지는 못한다. 솟아나는 어중이떠중이 전부를 기억하고 다닐 만큼 첫 번째 세계에서 겪은 도피행이 편안하지는 않았다.

그러니까 이번에는 단지 너희의 운이 나빴을 뿐이다.

수많은 인간이 있던 가운데 우연히 너희가 인상 깊은 지위에 있었다는 단지 그 뿐인 이야기.

인구도 많은 이 마을에서 어쩌다 보니 우리와 얼굴을 딱 마주치게 되었다는 단지 그 뿐인 이야기.

올바르거나 공평한 행동에는 딱히 관심이 없는 복수자와 맞닥뜨렸다는 단지 그 뿐인 이야기.

내가 지구의 전 인구 72억 명 가운데 어쩌다 보니 이 세계에 소환되었다는 것과 마찬가지로 그저 운이 나빴다는 단지 그 뿐인 이야기.

그러니까 이것은.

여기에서 시작되는, 단지 그런 이야기에 불과하다.

"그래, 기대된다."

그렇게 나는 목소리를 죽여서 눈치채이지 않도록 웃었다.

이제부터 펼쳐질 터인 너희의 이야기는, 이 두 번째 세계에서 그 뿐인 이유로 막다른 곳에 다다르게 될 것이다.

"정말로 기대되는구나."

이미 내 머릿속은 오로지 눈앞의 네 사람에게 어떻게 고통을 줘서 죽일까 하는 계획으로 가득 차 있었다.

결국 승부는 내일 약속한 숲에 들어가서 일몰 전까지 얼마나 많은 숫자의 고블린을 사냥하느냐 겨루기로 말이 끝났다.

다만 한 가지 오산이었던 점은 우리 활동에 편리하도록 중재역으로서 제안만 하고 떠나려고 했건만, 헨젤 측의 일원으로 참가하는 형태가 되어 승부에 휘말리고 말았다는 것이다.

헨젤이 자기 혼자서 3인조로 다니는 자일리 패거리와 대결하는 것은 공평하지 않다고 말을 꺼냈기 때문이었다. 다른 인물들도 만약 이 이야기가 퍼져 나갔을 때『신입 한 명을 셋이서 한꺼번에 달려들어다가』어쩌고저쩌고하는 평판은 피할 의도였을까, 가타부타 말할 틈도 없이 끌어들였다.

그럼 일대일로 대결하라고 맞받자 자일리의 다른 일행이 부정을 저지를지도 모른다면서 3대3이 적절하다고 헨젤이 또 주장했다. 그럼에도 싫다고 거절할 수는 있었겠지만, 그 무렵에는 소수이지만 다른 모험가들도 하나둘 모여들던 참이었다.

더 이상 눈에 띄는 상황은 바라는 바가 아니었기 때문에 별수 없이 가만히 승낙했다.

혹여 나와 자일리 패거리의 사이에도 깊은 반목이 있다고 간주된다면 곤란하다. 우리가 의심받는 일이 없도록 해 두고 싶었다.

그러니까 길드의 접수 아가씨를 바로 앞에 두고서 숫자는 카운트한다만, 내기 대상이 될 보수는 자일리 패거리는 3인분의 몫인 데 반해 이쪽은 헨젤의 몫만 갖고 주고받으라는 조건을 붙였다.

즉 자일리 패거리가 승리하면 헨젤 몫의 보수만 추가로 받게 되고, 헨젤이 승리하면 자일리 패거리의 보수를 혼자 독식한다. 이러면 우리에게는 직접적인 이해관계가 발생하지 않는다.

소년에게 유리한 조건인 터라 도트와 테리는 살짝 떨떠름한 기색이었지만, 우리는 단지 휘말린 입장이고 전혀 관계없는 부외자일뿐더러 무엇보다도 우리 쪽은 전원이 오늘 막 등록한 신입이었다. 몇 년이나 모험가 생활을 한 3인조와 승부를 벌이는데 이 정도 핸디캡은 인정하라고 말하자 얌전히 물러났다.

그 대신 소년이 받을 몫은 성과와 관계없이 우리 세 사람이 사냥한 숫자를 인원수대로 나눠서 적용하기로 했다. 자일리 패거리가 승리했을 때 나와 미나리스의 몫을 부풀려서 신고하는 꼼수를 쓰지 못하도록 막기 위해서 내놓은 대책이다.

대화를 나누는 동안 특별히 끼어들지도 않고 상념에 잠긴 듯 보였던 자일리의 시선은 힐끔힐끔 헨젤의 지팡이, 그리고 또한 미나리스에게도 쏟아지고 있었다.

눈동자에는 역시 욕망에 젖어 탁해진 어두운 빛이 깃들어 있었다.

무엇을 생각하고 있는지, 정말이지 뻔하게 티가 나는 여자였다. 어차피 노예로 팔아넘기면 좋은 값을 받겠다고 입맛이나 다시고 있겠지.

미나리스가 저열한 시선에 노출되는 것은 마음에 들지 않았지만, 그보다 웃도는 자일리의 단순함 때문에 무심코 웃음을 흘릴 뻔하다가 꾹 참았다.

방금 전, 그렇게 내일 밤에 이 길드에서 다시 만나기로 약속하고 자일리 패거리와 헤어졌다.

자일리 패거리도 길드 주점에서 재차 술판을 벌일 기분은 아니었는지 오럴 래빗의 환금을 마친 뒤 곧장 길드에서 나갔다.

이쪽의 공작을 알아차린 기색도 전혀 없었고, 또 다른 장소에서 술을 마시자는 이야기나 나누고 있었다.

"자, 우리도 갈까? 내일을 위해 이래저래 상의할 필요도 있고 말이야."

"네, 주인님."

"아, 잠깐 기다려주겠나?"

우리도 내일의 준비를 위해 어서 길드에서 나가려고 했지만, 헨젤에게 붙들리고 말았다.

솔직히 지금은 어서 당장에 이 놈들 곁에서 떨어지고 싶었다.

어차피 승부는 내일이고, 전부를 **사고**로 꾸밀 수 있다. 이토록 좋은 기회를 이용하지 않을 수는 없었다. 그래서 더욱더 지금은 시간이 아쉬웠다. 이놈들을 어떤 방법으로 죽일 것인가 고민, 또 고민하고 싶었다.

"나 때문에 괜히 휘말리게 되어 미안하다. 너도 나와 마찬가지인 줄 여겼던 터라 무심코 기대고 말았어. 내일 사냥에 대해서도 대화를 나눠야 할 테고, 사죄 삼아서 아침 식사를 아직 안 들었다면 내가 대접하고 싶다만…… ."

무의식중에 치밀어 오르는 감정을 숨기느라 몹시 고생했다.

속이 메슥거린다. 다른 뜻이 없다는 것을 아는데도 마치 일부러 신경을 건드리는 말 같았으니까.

악의는 느껴지지 않지만 무엇인가 속내가 있지 않은가, 애당초 마찬가지를 운운하는 발언은 어떤 의미인가, 헨젤에 대한 경계심을 끌어올리려다가 문득 깨달았다.

아마 헨젤은 나도 귀족 따위의 신분을 갖고 있다고 착각을 하는 중이다. 나와 마찬가지라는 발언은 아마도 그런 의미에서 한 말이었다.

'그래서 우리, 정확히는 나에게 친근감을 갖고 있다는 건가.'

모험가가 노예를 구입하는 것은 특별히 드문 사례가 아니지만, 오늘 막 등록한 애송이가 노예를 갖고 있다는 것은 모험가의 벌이가 아닌 다른 무엇으로 노예를 구입할 만한 돈을 갖고 있다는 해석밖에 되지 않으니까. 대상인의 자제라든가, 혹은 귀족이라든가.

"아니, 우리는 이미 아침 식사를 마치고 왔어. 그리고 신경 쓰지 않아도 괜찮아. 어려울 때는 서로 도와야 하지 않겠어?"

그렇게 말하고 살짝 웃으면서 어깨를 으쓱여줬다.

이제는 슬슬 표정을 가장하는 데도 한계가 온다. 이렇게 자신을 내내 가장하려니까 참 고생스러웠다.

"그런가. 혹시 내일 승부에서 승리한다면 그때야말로 보수로 성찬을 대접하겠어."

그렇게 말한 뒤 헨젤은 모험가 등록을 마치러 돌아갔다.

우리도 헨젤이 접수 아가씨와 대화 나누는 모습을 바라보다가 그대로 건물에서 빠져나왔다.

"그나저나, 그렇군. 햇병아리가 노예를 데리고 다니면 귀족 출신이라고 오해를 받아도 이상할 게 없다는 건가."

길드에서 나온 뒤, 잠시 머리를 식히고자 한 차례 숨을 토하고 살해 방법의 모색과 전혀 다른 화제를 꺼냈다.

미나리스의 노예 문장을 숨기지 않고 다니는 이유는 내 노예라는 사실을 뻔히 알도록 드러내서 틀림없이 튀어나올 미나리스에게 뇌쇄당해서 접근하는 남자들에 대한 대책이었지만, 그 때문에 귀족 출신이라고 오해를 받게 될 줄은 예상하지 못했다.

"지금은 이미 몇 사람에게 알려져 있습니다만……. 이제라도 숨길까요?"

"……아니, 별로 이대로 다녀도 괜찮아. 귀족이라고 오해받아서 곤란할 것도 별로 없을 것 같으니까. 노예가 아니라고 알려졌을 때 발생할 수 있는 문제가 더 귀찮아."

잠시 생각에 잠겨 있다가 그렇게 결론 내렸다.

"미나리스가 노예가 아닌 줄 착각하면 일단 틀림없이 어중이떠중이 사내 놈들이 떼 지어서 몰려들걸. 모험가 녀석들은 특히 더. 일의 성격상 수인이든 아인이든 이러쿵저러쿵하는 인간 따위야 거의 없으니까 말이야. 너만 한 미인이라면 다스 단위로 다가들 거야."

"……미인이요? 주인님의 과대평가가 아닐까요?"

자신이 미인이라는 말을 받아들이지 못하는 걸까, 미나리스는 무표정 그대로였다. 아니, 어쩌면 실은 쑥스러워하는 반응일지도.

스킬을 써서 만든 무표정인지 진짜 무표정인지 구별이 되지 않는다.

그렇다 해도 자신의 외모에 너무 무자각하면 또 문제인 터라 자신의 용모에 대해서는 분명하게 이해를 해주면 좋겠다.

"아니, 틀림없이 너는 미인이야. 내 눈으로 봐도 귀엽고 예쁘니까. 지나가는 남자 아무나 붙잡아다가 물어봐도 거의 전원이 고개를 끄덕거릴 수준이라고."

"……그럴까요?"

이렇게까지 말해도 딱히 표정에 변화는 없었다.

비록 특별한 감정을 갖고 꺼낸 말은 아니라고 해도 귀엽다거나 예쁘다는 말을 늘어놓자니까 다소 부끄러웠던지라 본래 화제로 돌아갔다.

"그냥 평범하게 말을 붙이려고 접근하는 놈들을 일일이 쫓아내기는 귀찮다는 거지. 아무러면 전부 다 죽이면서 다닐 수는 없는 노릇이잖아. 게다가."

"게다가?"

"다른 사람의 노예인 줄 알면서도 끝내 포기하지 않고 더러운 수작을 부리는 쓰레기라면 죽일 때 우수한 실험체가 되어 정보를 제공해줄 수도 있잖아? 응, 말이 안 통하는 고블린 같은 마물 상대로는 확인이 안 되는 요소도 있으니까."

무관계한 인간을 복수에 끌어들이는 짓은 그만두기로 했다.

이유는 몇 가지가 있는데, 그리하지 않으면 내 마음이 못 버틴다고 판단했으니까. 스스로 그런 짓까지 벌이고 다닌다면 정말로 레티시아의 얼굴을 똑바로 마주 볼 수가 없게 될까 봐 두려워서였다.

무차별 난행은 레티시아에게서 받은 전부를 쓰레기처럼 버리는 짓이나 마찬가지니까.

그러니까 복수와 가까운 곳에 위치할 뿐 관련 없는 인간을 죽이는 행위는 최대한 피하겠다.

……그러나 이것은 상대가 바로 인간일 때 선택한 길이다.

어지간한 마물과 똑같은 지경까지 타락해서 본능에 절은 쓰레기라면 인간 취급을 해줄 필요가 티끌만큼도 없지 않은가.

단지 죽이는 게 아니라 유용하게 써먹어야겠지.

"……그나저나, 결국은 다시 그쪽으로 흘러가는구나."

다른 곳으로 날아간 줄 알았던 사고는 어떻게 해야 만족할 만한 복수할 수 있느냐 하는 지점으로 가버리고 말았다.

그러나 분명 이것으로 괜찮을 것이다.

어디까지 나아가도 지금의 나는 복수자이니까.

☆

"어디 보자."

필요할 만한 약초 및 독초 따위를 구입하고 우리는 점심 식사를 먹은 뒤 숙소로 돌아왔다.

빌려 둔 숙소의 방에서 물품들을 둥글 주머니 안에 간수하고, 그 다음은 내일에 대비하여 협의를 하고 있었다. 【팔목의 투본검】을 허리에서 꺼내 들고 가볍게 마력을 흘려 넣어 이제까지 감정해왔던 대상의 이력 일람을 표시했다.

그중 자일리 패거리의 최신 정보를 표시시킨다.

스테이터스

## 자일리 Lv43

Zuily 31세 여 인족

HP : 682/682 MP : 569/569
근력 : 399 체력 : 357
내구 : 390 민첩 : 418
마력 : 331 항마 : 391

고유 능력 : 『금맥의 후각』
스 킬 : 『검술 Lv 6』『추적 Lv 2』『기척 은폐 Lv 3』
『암시 Lv 2』『신체 조작 Lv 3』
『탈취 LV 5』『강화계 마법 Lv 3』
상 태 : 양호(다소 취함)

스테이터스

도트 Lv37

Dot 28세 남 인족

HP : 561/561 MP : 348/348
근력 : 253 체력 : 394
내구 : 325 민첩 : 457
마력 : 217 항마 : 317

고유 능력 : 없음
스 킬 : 『단검술 Lv 4』『검술 Lv 1』『추적 Lv 5』
『은폐 Lv 3』『암시 Lv 3』『신체 조작 Lv 2』
『기척 감지 LV 2』『탈취 Lv 6』
『시각 강화(소) Lv 2』『정찰술 Lv 2』
상 태 : 양호(다소 취함)

스테이터스

## 테리 Lv39

Terry 29세 남 인족

HP : 415/415 MP : 630/630
근력 : 94 체력 : 214
내구 : 275 민첩 : 247
마력 : 549 항마 : 499

고유 능력 : 없음
스 킬 : 『궁술 Lv 3』『추적 Lv 1』『암시 Lv 2』
『풍술 마법 Lv 2』『마력 조작 Lv 3』
『명상 Lv 3』『매의 눈 LV 2』
『탈취 Lv 5』
상 태 : 양호(다소 취함)

“전위에 만능형 검사, 정찰에 속도 특화의 척후, 후위로 원거리 궁사인가요?”

“여기에 화력 중시의 마술사를 더했다는 거지. 이렇게 다시 보니까 밸런스가 꽤 좋은 파티군.”

분명 허풍을 떨었던 것이 아니었다면 나와 만났을 때 리더 자일리가 B+랭크, 나머지 멤버도 B랭크였을 것이다.

물론 아직은 3년 가깝게 나중의 이야기이고, 지금 저것들의 랭크가 어떤지는 잘 모르겠으나 스테이터스를 대충 보고 판단한 바 아마도 모든 랭크가 둘씩 아래쯤 되지 않으려나.

“아무튼, 이름을 보면 대충 예상이 되기는 하는데……. 흐음.”

자일리가 소지한 고유 스킬 『금맥의 후각』은 감정을 걸어보니까 아무래도 환금 가치가 높은 물건을 직감적으로 알아볼 수 있는 스킬 같았다.

이때 『환금 가치가 높은 물건』이라는 부분이 다소 복잡했다. 내 감정처럼 능력을 꿰뚫어 보는 것도 아니고 물체에 내포된 마력량 등등을 감정하는 것도 아니고 하물며 감정사의 지식을 손에 넣을 수 있는 것도 아니다.

바로 그 때문에 내 허리에 매달려 있는 【팔목의 투본검】이나 【둥글 다람쥐의 주머니 검】처럼 명백하게 능력의 가치에서 격이 다른 아이템에는 반응하지 않고 헨젤의 지팡이에 반응했다.

내 심검은 타인이 허가 없이 쥐어도 안개처럼 흩어져서 없어지기 때문에 환금 가치로 보면 완전히 무가치하니까.

“자, 어떤 방법을 쓸까.”

자일리 패거리의 스테이터스를 지우면서 그렇게 중얼거렸다.

"아직은 몇 가지, 마물 상대로도 시험하지 않은 방법이 있습니다만……."

"아니, 그쪽은 여러 복수 수단을 마련하는 데 도움이 되기는 해도 단지 육체에 고통을 주는 게 메인이니까."

언어 사용에 따른 의사소통이 불가능하기 때문에 마물 상대로 시험할 만한 수단은 그야말로 생존 본능에 직결된『통증』을 주는 것이 전부가 된다. 이래저래 어려운 수단을 써도 깊이 고찰하는 지성이 없는 까닭에 효과가 미묘하기도 했다.

"게다가 통증만 갖고 만족할 수는 없어. 공포에 잠겨 미치고 미치도록 울부짖을 정도가 아니면 납득할 수 없어. 절대, 절대로. 그러니까…… 그렇게 해서…… 이런 다음에 마지막으로 죽여 버리고 싶어."

미나리스에게 머릿속에서 연구한 복수 방법 몇몇 중 적당한 방안 한 가지를 말해줬다.

"멋지네요, 그렇게 하면 확실히 재미있겠어요. 그런데 정말 가능한가요?"

"아마도? 일단 실제로 가능한가 고블린이든 뭐든 시험해보고 싶으니까 점심 식사를 먹고 바깥으로 나가자."

그렇게 말한 뒤 일어서자 미나리스도 역시 나를 따라서 일어섰다.

"그래도 그게 전부라면 통증을 줄 수 없을 것 같아서 싫네요. 해치우기 전에 어느 정도는 본때를 보여주는 게 좋지 않을까요?"

"그러게. 다만 차라리 죽고 싶다, 제발 죽여줘라, 그런 생각을 할 만한 수준의 폭력은 삼가야겠지. 아, 물론 그때는 나도 있는 힘껏

할 테니까!"

그런 이야기를 나누면서 숙소의 계단을 내려갔던 때였다.

"어머 돌아온 줄 알았더니 또 금방 외출하는 거니?"

곧바로 숙소에서 나가려고 하던 때에 이 숙소를 꾸려 나가는 주인 아주머니의 말소리가 들렸다.

어떻게 대답해야 할까 사고하기에 앞서서 미나리스가 말을 입에 담았다.

"네, 이제부터 주인님과 데이트거든요."

"미, 미나리스?!"

기겁하는 나는 아랑곳 않고 특별히 표정도 드러내지 않으면서 미나리스가 내 팔을 잡았다.

"주인님, 노예는 소유자에 따라서 양도가 이루어지는 경우도 있잖아요. 자금을 꽤 갖고 있는 귀족이나 모험가라면 매각 제안을 할 수도 있을 테니까 이렇게 오붓한 모습을 보여주고 다니면 벌레 퇴치에도 분명 효과가 있을 거예요. 보통 마음에 쏙 드는 노예는 돈을 아무리 줘도 팔아넘기지 않는 법이니까요."

미나리스가 살짝 얼굴을 가까이 대고 작은 목소리로 내게만 들리도록 속삭거렸다.

"으음, 그 말은, 분명히 일리가 있기는 한데……."

힐끔 미나리스를 돌아봤더니 안정된 무표정이었다.

아주 안정된 무표정이다. 중요한 사안이므로 두 번 말했다.

그러니까, 이러면 오히려 역효과 아닌가? 좀 그렇잖아? 노예 여자애한테 억지로 연인 행세를 시키는 한심한 놈 취급만 받지 않을까?

“미나리스, 웃어. 맨얼굴이면 연기라도 괜찮고, 쑥스러워서 스킬 쓰고 있으면 덜 쑥스러운 허용 범위로 억제해도 괜찮으니까, 부탁이니까 빨리……!!”

약간 가엾은 녀석을 바라보는 눈빛으로 바라보는 주인아주머니의 시선이 괴롭다.

그리고 미나리스, 멍하니 있지 마라. 제발 부탁이다.

“으으, 이제 됐어. 빨리 나가자, 미나리스.”

“주, 주인님?”

이번에는 미나리스가 당황할 차례였다.

오해를 푸는 것은 이미 무리라고 판단한 뒤 무작정 이 자리를 두말할 필요도 없이 벗어나고 싶었기에 곧장 서둘러 숙소에서 나왔다.

설마 이런 복병이 숨어 있었을 줄은 상상하지 못했다. 아마도 숙소의 주인아주머니가 품을 오해는 풀리지 않았을 것이다.

한동안 그 시선을 계속 받아야 한다고 생각하면 살짝 눈물이 나오려고 했다. 뭐, 흘리지는 않았다.

☆

자일리, 도트, 테리, 모험가 세 사람은 숙소에 돌아온 뒤 여러모로 한계가 가까웠는지 셋 모두 침대에서 저녁때까지 코골이를 하며 잠에 들었다.

그야 당연한 행동이었다. 방금까진 오럴 래빗을 사냥했다는 기쁨과 졸음기가 한계를 넘은 시간대에 들어섰던 하이 텐션의 탓에 느끼지 못했을 뿐이다. 오크 토벌을 며칠에 걸쳐 수행했고, 오럴 래빗과 술래잡기, 그리고 쉬지 않고 철야로 술을 마신 뒤 신입 모험가와 말싸움까지.

일단 숙소로 돌아왔을 무렵에는 강대한 파도가 되어 들이닥치는 수마에 저항할 도리가 전혀 없었다.

"그나저나, 일이 참 귀찮게 됐네요. 자일리 씨."

느릿느릿 피로가 가신 몸으로 깨어났던 자일리 패거리는 평소 이용하고 있는 단골 주점에서 오럴 래빗을 사냥한 기쁨을 나누면서 다시 또 축배를 들고 있었다.

아직껏 해가 높이 떠 있는데도 드문드문 사람이 모여드는 주점 안에서 목제 잔으로 맥주 비슷한 싸구려 술을 들이켜는 자일리에게 도트가 말을 건넸다.

"앙? 무슨 소리야?"

"뭐긴요, 그 꼬마 말입니다. 이제 와서 고블린 사냥 따위 돈도 안 되는 의뢰라니 D랭크 파티인 우리가 할 만한 일이 아니잖습니까."

도트의 말을 이어받아 테리가 덧붙이더니 고기와 야채를 썰어서 볶은 안주를 손가락으로 집어 들었다.

"푭, 아하하하하!!"

"응? 내가 웃기는 말을 했나?"

"글쎄?"

자일리가 갑자기 웃음을 터뜨리자 도트와 테리는 머리에 물음표가 떠다녔다.

“아니야. 미안, 미안. 너희에게도 벌써 다 말한 줄 알았지. 이게 절대로 돈도 안 되는 일거리가 아니거든. 오히려 오럴 래빗은 비교도 안 된다고. 아마도 금화 몇 장은 들어올 큰 일거리지. 오랜만에 좋은 사냥감이 내 코에 걸렸거들랑.”

웃음 짓는 자일리에게 이제야 이해했다는 듯이 도트와 테리도 환히 웃었다.

“오, 진짭니까? 좋군요, 이제 또 한동안 맛있는 거 먹고 다니겠어요. 오크 토벌 보수와 오럴 래빗의 대금만 갖고는 외상값 갚고 절반밖에 수중에 안 남잖습까.”

“금화라……. 마침 갖고 싶은 마도구가 있었죠.”

“테리, 여전히 마도구를 좋아하네. 가끔은 여자라도 한 명 사는 게 어때? 응응?”

히죽 웃음을 짓는 자일리에게 테리는 어깨를 으쓱거려 보였다.

“나는 창녀는 별로 좋지가 않더라고요. 둘 다 알잖아요, 내 취미.”

“허, 싫어하면서 울부짖는 여자를 억지로 해치우는 걸 좋아한댔나? 거참, 모르겠습다. 저항하면 귀찮기만 할 텐데.”

“그게 좋은 거죠. 아니, 여자 목덜미밖에 취미가 없다고 떠벌리는 도트도 충분히 변태 아닌가요?”

“너희 말이다……. 여기에도 여자가 있다는 걸 잊어버린 거 아니냐? 어쨌든 둘 다 기가 막힌 변태잖냐.”

““아뇨, 여자 주제에 여자를 마구 괴롭힌 끝에 죽이는 걸 엄청 좋아하는 자일리 씨가 할 말은 아니죠. (아닙죠.)””

"아이고, 뭐라 할 말이 없네."

그 자리에서 상스러운 웃음소리가 터져 나왔다. 그렇다 해도 이런 시간에 굳이 싸구려 술을 마시러 주점에 모여드는 일당은 같은 동류의 녀석들뿐이었다.

세 사람의 웃음소리는 그 자리에 있던 다른 일당의 웃음소리에 섞였고, 대화 소리도 이야기 나누는 세 사람을 제외한 다른 인간의 귀에 들어가지는 않았다.

"그래, 사냥감은 어느 쪽이오? 보란 듯이 바보짓 하면서 시비 걸던 꼬마임까? 아님 수인 노예를 데리고 있던 자칭 검사라는 말라깽이 꼬마?"

"바보짓 하던 꼬마 쪽이야. 그 지팡이, 상당히 귀한 물건이더라. 보아하니 어딘가의 귀족 도련님이겠지. 몇 번째 자식인가 모르겠는데, 종자도 안 데리고 모험가 등록을 하러 왔잖아. 분명히 쓸모없다고 쫓겨난 녀석이겠지. 그 지팡이는 대충 전별금 대신 아니겠어?"

"아, 그러고 보니 주절주절 자기 신상을 떠들어댔었죠. 그 웃기는 바보짓에도 귀족다운 오만함이 슬쩍 보이더라고요."

"수인 노예를 데리고 있던 꼬마도 제법 점잖은 느낌이었지. 그 나이에 노예를 데리고 다닌다는 건 부호의 자식이거나 귀족의 사생아거나."

"그쪽은 별 볼 일 없어. 돈이 될 만한 물건은 안 갖고 있더군. 뭐, 어쨌든 간에 살려 두기는 좀 곤란하니까. 좋은 기회다, 그 토끼족 노예나 잠깐 데리고 놀아보자고."

"오, 좋은 생각임다. 망가뜨리기 전에 꼭 나한테도 넘겨주십쇼,

누님.”

“맨 처음은 나한테 맡겨주면 안 되나? 가장 처음이 가장 좋은 목소리로 울어준다고.”

자일리 패거리는 다시 상스러운 웃음소리를 터뜨렸다.

주점에서는 여기도 저기도 모두 비슷비슷한 대화가 이어지고 있었다. 제법 소란스러운 주점 안에서 그 대화 내용을 듣고 있는 인간은 없었다.

그래, 인간은 없었다.

“찍, 찍찍.”

자일리 패거리의 자리 가까운 곳, 어두운 그림자에 숨어서 한 마리의 쥐가 머무르고 있었다.

그 쥐의 몸에는 보통은 달고 다니지 않는 문양, 마력으로 새겨 놓은『사역 문장』이 떠올라 있었다.

☆

“후, 역시 쓰레기는 쓰레기인가.”

미나리스와 예비 조사를 나간 숲속, 자일리 패거리를 미행시켜서 상황을 살피게 했던 쥐가 유익한 정보를 전해줬다.

물론 평범한 쥐는 아니었다. 【마축(魔畜)의 난검(卵劍)】으로 미리 종속시켜서 조련한 쥐 계열의 마물, 스몰 마우스라는 녀석이다.

스몰 마우스는 일단 마물로 분류되어 있기는 하나 능력적으로 평범한 쥐와 별 차이가 없는 마물이라서 특별히 위험시되지도 않고 평범하게 마을 안을 돌아다닌다.

【마축의 난검】은 거의 검이라는 형태를 지니고 있지 않았다. 손잡이와 코등이는 평범한 형태이지만, 칼날을 대신하여 꽃이 피기 이전의 모양새로 꽃봉오리가 달려 있었다. HP/MP를 제외한 능력치 합계의 100분의 1 이하에 있는 레벨의 마물에게 『사역 문장』을 각인해서 강제적으로 지배하에 둘 수 있고, MP의 최대치 100마다 한 마리씩 지배하에 둔 마물을 【마축의 난검】 내부에 있는 정체불명의 수수께끼 공간에 넣어 둘 수 있다. 지배하에 두는 숫자도 그와 마찬가지다. 또한 지배하에 둔 마물의 감각을 빌릴 수도 있었다.

이 녀석, 쥐 1호는 능력을 시험하기 위해 적당히 붙잡았던 녀석을 지배하에 두었는데, 기대 이상으로 도움이 되는 쥐로 성장해줬다.

사람의 말을 완전하게 이해할 만한 지능이 있고, 몸의 구조가 다른 까닭에 발음까지는 못 한다만, 몸짓 손짓으로 『YES』, 『NO』 정도의 의사소통도 할 수 있었다. 이 크기라면 【마축의 난검】의 신비로운 공간에 넣어 두지 않아도 괜찮아서 일일이 【마축의 난검】을 꺼내들 필요가 없다는 것도 점수가 높았다.

또한 【마축의 난검】의 효과 덕분에 일시적으로 쥐의 시각 및 청각을 빌릴 수 있었다. 작은 빈틈이 있으면 어디에서든 건물에 잠입할 수 있는 훌륭한 리틀 스파이가 만들어졌다.

이번에는 시운전도 겸해서 자일리 패거리의 감시를 맡겼다.

"음? 왜 그러세요? 주인님."

"지금 쥐 1호에게서 정보가 들어왔어. 참 뻔하게 속이 메슥거리는 이야기를 나누더라."

"그 음성, 저도 들을 수 있나요?"

"응? 미나리스도? 뭐, 시험한 적은 없지만 【복수의 성검】의 효과로 마력적인 패스가 항상 연결되어 있으니까 하려고 마음먹으면 아마 할 수는 있을 텐데, 들어도 괜히 불쾌해지기만 할 테니까 그만두는 게 좋지 않을까."

그렇게 말하고 가볍게 어깨를 으쓱였다만, 아무래도 미나리스에게는 마음에 들지 않는 대답이었나 보다.

"주인님, 그건 안 됩니다. 저는 주인님의 노예이지만, 동시에 공범자이기도 하잖아요? 아예 비밀을 만들지 말라는 말씀은 안 드리겠지만, 딱히 배려는 필요 없습니다. 만약 죽여 버린 다음에 부채를 미처 다 못 갚아줬다는 것을 알게 되면 그때는 어떻게 욕구 불만을 해소해주려는 마음이시죠?"

"부, 붙지 마, 붙지 마."

미나리스가 쓱쓱, 얼굴을 가까이 가져다 댄다. 어쨌든 꺼내는 말의 의미는 정말이지 옳고도 지당했다.

"뭐, 그렇다면야."

쥐 1호에게서 들리는 목소리가 미나리스에게도 전달되도록 마력의 패스를 연결 가능한가 시험해봤다.

찌릿, 무엇이라고도 형용하기 어려운 감각이 몸에 치달렸다. 아마도 의도한 대로 잘 이루어졌다.

자일리 패거리는 아직껏 지저분한 상상으로 기분을 내고 있었다. 나는 기본적으로 취중 발언은 관대하게 봐주자는 주의지만, 그런 관대함으로 들어줘도 지금 당장 죽여주고 싶은 수준의 대화가 마구 날아다니고 있었다.

한편 대화를 듣던 미나리스는 거의 무표정이었으나 등 뒤로 아지랑이처럼 피어오르는 압력이 점점 더 거세지고 있었다.

그렇다 해도 마냥 기운을 쏟게 놔둘 수는 없는 노릇이었기에 이제는 슬슬 사전 조사를 재개하자고 말을 꺼내려던 참이었다.

미나리스가 먼저 쥐 1호의 음성을 차단하는가 싶더니 무표정이었던 얼굴이 마치 성모의 미소와 같은 표정으로 바뀌었다.

"주인님, 내일이 정말 기대되네요?"

"……그, 그러게."

환한 얼굴로 웃음 짓는 미나리스에게 나는 약간 위축되고 말았다.

다음 날, 전날과 마찬가지로 미묘한 맛의 아침 식사를 마치고 채비를 갖춘 뒤 미나리스를 데리고 숙소에서 나왔다.

오늘은 빨리 일어날 필요가 없었던지라 평범하게 해가 떠오르고 제법 시간이 지난 다음에 기상했고, 그렇게 숙소를 나올 무렵에는 이미 마을이 움직이고 있었다.

국내 각지의 많은 장소에서 사람들이 모이는 마을이어서 해가 완전히 다 떠오르는 무렵에는 많은 가게가 문을 열고, 점심도 가까워지면 무엇을 팔고 있는지 알 수 없는 수상쩍은 노점상부터 신출내기 상인, 눈썰미 좋은 고객을 위해 중고품을 취급하는 인물 등등 많은 인물들이 장사를 시작한다.

일본처럼 딱 맞는 시계 따위가 없는 세계인 터라 대부분은 체내

시계 및 해의 높이를 보는 정도밖에 지금 시간을 가늠할 방법 따위가 없는 곳이지만, 마을 전체를 보면 가게를 여는 시간과 숫자가 대체로 매일 같으니까 참 신기하다.

뭐, 그런 광경을 보는 나 자신도 지금은 시계 따위 소지하고 있지 않은 처지라 정확하게 뭐라고 말은 못 하겠지만.

오늘 승부를 위해 집합하기로 한 장소는 마을의 동문이었다.

숙소에서 동문까지는 별로 먼 거리가 아니지만, 짧은 거리를 가는 동안에도 수많은 노점 앞을 걸어야 했다. 여러모로 흥미를 끄는 물건도 있었는데 오늘만큼은 전부 뒷전이다.

다른 곳에 들르지 않고 사전에 정해 두었던 집합 장소로 향했다.

“음, 1등 도착이 아니었군.”

그러나 동문에 도착하고 보니 이미 인영이 있었다.

아직 거리가 꽤 떨어져 있어서 저쪽은 알아차리지 못한 눈치인데, 헨젤이 홀로 서 있는 모습이 이쪽에서 보였다.

동문의 문지기를 맡은 병사와 뭔가 대화를 나누고 있다.

이세계 만세 소리가 나오도록 깜짝 놀랄 만한 색깔의 머리카락이 보통인 세계인데, 그런 군중 속에 있어도 소년의 선명한 금발을 발견하기는 수월했다.

“1등으로 도착하고 싶으셨어요?”

“응? 아니야, 별로. 그냥 좀 예상을 못 했을 뿐이지.”

저 오만한 헨젤이 가장 먼저 와서 기다리고 있을 줄 예상하지 못했을 뿐이다.

이제부터 잠시 동안은 얼굴을 마주 보면서 살의를 꾹 눌러 참아야

한다. 인고의 시간이 조금이나마 더 길어졌다고 생각하자니 조금 울적했을 뿐이다.

"뭐, 밥을 먹으려면 먼저 배를 비워야겠지. 자, 가자."

"네, 주인님."

그로부터 조금 거리가 좁아졌을 즈음에 헨젤 쪽에서도 우리를 알아보고는 살짝 안심한 표정을 지은 채 이쪽으로 다가왔다.

"좋은 아침이다. 조금 늦었잖나. 집합 장소를 잘못 안 줄 알았군."

"늦었다? 아니요, 오히려 빨리 온 편일 텐데요."

미나리스의 말이 옳았다. 많은 모험가가 사냥을 나가는 시간대와 비교하면 지금은 약간 빠른 편이라고 말할 수 있는 시간대였다. 아니, 점심때 이전이라고밖에 시간에 대해서는 결정하지 않았던 만큼 늦고 빠르고 할 것도 없었다.

"무슨 소리냐, 어제보다 훨씬 늦은 시간이잖나. 애당초 노예 주제에 거리낌 없이 말 걸지 마라. 게다가 척 봐도 수인이잖나. 너무 가까이 오지 말도록, 짐승 냄새가 옮는다."

짜증이 묻어나는 그 말이 헨젤의 입에서 쓱 튀어나왔다.

얼굴을 찌푸린 채 미나리스를 바라보는 소년의 눈은 자신이 제멋대로 딱지를 붙이고 세계를 계층으로 나눠서 멸시하는 눈이었다.

세계의 적이라는 딱지를 붙이고 다녀야 했던 나에게 보내졌던 무수히 많은 눈과.

미나리스가 수인이라고 멸시했던 옛 마을 주민들의 시선과.

무엇 하나도 다르지 않아 속이 뒤집히는, 전부를 당연하게 여기는 눈동자.

“…….”

“그래그래, 그보다 오늘 이야기를 하지. 어째서 어제는 먼저 돌아가버렸지? 덕분에 연합 훈련을 못 했잖나!”

“……어?”

이쪽이 감정을 눌러 죽이는 것이 고작이었던 때에 헨젤은 또 한마디를 보탰다.

갑자기 무슨 소리지. 너무 뜻밖이어서 의미를 모르겠다.

“그러니까, 연합 훈련 말이다. 서로의 역량도 모른 채 갑자기 파티로 활동할 수는 없잖나?”

어이쿠, 난감해하는 표정으로 말을 잇는 헨젤.

이때만큼은 여러모로 생각하고 있었던 사고가 굳어버렸다.

애당초 어째서 파티를 맺어 함께 움직이는 전제로 말을 하는가 이해가 되지 않았다. 뭐냐, 이 녀석. 상상 이상으로 머릿속이 꽃밭이잖아.

너무나 어이없어서 입을 다물고 있으려니까 헨젤은 무슨 착각을 했는지 의기양양하게 더욱이 말을 이어 나갔다.

“뭐, 너희는 가능한 한 돌출해서 적을 끌어와주기만 하면 돼. 적이 내 근처까지 못 오도록 막아만 주면 내가 마법으로 숨통을 끊어주지. 아, 너는 앞쪽으로 너무 튀어 나가지 말아주겠나? 위력 조정은 살짝 서투르거든. 노예는 어쨌든 간에 너까지 휘말린다면 다소 미안하니까 말이야.”

‘……요컨대 뭐야, 우리를 인간 장벽으로 써먹고 싶다는 말을 한 건가? 이 녀석?’

게다가 우리를 돌출시켜서 위험한 미끼 역할은 전부 떠넘기겠다고, 그런 데다가 미나리스가 피해에 휘말려도 전혀 아랑곳 않고 마법을 쓰겠다고?

지껄이는 말을 이제야 이해할 수 있었지만, 감정이 미처 반응을 못 하고 있다.

"……."

쓱, 미나리스에게서 표정이 사라졌다.

이제는 슬슬 자력으로 표정을 제어하기 힘들어져서 스킬을 발동했겠지만, 아무래도 미나리스는 스킬에 너무 의존하는 경향이 있군. 나중에 살짝 주의를 주는 게 좋겠다.

'그렇다 쳐도……. 그래, 역시 지금 당장에 여기에서 뭉개 죽이고 싶구나.'

이제야 감정이 제대로 반응을 나타내며 마음에 억지로 집어넣었던 상자 안에서 부글부글 끓어오른다.

헨젤의 말은 어쩌면 귀족 도련님답게 당연한 태도이고 발언이었다. 어른이라면 이쯤이야 적당히 흘려듣고 넘길 수도 있겠다.

이쪽 세계에서는 분명 올바른 선택의 하나.

그러나 올바른가 올바르지 않은가, 그따위 기준으로 하는 고민은 첫 번째 때로 충분하다.

도덕적으로 판단한다든가 상대에게도 사정이 있다든가 그따위 것은 아무래도 좋았다.

중요한 것은 내가 어떻게 생각하느냐였다.

'미나리스, 조금 이르지만 사전 준비를 시작하자.'

'아! 알겠습니다.'

그러니까 지금은 참아야 한다.

불과 몇 시간, 조금만 참으면 된다.

마치 요리를 할 때처럼 사전 준비를 마치고 나서.

……너도 기필코 절망의 구렁텅이에서 죽여주마.

소년의 단호한 말에 기죽은 시늉을 하면서 살짝 얼굴을 숙이고 있었던 미나리스의 입이 뚜렷하게 끌려 올라가는 광경을 봤다. 『철가면』 스킬은 허용량을 넘은 감정까지 숨겨주지는 못한다.

……그렇게 『해치워버려』라는 허가가 기뻤을까, 미나리스.

그래, 어쩌면 당연하겠지.

나와 똑같은 감정을 공유하고 있으니까 기쁨도 동등한 수준이잖아.

허가를 받은 미나리스가 제 마력에 조용하게 살의의 빛을 담아냈다.

"……잘 알았겠지? 내가 이렇게 대단한 사람이야."

"와, 정말 대단하군요."

미나리스가 마법을 구축하는 동안 헨젤은 무엇을 하고 있었냐면 무엇이 그리 즐거운지 주절주절 자신이 사용 가능한 마법에 대해 이야기하느라고 정신이 팔린 모습이었다.

당연히 흥미 따위야 전혀 없었기에 모조리 다 한 귀로 듣고 한 귀로 흘리면서 「네」라든가 「정말 대단하네요」라든가 적당히 맞장구를 쳐줬다.

헨젤이 자기 자랑에 취해 있는 동안은 작은 목소리로 미나리스와 가만가만 대화를 나눴는데, 미나리스가 마법 구축에 집중하기에 딱 적당한 상황이었으니까 마냥 주둥이를 놀리도록 내버려 뒀다.

"그렇지, 그런데 나는 훨씬 더 대단해질 수 있는 사람이거든. 언젠가 이 왕국에서, 아니, 다른 나라에도 모르는 사람이 없을 만큼……."

"'……『진침빙독(塵針氷毒)』.'"

그리고 마지막으로 작게 중얼거리는 말과 함께 소리도 없이 미나리스의 마법이 완성됐다. 미나리스의 살의가 담긴 흉기가 우리를 제외하고 이곳에 있는 누구에게도 감지되지 않고 허공을 달린다.

"응? 뭐지, 벌레인가?"

기름을 처발랐나 싶을 만큼 잘 돌아가던 입이 멈췄다.

소년이 목덜미에 손을 뻗어도 거기에는 아무 흔적이 없었다. 아니, 정확히 말하자면 흔적이 있기는 하나 그야말로 벌레에게 쏘였나 싶은 작은 상처였다.

『진침빙독』.

그 이름이 나타내듯이 독을 얼려서 아주 작은 크기의 얼음 바늘을 생성하는, 미나리스가 만들어 낸 오리지널 혼합 마법이다.

『환염독귀(幻炎毒鬼)』로 만들어 낸 독을 미나리스의 적성이 비교적 높았던 수술 마법(水術魔法)과 암술 마법(暗術魔法)의 합성 마법으로 만들어 낸 얼음 바늘에 또다시 덧붙이는 마법.

왕도를 떠나서 여행 도중에 미나리스와 대화 나누다가 문득 떠오른 발상으로, 짬이 날 때 둘이서 개발한 이 마법은 컨트롤이 어렵지만 마법에 담겨 있는 마력이 적고 시각 및 마력의 양면에서 뛰어난 은밀성을 발휘한다.

얼음으로 만든 아주 작은 크기의 바늘은 표적에 꽂혀 들면 곧바로 녹아들고 독이 되어서 몸을 순환한다. 다만 얼음 바늘 자체에는 딱히 경도도 위력도 없기 때문에 질 나쁜 가죽 갑옷마저도 뚫지 못하는 형편이다. 수인의 확산되기 쉬운 마력의 성질도 함께 작용해서 사용 가능한 상황이 상당히 한정되기에 기대만큼 범용성 있는 마법은 되지 못했다.

그러나 아무에게도 눈치채이지 않고 대상에게 독을 주입할 수 있다는 것은 어떠한 약점이든 보충하고도 남는 이점이다. 오늘처럼 하루 밖에 시간이 없더라도 이렇게 사전 준비를 아무에게도 들키지 않게 처리할 수 있는 만큼 몹시 편리했다.

"오, 뭐냐, 뭐냐. 꽤나 빨리 모여 있었군."

그때 마치 시간을 맞춘 것처럼 나타난 녀석들이 자일리를 비롯한 3인조였다.

"크큭큭, 선배를 기다리게 할 수는 없다는 건가? 버릇이 아주 잘 들었군. 그 갸륵함을 봐서 지금 당장 한심하게 바닥에 머리를 조아리고 사죄하면 용서해줄 수도 있다만?"

죽도록 뻔한 도발이었다.

히죽히죽 웃으면서 입을 놀리는 자일리에게 용서할 마음 따위 티끌만큼도 없다는 것은 헨젤이 손에 든 지팡이와 미나리스를 쳐다보고 있는 저열한 욕망에 젖어 탁해진 눈을 보면 뻔하게 알 수 있었다.

그러나 그 사실도 알아차리지 못하고 헨젤은 뻔한 도발에 넘어가 숫제 발광하면서 자일리에게 덤벼들었다.

"뭐라고!! 누가 그따위 수치도 모르는 짓을 히겠나!!"

"그러신가? 그럼 냉큼 시작이나 하자고."

부자연스럽게 어깨를 슬쩍 으쓱거리고 자일리가 능청 부렸다.

"그래, 기필코 너희가 울상을 짓게 만들어주마!!"

"할 수 있다면 해보라고. 고작 고블린에게 둘러싸여서 죽지 않도록 조심하고. 이제 막 모험가로 등록한 신입이 허세 부리다 고블린한테 죽어 나갔다는 이야기를 한두 번 들었어야지."

"흥! 누가 고블린 따위에게 당할까 보냐!"

"아니, 아니지. 모르는 거야. 한 치 앞이 어둠인 게 이 장사거든. 언제 죽어도 놀랄 필요가 없단 말씀이지."

자일리는 소리 없이 웃음 짓고 의미심장하게 말한 뒤 모험가의 증거, 랭크 표찰을 문지기에게 보여주고 동문으로 빠져나갔다.

우리가 들어왔었던 남쪽은 거의 전부가 숲에 둘러싸인 가운데 문 주변만 트여 있는 지형이었지만, 그와 대조적으로 동문을 나오자 곧장 시야가 탁 트인 평야가 펼쳐졌다.

거기에서 북동쪽 방면에는 상당히 멀리 높지막한 산들의 자취가 보이고, 그 기슭 부근의 산자락부터 산을 따라가는 모양새로 엷은 숲이 끊임없이 뻗어 나간다. 여기에서 산자락의 기슭까지 직선거리로 걸어서 사흘은 걸릴 만큼 넓은 지역이었다.

그대로 나와 미나리스, 헨젤, 자일리 패거리 3인조는 엷은 숲의 부근까지 딱히 대화도 없이 이동했다.

"그럼 승부는 오늘 일몰까지니까 기억해 둬라. 그때까지 길드에 돌아와서 보고를 마친 뒤 길드에서 가만히 기다리는 거다. 해가 다 지도록 길드에 돌아오지 않으면 아웃이고."

“그래, 알겠다. 자, 간다!! 나를 따라오면 절대로 패배 따위야 없을 것이다, 아하하하!!”

‘오오, 독이 꽤 돌았나 보군.’

미나리스가 주입한 독은 대상의 마력을 먹고 증식하는지라 독이 직접적인 맹위를 떨치기 이전에는 가볍게 MP취기 비슷한 상태가 된다. 움직이지도 못할 지경까지 이제 한두 시간쯤 남았겠지.

기합이 팍팍 들었다는 분위기로 숲에 들어가는 소년의 뒤를 따라서 나와 미나리스도 걸어 나아갔다.

소년과 처음부터 개별 행동을 취해 자일리 패거리를 미행할 예정이었지만, 결국 그렇게 말을 꺼냈다가 소란스러워지면 또 귀찮을 테니 일단은 순순히 따르기로 했다. 숲에 들어가기만 하면 가벼운 환술이라도 걸어서 떨어질 수도 있는 데다가 어차피 금방 죽을 녀석이고.

힐끔, 눈치채이지 않도록 확인해보니 먼 방향에서 숲으로 들어가는 자일리 패거리의 모습을 확인할 수 있었다.

그들의 시선은 아직껏 우리가 있는 방향으로 향해 있었고, 당장에 입맛을 다실 기세로 노골적인 욕망의 시선을 보내고 있었다.

☆

“허억, 허억, 헉헉.”

뜨겁다.

숲에 들어오고 나서 얼마나 시간이 흘렀을까, 이미 30분 이상 지난 듯싶기도 하고 반대로 아주 짧은 시간도 지나지 않았다는 기분마저 들었다.

이상하다. 정말로 이상하다.

몸속이 타오르는 듯 뜨거웠다. 덜컥 감기 몸살에 걸린 사람처럼 의식이 마구 뒤흔들린다.

단지 걷고 있을 뿐인데 마치 물속을 나아가는 때처럼 체력을 빼앗겨야 한다니.

'……제길, 어째서, 이런 때에.'

삐걱거리는 관절이 짜증스러워도 힘겹게 다리를 내뻗는다.

아무러면 이런 몸 상태를 갖고 그 녀석들에게 이길 도리가 없다는 것쯤 알고 있었다.

그러나 차마 고블린 한 마리도 해치우지 못한 채 포기하고 마을에 돌아갈 수는 없는 노릇이었다. 그래서는 길이길이 비웃음거리가 된다.

'……고블린은 약한 상대를 노리는 습성이 있지. 우리 중 먼저 공격을 받을 사람은 틀림없이 나다.'

힐끔, 시선을 앞쪽으로 보냈다.

처음에는 선두를 걸어 나아갔던 내가 어느 틈인가 다른 두 사람의 뒤쪽을 걷고 있었다.

두 사람은 나와 달리 특별히 몸 상태에 이상이 있어 보이지도 않았고 담담하게 숲속을 나아간다.

'어쩔 수 없지, 만약의 때를 위해 세워 놓았던 계획으로 대처하자.'

열 때문에 몽롱하기는 해도 마법을 아예 못 쓰지는 않는다.

전투가 벌어지면 뒤쪽에서 『화염구(파이어 볼)』로 저 둘의 다리를 태우자.

고블린의 습성상 먼저 저 둘부터 습격할 것이다.

그사이에 『플레임 랜스』로 고블린들의 숨통을 끊고 귀를 잘라서 마을로 갖고 돌아가자.

승부에 져도 몸 상태가 안 좋았음을 원인으로 돌리면 되고, 그런 상태에서 전투를 치러 마물을 쓰러뜨렸다면 충분히 변명도 된다.

'사실은 이런 방법은 별로 귀족으로서 우아하지 않으니까 좋아하지는 않는다만…….'

이것은 귀족의 긍지와 관련되는 문제였다.

비록 가문에서 쫓겨났기에 귀족의 지위를 잃어버린 처지이기는 하나 나만 한 재능을 지닌 인재라면 금세 두각을 나타낼 수 있다.

A랭크의 모험가가 된다면 귀족으로서 새로 가문을 일으키는 것도 불가능하지 않았다.

'아니, 나라면 할 수 있다! 나는 귀족이다. 나를 깔봤던 멍청한 아버지와 얼간이 형님들을 더욱 높은 위치에서 보고 웃어줄 테다!!'

그렇다, 나는 귀족이잖은가.

귀족으로 태어난 내가 첫 출진부터 불쑥 꼴사나운 모습을 보일 수는 없는 노릇이었다.

평민은 귀족을 위해 삶을 부여받은 족속이니까 저 둘도 그렇게 나에게 쓰임받는 신세가 되는 것은 당연하다. 아니, 남자는 혹시 귀족일까? 어차피 수인 노예를 데리고 있는 시점에서 귀족 실격이기에 상관할 바는 아니겠군.

'쳇, 어디냐. 어디에 있나, 고블린은.'

본격적으로 몸을 다루기가 버거워졌다.

때때로 도구 주머니에 넣어 둔 포션으로 체력을 회복시키고 있으나 전혀 상태가 나아지지 않는다.

그리고, 그때였다.

문득 앞쪽에서 걸어가고 있었던 두 사람이 멈춰 섰다.

"이봐, 미나리스. 이제 슬슬 괜찮지 않겠어?"

"그러게요, 체격을 봐서 이제 충분히 사전 준비가 완료되었을 무렵이지 싶네요."

갑자기 영문을 알 수 없는 대화를 주고받는 두 사람.

"이봐, 너희들, 무슨 소리를 하는 거냐."

조바심을 감출 여유도 없어서 말이 튀어나왔다.

그러나 두 사람은 아예 대답도 않고 또다시 이동을 개시했다.

다만 방금 전처럼 느릿느릿한 속도가 아니었고, 달리는 것도 아니건만 쑥쑥 속도를 올려 나아가고 있었다.

"뭐, 너, 너희들! 여기는 숲속이란 말이다?! 좀 더 주위를 경계하면서 전진해야지!! 마물에게 갑자기 습격당하면 어쩌려고!!"

숲속처럼 지형상 시야가 좋지 못하고 마물들의 영역 안쪽에 있을 때 지켜야 하는 철칙.

갑자기 그에 반하는 행동을 취하는 두 사람을 제지하고자 소리 높였다.

사실은 이렇게 큰 소리를 지르는 것도 좋지 않은 행동이었지만, 거기에 얽매이고 있을 상황이 아니었다. 왜냐하면 지금도 걷기가 버겁건마는 여기에서 파티의 이동 속도가 더 빨라지면 뒤를 따라가는 것조차 곤란한 처지였기 때문이었다.

이 상황에서 홀로 숲속에 남겨질 수는 없는 노릇이었다.

단지 마을로 돌아가는 것뿐이라면 마물 막이의 결계를 써서 안전하게 돌아갈 수 있겠지만, 아무래도 혼자서 전투를 수행하기란 무리였다.

그런 추태는 나의 자부심이 용납하지 않는다.

"이봐! 기다려! 기다리라고 말하잖나!!"

조바심에 등 떠밀려서 외쳐도 두 사람은 끝내 걸음을 멈추지 않았고, 결국은 둘의 뒷모습을 완전히 놓치고 말았다.

"허헉, 헉, 허억."

숨을 몰아쉬면서 주위를 둘러봐도 둘의 모습이 안 보인다.

'어떡하지……? 그 녀석들은 찾아야 하나? 아니, 이제라도, 마을로……. 큭, 무슨 약한 소리냐, 내가! 그런 꼴사나운 짓을 어떻게 하나!!'

몸이 몹시도 무거워서 사고가 헛돌기만 한다.

약해지려고 하는 사고를, 머리를 흔들어서 뿌리쳤을 때 불현듯 시야 끝 쪽에 인영이 비쳤다.

"음? 앗."

그러나 인영은 금세 휙 자취를 감춰버렸다. 그렇지만 분명히 썩 달갑지 않은 수인 노예가 맞았다.

"이, 이봐! 기다려라, 나는 여기에 있다!"

아무튼 아직은 가까이에 있을 테니까 크게 소리 질렀다.

'그, 그렇겠지. 저 녀석들도 나 없이는 곤란하지 않겠나. 나처럼 강력한 마법을 구사할 수 있는 마술사를 내버려 둘 리가 없지.'

"못 들었나! 허헉, 여기다! 여기 있다고!!"

나는 내 애용 지팡이를 손에 들고 있는 힘껏 소리 질렀다.

집에서 제멋대로 들고 나왔던 이 지팡이를 목발 삼아서 방금 전 보였던 인영의 방향으로 나아갔다.

"제길, 또 놓쳐버렸나!"

두리번두리번 주위를 둘러봐도 어디에도 인영은 없다. 인기척도 없다.

고요하고 싸늘한 숲이 마치 나를 거절하는 것 같았다.

그리고 또 포기하려고 하던 차에 시야 한쪽 끝에서 다시 인영이 보였다.

그 뒤를 쫓아가다가 또 놓치고, 또 쫓아가다가 또 놓친다.

"제기랄, 제길제길제길제길!! 장난치는 거냐! 무슨 수작인가, 저것들!!"

바보 취급인가, 바보 취급하는 거냐, 이 나를 바보 취급하는가!!

열기에 달떠 녹아나는 사고에 더욱이 피가 솟구쳐서 끓어올랐다.

"헉, 헉헉. 허억, 여, 여기는……?"

그렇게 몇 번째인가 숨바꼭질과 술래잡기를 반복한 끝에 다다른 곳은 작은 화원이었다.

나무들 사이 틈에 가려져 있던 그 장소에는 다소 드문 종류의 옅은 색을 띤 꽃이 피어 있었다.

"정말이지 궁상스러운 꽃이군……. 현란함은 아예 찾아볼 수가 없어."

"그런가, 너에게는 그렇게 보이는군."

"어?"

뒤쪽에서 목소리가 들린 순간이었다.

내가 고개를 돌리기보다 먼저 턱, 하고 몸을 떠밀렸다.

"아?"

목덜미를 얼음 칼날로 긁는 듯한, 일순간에 몸속에서 소용돌이치던 열기마저 뿌리째 빼앗아 가는 듯한, 살갗에 소름이 돋는 한기.

이제껏 느낀 적 없는 강렬하고 깊숙하고 싸늘한 그 감각에 의식 전부가 제압되어 간다.

발에 힘을 줘서 버티지도 못하고 기우뚱 쓰러지는 것을 느끼면서 고개 돌리자 저편에 분명 얼마 전까지는 행동을 함께했었던 남자가 보였다.

"힉?! 아앗?!"

마치 다른 사람처럼 조소 띤 표정이 몸을 얼어붙게 만들었다.

나자빠졌던 지면의 감촉이 어쩐지 아득하다.

"자, 차분하게 맛봐라. 이제부터 맞이하게 될 짧은 시간이 네가 몸소 세계를 느낄 수 있는 마지막 시간이니까."

"아, 뭐, 뭐가, 꺼흑."

당장 도망쳐야 한다고 호소하는 본능의 욕구를 이성이 음미할 시간도 없이 멀리 떨어지고자 지면에 손을 짚고 일어서려고 했던 나는 대비할 틈도 없이 남자에게 걷어차였다.

데굴데굴 구르는 중에 불현듯 몸을 받쳐주던 지면의 감촉이 사라졌다.

"끅."

위가 허공에 떠오르는 감각 다음은 땅바닥에 내동댕이쳐지면서 호흡이 멈췄다.

그곳은 깊숙이 파인 구멍의 속.

도움 없이는 기어 나오기도 힘들 듯싶은 깊이로 파인 구멍은 아직껏 가장 높은 곳까지 다 올라가지 않은 태양의 빛을 받지 못해서 어두컴컴했다.

축축한 느낌이 드는 지면은 비가 미처 마르지 않은 흙과 비슷했다.

마치 죽은 자가 잠드는 무덤의 흙 같았다.

"""……."""

그리고 그런 장소에서 올려다보이는 사람은 두 명의 남자와 여자.

처음 만났을 때는 정말이지 변변치 못한 남자라고 여겼다.

눈에 띄는 구석을 꼽자면 살짝 드물게도 다른 색깔이 섞이지 않은 흑색의 머리카락.

노예를 데리고 있는 것은 괜찮다. 신입으로 등록할 때부터 노예를 데리고 있다는 것은 어디에든 흔한 비천한 출신이 아니라는 뜻.

돈에 악착스럽지 않은 구석을 보아 나와 마찬가지로 귀족인 줄 알았다.

그러나 하필 노예를 수인으로 선택한 것은 달갑지 않았다. 아무리 집을 나와서 자기 손으로 세상을 헤쳐 살아가야 한다지만, 그렇게까지 귀족의 긍지를 대뜸 내버려서야 추후 친분을 쌓기는 불가능하겠다고 치부했었다.

그러니까 그 녀석들과는 이번 한 번만 행동을 함께한다. 이용할 대로 이용하고 해치워서 적당히 버리고 가면 되겠다고 생각했었다.

그렇다, 단지 버리는 말이라고 생각했었건만.

"뭐냐, 그 눈은! 도대체 뭐냔 말이다, 그 눈은!!"

마치 가치가 없는 사람을 보는 눈.

『기막히는군, 너는 정말이지 굼벵이 같구나. 내 피를 이어받은 녀석 같지가 않아.』

『내 동생이건만 이리도 덜떨어질 수가 있는가! 이제 됐다, 너는 구석에 처박혀 있어라.』

"그만해라! 그런 눈으로 나를 보지 마!!"

열에 체력이 깎여 나가고, 묘한 한기에 그 열기마저 빼앗기고, 나른해서 제 뜻을 따라주지 않는 몸에 분노와 함께 열이 지펴졌다.

"웃기지 마라, 웃기지 마라, 웃기지 마라!! 바보 취급하는 거냐, 바보 취급하는 거냐아아앗!!"

이놈이고 저놈이고 감히 나를 깔보고!!

아버지도, 형도, 저 녀석들도!!

"나는 귀족이다! 위대하다! 대단하다!! 네까짓 놈들, 네까짓 녀석들이 감히!!"

몸을 옭아매고 있었던 무게 추와 함께 날려버리고자 몸 깊숙한 바닥에서 마력을 잡아 마물렀다.

"타오르는 업화의 구체여, 쏟아 내는 마력을 연료로 삼는 격정의 작열이여! 그 몸을 바쳐 전부를 열화로 되돌려라!! 『파이어 볼』!!"

지팡이의 효과로 증폭된 위력과 분노에 젖어 몸속의 힘을 뿌리째 다 쏟아 내려는 작정으로 주입한 마력.

아슬아슬하게 제이되고 있는 화염구기 주인의 바람에 부응하고자 이글이글 타오른다.

"헉, 허헉, 죽어! 싹 태워버려라앗!!"

손에서 발사된 화염구가 주위를 온통 휩쓸어버릴 기세로 하늘을 달려 날아갔다.

'해냈다! 맞는다!'

틀림없는 직격 코스.

이제 와서 움직인들 저 녀석들에게는 피할 도리가 없다.

——그래, 그래야 했다.

"정말 미지근한 불꽃이구나."

고작 한 번의 휘두름.

기합을 넣은 듯 보이지도 않았다. 급박함도 느껴지지 않았다.

아무것도 아닌 몸동작 한 번의 휘두름으로 불꽃은 싹 지워지고 말았다.

"……어?"

눈앞의 광경이 차마 믿기지 않았다.

분명히 내가 이제껏 발사했던 것 가운데, 내 인생을 전부 돌이켜봐도 최고의 위력을 지닌 일격이 분명했다.

어째서, 어째서어째서어째서어째서?!

"으아아아아아아아아아아아아아!!『파이어 볼』!!"

빨리, 빨리, 더 빨리!!

무엇 때문에 초조해하는 줄도 도통 알 수가 없게 된 머리가 본능의 뜻에 따라서 몸을 움직였다.

"『파이어 볼』!『파이어 볼』!『파이어 볼』!! 으아아아아아아아아아!!"

효율도 아무것도 생각하지 않고 단지 최저한으로 마법의 형태를 유지할 뿐 마냥 마력을 소모해서 마법을 날린다.

"엷고."

컨트롤도 아무것도 없는 화염구는 그럼에도 많은 숫자에 힘입어서 직격의 궤적을 따라갔다.

"뭐, 뭐냐, 뭐냐고!"

그러나 그런 공격이 통할 리는 없었다.

"엉성하고."

일순간의 저항도 없이 내 마법이 지워져 사라진다.

"대체 뭐냔 말이다, 네까짓 놈이이이이이이!!"

"무엇보다도 미적지근하군, 그래도 말야."

최후의 한 발.

정말로 한 발의 『파이어 볼』조차 만들어 낼 마력이 남아 있지 않을 만큼 몸에서 MP를 쥐어짜 내고 말았다.

내 운명을 결정짓는 마지막 한 발을 남자는 손에 든 검을 놓고 맨손으로 잡아 뭉갰다.

"이따위 불꽃으로도 누군가의 추억에 망쳐 놓을 수는 있단 말이지."

"아아, 아아아, 어째서, 이런……! 괴물아!!"

가냘픈, 차마 견디지 못하고 흘러나온 목소리가 덜덜덜 쏟아졌다.

아무것도 당하지 않았는데도 짓밟히고 찢겨 나가며 유린당하는 감각이 몸을 덮쳤다.

몸속에 있던 뜨거움과 나른함은 줄곧 기세가 불어나고 있건만, 사고도 몸도 가증스러울 만큼 예민해져서 유린당하는 감각을 포착하고 외면하지 않는다.

“그런가, 그럼 그 괴물의 소중한 추억을 더럽혔던 첫 번째 때의 본인을 원망하는 게 좋겠어.”

어두운 안광 한 쌍이 나를 내려다보고 있다.

“솔직히 말하자면 있잖아, 나는 너희를 정말 죽여야 하나 조금은 망설임을 느꼈어. 어쨌든 나는 배반당했던 게 아니니까. 잘 따져보면 너희의 앞날을 망쳐 놓는 짓은 생트집과 다르지 않지. 그러니까 천칭의 한쪽에는 역시 아무것도 하지 않는다는 무게 추가 분명히 있었어.”

“무, 무슨 소리를…….”

“그러니까 말이야, 역시 내 천칭은 싹 망가져버렸나 봐. 분명 이 행동은 올바르지 않아. 어린애처럼 마음에 안 드니까 날뛰고 싶은 게 전부일 뿐인 생떼 비슷한 복수지. 그래도 말야, 있잖아.”

그것은 분명한 망자의 모습.

어디인가 소중한 무언가의 조각이 떨어져 나간 인형과 같은, 공허한 눈동자 속에서는 그저 무엇을 불사르고 있는지조차 알아볼 수 없는 불꽃이 타오르고 있었다.

“갈증이 나, 목이 마르고 또 말라서 견딜 수가 없단 말이지. 지나친 생각이라고, 피해망상에 가깝다고 머리로 이해는 된단 말이지. 그런데 도대체가 너희 얼굴이 자꾸 가물거려서, 그 꽃밭이 타는 냄새와 빛이, 싸늘한 가름의 감촉이 배어들어서!! ……떨어지지를 않는다고.”

그리고 망자는 조소한다.

무엇에 대해 저렇게 하는지조차 내게는 알 수가 없는 장렬하고 어두운 갈증을 머금고 있는 웃음.

"그러니까 역시 나는 더 이상 용사가 아니어도 좋아. 내가 들여다보는 거울에 비치는 것은 추하고 비루하고 지저분하고 진구렁 속을 이리저리 기어 다니는 복수자니까."

내리쏟아지는 목소리가 마치 검붉은 피에 물들어 있는 것 같았다.

"어푸?! 뭐, 뭐냐?!"

곧이어 망자는 어딘가에서 꺼내 든 자루를 뒤져 무엇인가 액체를 구멍 속으로 뿌렸다.

"이것은, 기름……?"

떨어지는 액체가 살짝 눈에 들어가는 바람에 시야가 흐릿해져서 정확하게 확인은 못 했다만, 끈적하게 피부에 달라붙는 질감과 콧속을 간질거리는 냄새는 분명히 기름 같았다.

"너, 아까부터 폭주하다시피 『파이어 볼』을 날려 댔는데 말이야, MP취기와 독의 부작용으로 통증을 못 알아차렸던 건가?"

"뭐?"

"네 손, 이제는 **슬슬 녹고 있다고**?"

무슨 소리인가, 그렇게 되물을 여유는 없었다.

"뭐지, 이게……."

들리는 말을 따라서 내려다본 자신의 손.

방금 전부터 뜨거움과 나른함에 급격한 MP 소모. 축축한 구멍 속에서 다소 손이 땀에 젖어도 어쩔 수 없다고, 당연하다고 생각했다.

"뭐야, 뭐냐고, 이게! 어째서, 어째서?!"

그러니까 눈치채지 못했다.

내 손의 축축한 감촉이, 저 망자의 말대로.

"으아아아아아아아아아아아아아아아아아아아아아아아아아아아아!!"

……마치 불붙인 초처럼 결코 땀이 아닌 무엇인가가 걸쭉하게 몸에서 녹아내리고 있다는 사실을.

"이럴 수가, 초처럼, 녹아, 끄악, 끄으으으으으으윽!!"

걸쭉하게 녹은 무엇인가를 본능적으로 이해할 수 있었다. 그래, 내 몸이었다.

피부의 살색과 살점의 분홍색과 피의 적색이 뒤섞여서 얼룩무늬를 그리는 점액.

남자의 말이 옳았을까, 이렇듯 내 손의 참상을 목격하자마자 피부를 잡아 뜯는 듯한 통증이 몸을 뒤덮었다.

"하하하!! 초란 말이지, 좋은 표현이군. 그 말이 맞아, 지금 네 몸은 그야말로 초와 다를 바 없는 상태가 되었거든. 네 몸은 타지 않는다. 천천히, 천천히 녹아내릴 거다."

내리쏟아지는 것은 걸쭉하게 녹아내리는 독기 서린 목소리.

그리고 망자의 손에 들린 물건은 한 개비 성냥.

칙, 작은 소리를 울리면서 타오르는 불씨.

"끅, 으으, 머, 멈춰라."

"평범하게 타 죽을 거란 기대는 버려라? 흐물흐물 녹아서 뭉개져라. 마지막 최후의 순간까지 몸을 사르는 열을 느끼면서 죽어라."

"멈추라고오오오오오오오오오!!"

그리고 내 눈에 비친 광경은 역시 마지막으로 차갑게 조소하는 망자의 얼굴과.

……몹시도 느릿하게 회전하면서 떨어지는 작은 불씨였다.

"끄아아아아아아아아아아! 뜨거어, 뜨거어. 갸아아아아아아아아!!"

기름에 인화한 불꽃이 이글이글 타오른다.

뜨거워, 뜨거워, 뜨거워!!

어째서, 어쩌다가 이렇게 됐지?!

몸을 뒤덮어 타오르는 불꽃이 몸을 끈적끈적하게 녹여 낸다.

"어째서 이런 처지가 됐나, 아마도 너는 모르겠지? 안 그러면 곤란하거든. 나 역시 그랬어. 어째서 이런 처사를 당해야 하나, 이해가 안 돼서 못 견딜 지경이었지."

"캬아아아악! 아아아아! 아아아아아아아아아아아!!"

"얼씨구, 뭐냐, 왜 그러실까! 마법이 특기잖아, 잘 써서 나와보라고!!"

신음과 함께 들이마시는 숨까지 뜨거웠다. 이글이글 타오르는 불꽃에 가열된 공기가 몸을 아예 내부에서 녹여버린다.

들러붙는 불꽃과 함께 몸의 표면이 녹아내렸다.

"여기요, 주인님. 추가 기름이에요."

"응, 고마워. 자, 더 뿌려주마!"

"갸아아아아아아아아아아아아아?! 아아, 끄으으으."
"우후후, 저도 도와드릴게요."
"그래, 좋고말고. 마음껏 뿌려버려. 이 녀석이 다 녹아버리기 전에 말이야, 아하하하하!!"
"끄아아아아아아악! 꺼헉, 꺼어어어어어어어어어어?!"
철썩, 철써덕, 마치 농락하듯이 거듭거듭 위쪽에서 기름을 뿌려댄다.
그때마다 불꽃이 불타올랐고, 거듭거듭 몸의 표면이 불꽃과 함께 녹아서 흘러내렸다.
"커헉, 괴로어, 어어어어! 사려, 사려줘어어어어어어어!!"
"싫은데. 내가 왜? 그만하라고 몇 번을 외쳐도 너는 단 한 순간 귀를 기울이지도 않았잖아."
얼굴이 녹아서 흐른 점액이 입을 막아 숨 쉬기가 버거워졌다.
몸이 안쪽에서도 바깥쪽에서도 흐물흐물 녹아내린다.
이제 차라리 죽어버리는 게 편하겠다는 생각이 드는 통증과 열기.
그런데도 열에 녹아내리는 것은 표면뿐이고 차츰차츰 몸이 작아져 가는 감각마저도 여전히 예민하게 몸 전체를 타고 돌면서 사라질 줄을 몰랐다.
"그래, 좋다! 좋구나!! 더욱 괴로워해라, 울부짖어라! 그날 너희가 태웠던 전부에 조금이나마 가닿아 들리도록! 녹아 허물어지는 고통의 바닥에서 말라붙어라!!"
불타면서 방울지다가 내 몸이 녹아내린다.
물웅덩이처럼 고인 내 몸의 일부였던 무엇을 불길이 재차 희롱하여 발밑에 대고 계속 녹인다.

손이 녹고, 다리가 허물어지고, 얼굴도 문드러져서 시야가 가로막힌다.

"끄으, 꺼헉, 크흡……."

귀도 코도 벌써 다 녹아서 뭉개지고 말았다.

한데도, 그럼에도 통증은 여태 멎을 줄을 몰랐다.

그리고 마지막으로 뚝, 눈꺼풀의 살점이 다 녹았다.

"아하하하!! 자, 이게 마지막 기름이다! 성대하게 불태워보자고!!"

이미 다 녹아 떨어진 오른쪽 눈은 아무것도 비추지 못했다. 절반으로 끊어져버린 세계에서 보이는 것은 세상을 붉게 물들이는 불꽃의 색과 새하얀 태양과.

어둡게 그림자를 등지고 있는, 살짝 입꼬리를 끌어 올리고 이쪽을 무감동하게 내려다보는 망자의 모습.

다음 순간, 시야가 완전히 검은 어둠 속으로 가라앉았다.

그래도 진정 의식이 사라지기 직전까지 줄곧 몸을 뒤덮는 열기는 사라지지 않았다.

☆

"정말 무엇이든 불이 붙으면 속절없구나."

그때 건물 안쪽에 있던 가름도 이런 식으로 타서 죽어버렸을까.

아니면 붕괴하는 건물의 잔해에 깔려 일순간에 찌부러졌을까.

"……바라건대 고통을 느낄 틈조차 없이 죽었다면 좋았을 텐데 말이지."

쩌적쩌적 수분을 머금은 무엇인가가 타오르는 소리는 인간도 헨젤 패거리가 태웠던 옛 나무의 소리도 전혀 다르지 않았다.

다만 불타는 대상이 오물이기 때문일까, 이쪽이 코를 찌르는 냄새는 불쾌감이 더 강했다.

"자, 우선 한 명. 나머지는 세 명. 가자, 미나리스. 오늘은 할 일이 많아."

바짝바짝 인간 타들어 가는 냄새와 광경을 느끼면서 나는 일어섰다.

"네, 주인님."

"다음은 너희 차례다. 자일리, 도트, 테리. 너희도 헨젤과 마찬가지로 인생에서 두 번 다시 만나지 못할 지옥의 밑바닥을 겪게 해주마."

그래, 이것은 아직 제1막.

죽여주마, 죽여주겠다, 죽여버리겠다.

너희 전원, 한 명도 남김없이.

헤어날 수 없는 지옥 밑바닥으로 빠뜨려 가라앉혀주마.

훗날 숲속에 들어왔던 모험가가 기묘한 것을 발견했다.

살짝 트인 지형의 숲속 어느 곳, 화원이라기에는 작은 그 장소의 중앙에 명백하게 자연적으로 생겼을 리 없는 깊은 구멍이 있었다.

구멍 안쪽을 들여다보면 사람을 태운 듯한 악취가 배여 있었고,

맨흙이 다 드러난 토벽은 검게 타서 눌어붙었다.

함정을 파 놓는 수법을 보아 도적이거나 혹은 레드 캡의 소행인가 싶어서 고레 마을에 새로운 조사 의뢰서가 게시되었으나 그 이후 비슷한 사체가 발견됐다는 보고는 없었기에 이윽고 사람들 사이에서 잊히고 말았다.

# 제3장 자기를 보는 방관자의 돌림판

“으랏차, 흠. 도트, 거기 한 마리 샜다! 놓치지 마라.”

폭이 널찍한 쌍수검으로 고블린을 베어 갈랐던 자일리의 옆쪽을 쓱 지나쳐서 다른 고블린이 후위에 있는 테리의 위치로 달린다.

그러나 고블린의 행동은 자일리의 목소리에 반응한 도트가 방해에 나섬으로써 저지됐다.

“맡겨주십쇼, 어이쿠. 테리!!”

도트는 고블린이 내리 휘둘렀던, 근방 어디에든 떨어져 있을 나뭇가지 비슷한 조잡한 곤봉의 첫 일격을 받아넘긴 뒤 두 번째 공격을 튕겨 내면서 거리를 벌렸다.

“좋은 과녁이군요!!”

도트의 목소리에 호응하여 테리가 고립된 고블린을 향해 얼음 탄환을 쏘아 날렸다.

마법을 피하지 못한 고블린은 개구리 찌부러지는 소리를 울리면서 몸에 커다란 구멍이 뚫린 채 나자빠졌다.

그 틈에 자일리가 또 한 마리 고블린을 베어 쓰러뜨렸고, 일단 전투는 종료됐다.

각자가 고블린의 토벌 부위로 지정된 귀를 베어서 챙긴 뒤 한자리에 모인다.

숲에 들어와서 적당히 시간이 흐른 때였다.

해는 정점을 훌쩍 지났고, 자일리 3인조가 사냥한 고블린의 수는 이 전투에서 마침 두 자릿수에 들어섰다.

“예정보다 숫자를 꽤 확보했군. 열심히 뛰었으니까 슬슬 밥이나 먹자.”

“후유, 드디어 휴식이군요.”

“여전히 테리는 체력이 달리는군요. 아까 정찰을 다녀오면서 조금 나아간 곳에 트여 있는 장소가 있는 걸 봐 뒀으니까 거기까지 이동합죠.”

도트를 선두로 하여 자일리 3인조는 이동했다.

이동한 곳에서 적당히 자리를 잡고 앉은 자일리 3인조는 최하급 도구 주머니에서 마른고기와 흑빵을 꺼내 들었다.

“그나저나, 왜 숲에 들어오고 나서 당장 죽이러 가지 않았슴까? 그 꼬마들의 지팡이를 빼앗으러 간담서요?”

“바보, 겸사겸사 애송이들이 사냥한 고블린 토벌 부위도 싹 거둬들이면 일석이조잖냐. 게다가 어느 정도 고블린을 사냥해서 돌아가지 않으면 길드에 의심을 받는단 말이야. 아직 한동안 이 마을에서 지낼 예정이니까, 우물우물.”

자일리는 퍼석거리는 흑빵을 수통의 물과 함께 흘려 넣고 딱딱한 마른고기를 물어뜯었다.

“게다가 오늘 중으로 마을에 복귀를 안 하면 승부에서 지는 거니까 이 주변에서 멀리 나가지는 않을 거야. 굳이 안 그래도 이 숲에는 외곽 쪽 얕은 주변에서 충분하고도 남도록 마물이 쏟아지니까 말이지.”

“확실히, 이 숲은 다른 장소에 비해 마물 조우율이 높았죠.”

“어라, 몰랐던 거냐? 몇 년 전에 여기 숲 안쪽 산기슭 가까운 곳에 있던 마을을 웬 떠돌이 마족이 점령해서 에르미아를 공격하려고 했다더라. 뭐, 실제로 그렇게 되지는 않았지만, 주민이 싹 세뇌당했다든가? 도저히 저주를 풀 방법이 없어서 닥치는 대로 날뛰려고 들길래 결국 영지의 병력이 전원을 다 죽여 버릴 수밖에 없었다고 하는 말을 들었지.”

“그 얘기랑 마물 조우율이 높은 게 무슨 상관이 있다고요? 음, 아무 상관도 없지 않나?”

“거참, 말은 끝까지 좀 들어라. 결론을 재촉하는 건 네 나쁜 버릇이거든?”

자일리가 찰랑, 수통을 흔들거리면서 테리를 나무랐다.

“방금 한 이야기에서 마을이 사라졌잖아? 그 덕에 이 숲과 관련된 의뢰가 딱 끊어져버렸지. 예전에는 이 숲을 넘어서 앞쪽에 있는 에르미아의 모험가도 여기를 제법 드나들었는데, 그 녀석들도 함께 발길을 끊게 된 거야.”

“게다가 엎친 데 덮친 격으로 바보 같은 소문이 퍼졌잖습니까. 경험치를 벌자고 오던 신입도 재수 없다고 거리끼면서 접근을 안 하게 됐죠.”

“이 녀석! 남이 이야기하는 데 끼어들지 마라!”

“으앗?! 거 그렇다고 때릴 필요는 없잖습니까.”

퍼억, 사일리가 도트의 머리를 주저하지 않고 때렸다.

눈물을 글썽거리는 도트는 무시한 채 자일리가 말을 이었다.

"그래서 지금은 길드가 정기적으로 마물 퇴치로 파견하는 경우 말고는 모험가가 거의 이 숲에 안 오게 됐지. 마물 사냥할 모험가가 안 오니까 그야 마물도 늘어나고 조우율도 올라갈 수밖에 없지 않겠어?"

"그런 일이 있었군……. 바보 같은 소문은 또 뭡니까?"

마른고기를 먹으면서 자일리가 꺼냈던 말에 테리는 고개를 갸웃거렸다.

"테리는 마도구 말고 다른 정보에도 좀 귀를 기울이는 게 좋겠습니다. 방금 이야기에 나왔던 마을의 주민들이 망령이 돼서 이 숲을 떠돌아다닌다고, 마주치면 해제도 안 되는 저주에 걸린다는 소문이 퍼져 나갔습니다. 그래서 점점 사람들이 접근을 안 하게 됐다죠."

도트의 말에 테리가 탄식했다.

"거참, 웃기는 소리네요. 언데드가 나타난다면 또 모를까, 망령에 저주라니."

"뭐, 딱히 소문 하나가 원인은 아니니까 말이야. 뜬소문은 빼더라도 이 주변의 외곽 지역은 고블린이나 그린 보어밖에 안 나오거든. 희귀하지도 않고 낮은 랭크에 별 돈도 안 되는 마물만 잔뜩인데 튀어나오는 숫자까지 많으니까 전투 훈련을 쌓고 싶은 신출내기 모험가라도 조금 머리가 돌아간다면 이 숲은 피하겠지. 여기가 아니더라도 고블린이나 그린 보어가 나오는 장소는 많이 있으니까."

자일리의 말에 테리는 납득한 기색으로 고개를 끄덕거렸다.

"아무튼 간에 그 녀석들이 여기를 지정해줘서 아주 잘됐어. 이 숲에서 일을 벌이면 뭔 짓을 하든 다른 장소 이상으로 아무에게도 애당초 들킬 우려가 없단 말이지."

"그러면 이제 슬슬 괜찮지 않겠습니까? 연달아 자꾸 싸우는 바람에 예상보다 MP 소비도 컸죠. 좀 쉬고 나서 얼른 죽이러 갑시다. ……그 수인 노예가 울부짖는 모습을 빨리 보고 싶기도 하고요. 결국은 죽일 테니까 즐길 시간이 줄면 아깝잖아요?"

비열한 웃음을 짓는 테리에게 도트도 맞장구쳤다.

"남자 두 놈을 죽인 다음은 안 쓰는 사냥꾼 오두막에 그 노예를 끌고 가야 하니까 서둘러야지 말입다. 아무러면 언제 마물이 나타날지 모르는 상황에서 즐기기는 좀 그렇죠."

"너희들 말이야, 진짜 목적은 어디까지나 지팡이라는 걸 잊지 마라? 애당초 내가 가지고 놀기 전에 망가뜨리기라도 해봐라, 너희의 소중한 구슬, 꽉 잡아다가 뭉개버릴 테다!"

""거 염려 마세요. (마십쇼.)""

"도대체가, 대답은 아주 잘한다니까. 잘 알고 있겠지만 먼저 허를 찔러서 마술사 꼬마부터 죽이는 거다. 동료가 죽어 나가는 광경을 목격하면 경험도 부족한 병아리들이 곧바로 대응하지는 못할 거야. 동요하는 틈에 일단은 검사로 보이는 말라깽이 꼬마의 다리를 아예 못쓰도록 박살 내버려. 아, 다만 되도록이면 목숨은 붙여 놓고."

"응? 단숨에 안 죽이고요?"

"이런, 어이구. 역시 뭘 모른다니까요, 도트는."

호들갑스럽게 기막히다는 듯이 말하는 테리에게 도트가 이상하다는 표정을 지어 보였다.

"무슨 뜻임까?"

""말라깽이 꼬마 앞에서 수인 노예를 겁탈해줘야 더 재밌잖아!!(재미있잖아요!!)""

아하하하, 자일리의 웃음소리와 큭큭큭, 테리의 웃음소리가 겹쳤다.

"아니, 아니지. 나는 도저히 모르겠습다. 아무리 생각해도 시끄럽다는 생각밖에 안 드는뎁쇼. 뭐, 두 사람이 그렇게 생각하는 건 납득했지만 말임다."

"기왕이면 주인님을 배반하고 우리한테 목숨을 구걸한다거나 하면 볼거리치고는 아주 최고일 텐데 말이지."

"그럼 마지막에 수인 노예더러 말라깽이 꼬마를 죽이라고 하는 게 어떨까요? 재미있게 죽이면 살려준다고 거짓말도 치는 거죠."

"오, 괜찮네. 뭐, 당연히 배반 방지 명령을 걸어 놓았을 테니까 그런 장난질은 무리겠지만."

"두 사람 다 진짜 별난 걸 좋아하심다. 뭐, 목덜미에 흠집만 안 내면 뭘 하든 상관없습다만."

이번에는 도트가 어이구, 하며 어깨를 으쓱거렸다.

더 이상 특별히 아무 말도 하지 않은 이유는 도트 자신이 어느 쪽이든 상관없다고 생각했기 때문이리라.

대뜸 죽여버리지 않음으로써 즐기는 시간의 위험도는 높아지겠지만, 어차피 어제 막 등록한 신입에 불과하다.

주의를 기울여야 할 마술사만 죽이고 나면 특별히 경계할 필요도 없다는 것이 세 사람의 공통된 인식이었다.

"그러면 이거 다 먹고 출발하자고."

그때, 불현듯 닥친 비상사태에서 유일하게 소리를 지를 수 있었던 인물은 척후의 역할을 맡은 도트뿐이었다.

"위험……."

도트가 기겁해서 지르려고 했던 목소리는 제 역할을 다하지 못했다.

설령 세 사람이 최대한으로 경계하고 있었더라도 미처 막아 내지 못했을 속도로 은밀하게 다가든 무엇인가.

산들바람이라고 말해도 될 만한 정도의 잔잔한 바람이 가져온 것은 세 사람을 붙들어 매는 마비의 안개.

순식간에 세 사람의 주위에 퍼져 나가는 반투명한 하얀빛 안개는 곧바로 온몸의 힘을 빼앗아 지면에 나뒹굴게 만들었다.

"이, 이거……. 마비…… 독……."

'위험해, 위험하다!! 마비 거미(파라즈 모스)?! 어째서 이런 곳에? 아니, 그놈들 인분에 이런 즉효성은 없을 텐데……?!'

세 사람을 덮친 안개는 나타났을 때와 마찬가지로 단숨에 사라졌다. 지금은 이미 세 사람을 한 차례 휩쓸었다가 전부가 산산이 흩어졌다.

"제기, 랄……. 모, 몸이……."

"자일리, 씨……. 위험함다, 손가락 하나, 까딱할, 수가, 없……. 으으."

"잠깐, 기다려라. 내가 해독약을 마시고, 금방……."

위치가 나빴던 걸까, 아니면 개인의 레벨 차이 때문일까. 손가락 하나 움직이지 못하는 상태에 처한 도트, 테리와 달리 자일리는 다소나마 행동을 취할 수 있었다.

자일리는 제 뜻대로 움직여주지 않는 몸을 채찍질해서 억지로 오른팔을 뻗어 간신히 허리의 도구 주머니까지 손을 가져갔다.

애가 타도록 천천히 움직이는 손이 짜증스러워 조바심을 느끼며 긴급용 해독 포션을 손에 잡았다.

'젠장, 더 빨리 움직여라! 내 몸뚱이야……!!'

자일리가 떨어뜨리지 않도록 조심조심 병을 입가 가까이 가져다 댄다.

"좋아……!"

자일리의 시야에 드디어 해독 포션의 병이 보일락 말락 하던 때였다.

"네~ 유감입니다~."

나는 지옥의 가마를 열어젖히는 악마의 기분으로 그 자리에 나타나서 불쑥 속삭거렸다.

"끄아아아아아아아아!!"

빠걱, 소리와 함께 해독 포션의 병째 자일리의 손을 냅다 짓밟았다.

물론 짓밟은 사람은 나다. 쌓여 있었던 짜증을 발산하고자 있는 힘껏 짓밟아줬더니 깨진 병 파편이 손바닥에 박혀서 줄줄 피가 새어 나왔다.

“이봐, 거 뭐냐. 이렇게 아주 조금 남았을 때 딱 방해받는 기분이 어때? 이제 살았다, 이제 다 끝났다. 그때 딱 눈앞에서 전부 어그러지고 망가지는 걸 너는 어떤 식으로 느꼈을까?”

“끄아아……. 컥, 커헉!!”

“아차, 대답할 처지가 못 되는군.”

해독 포션이 미세하게 상처 부위로 들어가서 어중간하게 다친 곳 부근만 해독된 것도 악재로 작용했겠다.

몸의 자유를 되찾을 만한 양을 섭취하지도 않은지라 마비 상태가 풀리지 않고 오히려 손의 통증만 뚜렷하게 솟을 테니까.

“주인님, 혼자서 먼저 재미 보다니 치사해요.”

“응? 아니야. 미안, 미안. 마침 딱 좋은 위치에 있길래 나도 모르게.”

어깨를 으쓱거리고 발로 차서 손을 치웠다.

자일리의 머리 위쪽에서 일부러 바보 취급하는 명랑한 말투로 대화를 계속했다.

“이 목소리…… 설마…….”

땅에 나뒹군 채 고개 하나 움직이지 못하는 자일리의 시야에는 눈을 힘껏 움직여 봤자 서 있는 우리의 허리 부근까지밖에 보이지 않을 것이다. 그러나 불과 몇 시간 전에 막 들었던 목소리를 벌써 잊어버리지는 않았을 테지.

“너, 너희……. 무슨, 짓을…… 끄아아아아아악!!”

“아까부터 벌레만도 못한 쓰레기가 시끄럽군요. 귀에 거슬립니다.”

자일리의 오른손을 나보다 가차 없이 미나리스가 발로 짓밟았다.

"가만히 듣자 듣자 하니까 누구 앞에서 누구를 겁탈한다고요? 그렇지 않아도 구더기만도 못한 더러운 입으로 오물을 싸지르지 말아줄래요? 바퀴벌레 같으니."

"끅, 꺼억, 아아아아아아아악!!"

나와는 달리 그 후에 아무렇지도 않게 꽉꽉 손등을 돌려 짓밟는 발동작이 미나리스의 깊은 분노를 대변해준다. 짜증 최고조라는 표정을 짓고 있는 미나리스의 발치에서 지금지금 모래 짓밟는 소리가 들려왔다.

"게다가 내가 당신들한테 목숨을 구걸한다고? 그런 데다가 주인님을 배반하고 죽인다? ……얼마나 더 나를 불쾌하게 만들어야 직성이 풀리는 겁니까! 예?!"

"그, 말은, 꺼걱……!!"

자일리가 뭔가 말하려고 입을 열어도 미나리스가 먼저 턱을 걷어차서 다물게 했다.

그 충격으로 상처 없는 왼손이 근처까지 다가왔기에 겸사겸사 한 차례 밟아주자 통증에 끙끙거리던 자일리가 또다시 한 번 신음을 터뜨렸다.

"너희드, 이러 짓으, 하며, 어더게 대나……!"

피를 흘리고 병과 함께 짓밟혀 찌부러짐으로써 다소나마 해독약이 몸을 돌았는지 자일리는 아직껏 몸은 움직이지 못할지언정 어느 정도는 말할 수 있게 되었나 보다.

"엉?! 이런 짓을 하면 어떻게 되는데? 돼지 오뚝이 자식아."

"끄윽!! 그만, 끄아아아아아!!"

“아이고, 오른손이 많이 아픈가 봐? 응?”

“제발 그, 끄아아아아, 크흐흑!!”

미나리스가 발로 쳐냈던 오른손을 이번에는 내가 꽉꽉 돌려 밟았다.

그렇게 한바탕 자일리의 입에서 비명이 터져 나오도록 만들어주고 다리를 떼어 냈다.

“거 뭐냐, 미나리스더러 나를 죽이게 만들겠다고 말한 녀석이 너였던가? 삼류 활잡이.”

“사, 삼…… 삼류, 라니……!!”

힐끔 테리에게 시선을 보내면서 코웃음 치자 이쪽도 뻔한 반응으로 눈을 부라리면서 노려본다.

“그럼, 삼류고말고. 그래 가지고 잘도 이제까지 안 죽었다는 게 어떤 의미로 기적이잖냐.”

“듣자, 듣자, 하니까……. 끄윽, 꺼헉?!”

못 움직이는 놈의 옆구리를 걷어차서 똑바로 눕혀 놓은 뒤 정확하게 미나리스가 했던 것처럼 턱도 걷어차줬다.

“오오~ 분한가? 이봐, 분하신가? 이따위 조롱을 당하면서 몸도 못 움직이고 구더기처럼 바닥을 나뒹구는 지금은 어떤 기분이 들지? 응? 응? 어떤 기분이냐니까?”

빈정빈정 말하고 웃으면서 테라의 곁으로 다가가 쓰러졌는데도 손에 들고 있었던 활을 빼앗아 눈앞에서 꺾어 부러뜨렸다. 더욱더 한층 강렬한 시선을 보내오는 테리에게 또다시 코웃음으로 답한 뒤 배를 걷어차줬다.

“그, 그마……. 세바…….”

그렇게 몇 번인가 배를 걷어차줬더니 마음이 꺾였는지 약한 소리를 꺼낸다.

제법 기분이 후련해졌기에 이쯤 하면 되겠다 싶어서 고개를 돌리자 미나리스가 도트를 조롱하면서 반항심째 정신을 짓눌러 꺾고 있는 와중이었다.

"척후 주제에 습격당할 때까지 위기를 알아차리지도 못하다니, 존재 의미가 있는 겁니까? 방금 전부터 쭉 지켜봤는데, 전투 때도 결국 마무리는 남에게 맡기기만 했죠. 쓸모없는 밥버러지, 같으니라고! 당신 같은 인간을 뭐라고 부르나 알고 있나요? 『기생충』이라고 한답니다, 에잇. 어머, 미안해요. 당신 수준의 머리로는 이해를 못 하니까 무능했던 거죠."

"크……. 이, 게……. 그마……."

미나리스는 쿡쿡 웃음을 짓고 내려다보면서 말하는 중간중간에 도트를 걷어차 굴려다가 괴롭혔다. 웃고 있는데도 발출하는 분노는 전혀 쇠하지 않았고 거듭 짜증을 발산하면서 도트에게 가차없이 발길질한다.

처음에는 반항적으로 눈을 부릅뜨던 도트도 머지않아서 더는 아픔을 못 견디겠다는 듯이 신음만 흘릴 뿐이었다.

살짝 격한 듯싶기도 했다만, 하필 직전이 되어 불에 기름을 쏟아붓는 발언을 한 쓰레기 놈들의 자업자득이겠다.

"자, 우리를 죽이려고 했잖아? 물론 이렇게 역습당할 가능성도 제대로 이해를 하고 있었겠지? 살해당할 각오도 제대로 하고 온 게 맞겠지?"

제법 넉넉하게 마력을 담아 살기의 밀도를 올려서 위압감을 발출하자 자일리 패거리의 안색이 더욱이 싹 핼쑥해졌다. 이때에 이르러서 간신히 자신들이 손을 대려고 했던 사냥감이 어떤 상대였는지 깨달은 눈치였다.

기습에 당해 마비독을 흡입하지 않았다면 이런 녀석들쯤이야, 하고 우리를 여전히 얕봄으로써 희미하게 남아 있었던 반항심도 이제야 결국 뚝 꺾인 듯싶었다.

그렇게 자부심이 꺾여버리면 이제 다음 행동은 한심하게 매달리는 것밖에 남지 않는다.

"우, 우리가 잘못했어. 사, 사죄할 테니까. 목숨만, 목숨만, 살려주……."

"이런, 벌써부터 설설 기면 쓰나."

그 말은 아직 할 때가 아니었다.

나는 자일리의 말을 가로막고 답했다.

"아직은 겨우 맛보기거든. 훗날에 참고로 하기 위해서라도 진짜 판을 벌이기도 전에 대뜸 『살려달라』는 말이나 하면 안 되지. 미나리스!"

"네, 주인님."

미나리스는 짧게 답하고 한 차례 고개를 끄덕거린 뒤 『환염독귀』로 원래 세계에서 흔히 말하는 마취 비슷한 효과를 지닌 독을 만들어 냈다.

미나리스의 손바닥 위에 떠오른 것은 적색과 주홍색으로 대리석 무늬를 띤 액체.

유리구슬 정도 크기의 3인분 액체구는 얼마 전 썼던 마비독 안개와 달리 움직이지 못할 뿐 아니라 목부터 아래쪽의 감각만 사라지는 독이다. 눈으로 보거나 귀로 듣거나 입으로 말할 수도 있지만, 자신의 의사로는 절대로 몸을 움직이지 못하게 만든다.

원래 세계의 마취와 다른 부분은 의식이 또렷하게 남아 있다는 정도겠다.

“자, 준비를 시작할까요? 주인님, 복용시키는 작업을 잠시 도와주시겠어요?”

“그래, 물론이야.”

“너, 너희, 뭘……! 꺼억!!”

자일리 패거리의 입을 강제로 열어붙이자 미나리스가 그 주둥이에 독을 흘려 넣었다.

“자, 금방 효과가 나타날 거예요. 방금 전 마비독보다 훨씬 효과가 강하니까 지금 마신 독이 효과를 발휘하면 마비독은 효과가 사라지고 원래대로 자유롭게 말할 수 있을 거예요.”

『환염독귀』로 복잡한 독을 만듦으로써 급격하게 MP를 소비한 미나리스가 MP취기에 의해 평소의 고혹적인 분위기는 유지한 채 초승달 모양으로 입을 비뚤어뜨리며 웃었다.

오싹할 만큼 한기를 띠고 있으나 그럼에도 아름다웠기에 마음을 빼앗겨버릴 것 같은 미소.

“우후후, 기대하면서 기다려주세요. 당신들에게 지옥의 구렁텅이를 엿볼 기회를 줄 테니까요.”

그렇게 말한 뒤 미나리스는 진심으로 즐겁다는 듯이 다시 한 번

아름답게 웃었다.

"자, 어서 나도 준비를 마쳐야겠군."

미나리스가 자일리 패거리의 준비를 갖춰주었기에 이쪽도 이쪽대로 준비를 진행하기로 했다.

이제부터 필요한 심검은 둘. 【마축의 난검】에 【물 요정의 물방울 칼】까지 두 자루였다.

먼저 【마축의 난검】을 손에 쥐었다.

심검을 구축할 때 제대로 구축하지 않으면 새어 나오는 마력이 특유의 발광 현상을 일으키는데, 좋은 연출이 될 듯싶어서 의도적으로 대충 만들어 내자 블랙 라이트 같은 검은빛 포자가 흩어졌다.

"축생의 목소리를 여기에 밝혀라, 『난마(卵魔)의 꽃』."

느릿느릿 마력을 흘려 넣자 녹색의 꽃봉오리 같은 칼날에 생물의 혈관 비슷한 힘줄이 뻗어 나가면서 발딱발딱 맥동한다. 서서히 흑색과 자색의 얼룩으로 물들며 부풀어 가는 칼날은 자일리 패거리의 불안을 더욱 자극하면서 크기를 불려 나갔다.

"뭐, 뭐야. 도대체 뭐야……."

"응? 잠깐만 더 비밀이야, 비밀."

말을 건네는 자일리에게 시치미를 떼고 답했다.

미나리스의 마비독은 완전히 덮어쓰워진 듯 자일리 패거리는 여전히 몸을 꼼짝도 못 움직이기는 해도 입은 원래대로 잘 움직여지는 듯싶었다.

섬뜩한 위압감을 조금씩 불려 나가는【마축의 난검】을 보면서 자일리 패거리의 표정에 점점 더 불안과 공포가 뒤섞인다.

적어도 자신들에게 있어 좋은 결과를 가져다주지 않을 것임은 찌릿찌릿하게 피부로 느끼고 있는 듯했다.

일부러 조금씩 마력을 흘려 넣음으로써 시간을 들여 천천히 부풀게 만든 봉오리가 확 벌어지면서 **짐승 소리**와 함께 개화한다.

『갸랴라아아아아아아!!』

""""크!!""""

칠판을 유리로 세게 긁는 듯 그렇게 어딘가 무기질적으로 날카로운 짐승의 소리. 소리는 별로 크지 않았지만 기습적으로 울려 퍼졌기에 자일리 패거리는 한껏 얼굴을 구겨뜨렸다.

한편 나는 무엇을 하고 있었냐면.

"으응, 읏, 역시 싫은 소리예요."

"미나리스……. 나는 괜찮다고 말했잖아."

직전에 미나리스가 뒤에서 달라붙는 자세로 귀를 막아주고 있었다. 마을에서 딱 알맞은 귀마개를 발견하지 못했던 탓에 미나리스에게는 자신의 귀를 막으라고 말해 뒀었는데…….

"에헤헤, 그럼 안~ 되죠~. 주인님은 제 주인님이잖아요. 이런 때는 거침없이 명령해주셔야죠. 에잇, 에잇."

"앗, 이 녀석, 달라붙지 마. 가슴이 닿잖아!"

"무슨 말씀이세요, 닿으라고 붙는 건데요?"

우후후~ MP취기를 한껏 드러내며 요염하게 웃는 미나리스.

"알았으니까 조금 얌전하게 있어라."

“아앙, 도움이 되어드렸으니까 포상은 주셔도 괜찮잖아요~.”

“으으, 그래그래. 나중에. 자, 일단 마셔라.”

꾸욱, 미나리스를 떼어 냈다. 그리고 이제는 익숙해진 손길로 입에다가 MP 포션 병을 쏙 집어넣으면서 MP취기, MP취기, 마음속으로 중얼거리며 애써 냉정함을 가장했다. 평소보다 상태가 좀 심각한 듯 보이지만, 이제 시간이 잠시 지나면 미나리스도 본래 모습으로 돌아오겠지.

“……대, 대체 뭡니까, 이 녀석들.”

“여, 영문을, 모르겠습다.”

테리와 도트가 곤혹스러워하는 기색으로 중얼거리면서도 목소리에는 두려움이 섞여 있었다. 이해할 수 없는 상대에게 어떤 짓을 당할지 모른다는 불안감이 목소리에 짙게 나타났다.

다만 자일리 쪽은 나와 미나리스의 상황에 어울리지 않는 우스운 대화보다도【마축의 난검】에서 마침 얼굴의 바로 앞에 나타난 생물에 의식을 독점당한 듯 보였다.

“자자, 상태는 어떠냐? 슬라요시.”

“뀨삐!!”

묘하게 귀여운 소리를 내며 대답해주는 이 녀석은【마축의 난검】이 짐승 소리와 함께 뱉어 낸 슬라임, 슬라요시다.『사역 문장』을 통해 최고로 좋다고 대답하는 뜻이 어렴풋하게 전해졌다.

슬라요시를 뱉어 낸 동시에 벌어져 있었던【마축의 난검】의 꽃 칼날은 축 시들어서 심녹색의 꽃봉오리로 돌아갔다.

“스, 슬라임?”

"맞아, 변이종도 상위종도 아닌 평범한 슬라임이다."

자일리가 입에 담은 말에는 곤혹스러움이 실려 있었다.

대답한 대로 슬라요시는 평범한 슬라임이다. 눈도 코도 입도 없고 푸른색으로 물든 반투명의 젤리 형상을 지닌 몸. 자그마한 밸런스 볼 정도의 크기는 평균보다 조금 큼직한 사이즈였지만, 그래 봤자 비정상적이라고 놀랄 만큼은 또 아니었다. 다만 한 가지, 명백하게 야생 슬라임과 구별되는 점은 마력으로 각인되어 탱글탱글 보디의 표면에 단 하나 떠올라 있는『사역 문장』이었다.

슬라요시는 지면에서 뀨삐뀨삐 울면서 뾰옹, 뾰옹 하는 느낌으로 몸을 떨었다. 언제 봐도 신기하군, 도대체 어디로 소리를 내는 걸까.

"좋아, 그러면 조금 힘들겠지만 준비는 됐어?"

"뀨삣, 뀨~삐!!"

맡겨줘, 라고 답하는 슬라요시의 머리……? 진짜 머리가 맞나 잘 모르겠는데, 아무튼 몸 상부를 가볍게 쓰다듬었다. 손바닥에 서늘하고 말랑말랑해서 피부에 맞닿을 때 기분이 좋은 감촉이 돌아왔다.

【마축의 난검】의 구성을 해제하고 이번에는【물 요정의 물방울 칼】을 손에 쥐었다.

칼날이 없이 자그마한 코등이와 면포 비슷하게 군청색의 천을 감아 둔 것이 전부인 칼자루.

"잘 부탁하마, 슬라요시."

"뀨삣!! 우웅~ 뀻!!"

슬라요시는 기운차게 대답을 하고 살짝 뻗디디는 기색을 보이다가 둘로 분열했다.

나는 분열한 쪽의 슬라요시의 몸에 【물 요정의 물방울 칼】을 가까이 가져가서, 슬라요시의 몸으로 【물 요정의 물방울 칼】에 칼날을 만들어 냈다.

슬라요시의 몸과 마찬가지로 푸른색으로 물들어 있는 반투명 칼날은 재료가 된 체적에서 10분의 1쯤 되는 부피로 줄어 있었다.

"뭐, 뭐야. 무슨 짓을 하려는 거야."

"글쎄요? 뭘 하려는 걸까요?"

자일리의 나직한 물음에 어떻게 될까 알고 있는 미나리스가 쿡쿡 웃으면서 답했다.

"금방 알게 될 거야. 이제 준비도 다 끝났거든. 지금 내 마력을 갖고 이대로 칼날을 유지하는 게 많이 버거워. 그러니까 더는 기다릴 필요 없어."

입꼬리를 끌어 올리면서 우선은 자일리에게 다가간 뒤 【물 요정의 물방울 칼】을 오른손으로 휘둘러 올렸다.

"자, 잠깐……. 제발, 잠깐……!"

"안심해. 대뜸 죽여서 끝장내는 아까운 짓은 안 할 테니까."

공포에 젖어 실룩거리는 표정의 자일리에게 살짝 미소를 지어주고 호를 그리면서 심검을 내리 휘두른 뒤 곧바로 이어서 나머지 두 사람의 목도 떨궜다.

☆

"안심해, 대뜸 죽여서 끝장내는 아까운 짓은 안 할 테니까."

올려다본 얼굴에는 광희(狂喜)에 물든 미소가 떠올라 있었다. 시야 한쪽으로 청색 수정빛 검이 휘둘러 올라가는 것이 보였다. 몹시도 느릿하게 보이는 세계 속에서 마치 수확하듯이 쓱 베어 목덜미에 칼날이 들어가는 감각이 느껴진다.

'제길……! 이따위, 이따위 꼬마에게 내가……!!'

데굴, 몸에서 잘려 나간 목이 굴러가는 감각이 이어졌다.

토끼족 수인 노예가 억지로 먹인 어떠한 독 때문인가, 이 지경에 처하고도 통증마저 느껴지지 않았다.

이런 상태에서도 아직 내 눈은 보이고 있었다. 나에 이어서 테리와 도트의 목이 떨어지는 광경이 보였다.

참수형을 당한 죄인이 형을 집행하고 나서 잠시간 마치 살아 있는 것처럼 입을 벌리거나 눈을 깜빡이거나 한다는 말을 들은 적이 있지만, 아무래도 진짜 사실이었나 보다.

그러나 어차피 이제 몇 초면 완전히 짙은 어둠에 갇히는 신세가 되겠지.

파티를 만들고 몇 년이 넘도록 사선을 함께 헤치고 다닌 동료들이 죽어 가는 광경을 보면서도 전혀 아무런 통증이 없는 까닭에 현실감이 옅은 죽음의 감각이 가까워지는 것을—.

"으음……. 음?! 뭐야. 잠깐, 뭐가 어떻게 된 거야?!"

1초, 2초, 3초, 시간은 흘러가건만 의식이 끊어지지 않는다.

혹시 내 목이 떨어지지 않았나?

"뭐, 뭐임까?! 내 목이 떨어져 있잖슴까?!"

"이게, 도대체 된 거야?! 나는 지금 목을 베였을 텐데……?!"

귓가에 혼란에 빠진 테리와 도트의 목소리가 들린다. 시야 한쪽으로 지면을 나뒹굴고 있는 테리와 도트의 목과, 그리고 잘려 나갔던 목의 절단면을 뒤덮고 있는 무엇인가가 보였다.

"풉, 아하하!! 미안, 미안. 그대로 두면 잘 안 보이겠지."

오싹하게 만드는 음성으로 꼬마의 웃음소리가 내리 떨어진다.

눈앞에 꼬마의 발이 보이는가 싶더니 머리카락을 붙잡히는 감각과 함께 시야가 들려 올라갔다.

시야가 꼬마와 같은 위치까지 올라가자 그제야 자신의 상태를 깨달을 수 있었다.

"흐읍, 꺽, 아아앗?! 뭐야. 뭐냐고, 이게!!"

넓게 확보된 시야의 하단, 피를 흘리면서 움찔움찔 경련하는 **내 몸**이 지면을 나뒹굴고 있었다.

"뭐야, 뭐냐고! 대체 뭐냐니까, 이 꼬라지이이!! 어째서 내가, 어?! 목이 잘려서 떨어졌는데, 저거 내 몸이잖아?! 왜 내가, 아직도 안 죽은 건데?!"

"하하하, 굉장하지? 목을 잘라서 떨구는 동시에 슬라요시더러 목을 뒤덮게 한 거야. 흘러나오는 피를 순환시키고 공기 중의 산소를 받아들이면서 혈압을 유지하면 이렇게 의식도 뚜렷한 채 대가리 인간이 만들어지는 거지. 폐와 성대의 역할을 대신해주니까 목소리까지 제대로 나오잖아? 미나리스의 독 덕분에 통증으로 쇼크사를 당하지도 않아.”

“뭐어?! 그게 웬 헛소리야! 못 알아먹을 소리 좀 하지 말라고! 설명하려면 제대로 해라!!”

“아, 뭐, 못 알아듣나. 미나리스도 고블린으로 시범을 보여줬을 때 계속 물음표를 날려 댔으니까 말이야.”

“그런 게 주인님의 세계에서는 당연할 수도 있겠지만요, 저희 세계에서 보면 목을 베이고도 머리만 남아 말하는 사람은 그냥 공포라고요.”

“아니, 우리 세계에서도 물론 공포라니까. 오히려 언데드가 불쑥 돌아다니는 여기가 더 무시무시하지.”

“언데드는 말도 안 하고 숨도 안 쉬는데요.”

“……옳으신 말씀.”

또다시 꼬마들이 눈앞에서 영문 모를 대화를 주고받는다.

“뭐, 아무튼, 지금 너는 목부터 위쪽만 남았지만 의식은 유지할 수 있다는 거야. 봐라, 이런 식으로.”

호들갑스럽게 어깨를 으쓱거렸던 꼬마가 우리가 방금 전까지 걸터앉아 있었던 바위 위에 나를 내려놓더니 손에 든 검을 어딘가에 안개처럼 흩어 보내고, 바닥에 나동그라져 있던 테리와 도트의 머리를 난폭하게 거머쥐어서 내 앞에 들이밀었다.

눈에 들어오는 테리와 도트의 목부터 위쪽은 아연실색한 표정을 띠고 있었다. 나도 분명히 이런 표정을 짓고 있을 것이다.

절단된 우리의 목 단면을 슬라임 비슷한 막이 감싸고 있고, 꿈틀꿈틀 맥동하는 청색의 투명한 몸속으로 검붉은 빛을 띤 우리의 혈관으로 짐작되는 무엇이 움직이는 광경이 보인다.

눈을 까뒤집을 뻔했다. 마치 자신이 괴물로 개조되어버린 것 같다는 아찔함마저 솟구쳤다.

"현재 자신의 상황이 이제 이해가 되나? 자, 인생 마지막으로, 좀처럼 만날 수 없는 재미있는 볼거리를 준비해줄게."

눈앞에서 오싹하는 미소를 머금은 채 목숨마저 가지고 노는 진짜 괴물이 대뜸 선고했다.

뒤이어서 테리와 도트의 머리가 내 양편에 놓였다.

"슬라요시."

"뀨뻿!!"

꼬마의 목소리에 대답하듯이 한 차례 소리를 낸 슬라임이 우리의 몸이 있는 곳으로 줄줄 기어온다.

"이, 이봐. 대체 뭘 하려고……."

불길한 예감이 들어 몇 번인가 입에 담았던 말을 또다시 입에 담았다.

꼬마는 물음에 답하는 대신 온화한 미소를 머금은 채 슬라임의 머리를 가볍게 쓰다듬더니 아무렇지도 않은 말투로 말했다.

**"먹어도 좋아."**

"뀨잇!!"

"머, 멈춰어어어어어어어!!"

꼬마가 그 한마디를 입에 담자마자 이때만 기다렸다는 듯이 슬라임이 우리의 몸에 덮쳐들었다.

"뭐어엇?! 그만, 아아아아악! 우리의 몸이……!!"

푸득, 빠거걱, 꽈각, 우리의 몸을 슬라임이 압축해 간다.

그 광경을 보고 비통하게 부르짖은 사람은 나 혼자가 아니었다.

"멈춰, 멈추라고!! 안 돼! 더 이상은, 우리의 몸이! 그런 짓을 하면!! 아아, 멈춰, 우리가 누구인 줄 알면 감히 못 할 짓을!! 멈춰, 지금 당장 멈추라고오오오오오오오오오!!"

"뭐, 뭐임까, 이거……. 꿈! 꿈임까!! 갸핫, 갸하하하핫, 그래, 꿈!! 꿈임다!! 아무렴, 이게 말이 안 되잖슴까!! 그러니까, 이거 전부 다 거짓말이고 꿈이고 말이 안 되고! 갸하하하하하하하!!"

도트의 말에 정말로 동감하고 싶었다.

전부 꿈이다. 게다가 비할 데 없는 악몽이었다.

"쿡쿡, 어떤가요? 어지간하면 못 겪을 경험일걸요? 의식을 지닌 채 자기 몸이 눈앞에서 잡아먹히는 광경을 보는 거죠. 이런 걸 좋아한다고 했죠?"

토끼족 수인이 말하는 대로 푸른색으로 비쳐 보이는 슬라임의 몸속 상황은 잘 알아볼 수 있었다.

우리의 몸이 어떤 식으로 되어 가는지 똑똑히 보였다. 슬라임의 몸을 지나서 뼈 바스러지는 둔탁한 소리도 들렸다.

슬라임의 몸속에서 빠각, 도트의 팔이 찌부러졌다. 비틀어 떼어 낸 테리의 다리가 중간쯤에서 꺾여 두 가닥으로 포개졌다.

입고 있었던 가죽 갑옷을 벗겨 내더니 훤히 드러난 내 복부를 잡아 찢어서 튀어나오게 만든 내장을 검붉은 고기 완자처럼 꽉꽉 둥글리고 있었다.

자신들의 몸이 차차 원형을 잃어버릴 때마다 내 속에서 소중한 무엇인가가 가볍게 메마른 소리를 울리면서 꺾여 나가는 실감이 차오른다.

"싫어, 이런, 이런 일이 일어날 리가 없습니다. 그럼요, 말도 안되죠. 말도 안되죠 말도안되죠 말도안되죠말도안되죠."

도트 다음은 테리가 망가졌다.

「말도 안 되죠」라고 끊임없이 작게 중얼거리는 목소리가 들린다.

"으아, 으아아, 우리가 잘못했어. 다 잘못했으니까, 제발 부탁할 테니까. 이제, 그만해, 그만해다오……!!"

목소리를 쥐어짜 토해 냈다.

내 몸이 내 앞에서 장난감처럼 농락당하며 망가져 간다. 정신이 나가버릴 것 같았다.

나는 여기에서 죽겠지. 그러나 마지막 최후에 이런 식으로 미치광이처럼 정신을 놓고 죽는 신세는 싫었다.

"으음, 한심하기는. 통증도 전혀 안 느껴질 텐데 벌써 항복이야?"

"이럴 바에는 차라리 고블린이 더 괴롭히는 재미가 있네요."

"그러게 말야."

그런 식으로 웃는 2인조의 뒤쪽에서는 이제 무엇이 누구인지도 알아볼 수 없게 된 한 덩어리의 살점이 슬라임 속에 떠 있었다.

모르겠다, 모르겠다, 모르겠다.

눈앞에서 웃고 있는 녀석들의 정체를 알 수가 없다.

어째서 이 녀석들은 웃고 있지? 나는 이런 상황에 처했는데 무엇이 즐겁다고 대화를 나누는 거지?

"뀨뿟!"

퉤, 우리의 몸을 잘근잘근 먹어 치웠던 슬라임이 다른 장비의 금속 부분을 땅바닥에 뱉어 냈다.

"……크흑! 우리가, 뭘 어쨌다고 이러는 건데!!"

"엉? 무슨 소리냐, 이봐."

격정에 휩쓸려서 뱉어 낸 말은, 그러나 눈앞의 꼬마에게 일말의 자책감도 가져다줄 수 없었다.

"적반하장도 유분수라더니. 내 앞에서 미나리스를 겁탈하려고 했잖아? 나를 죽이려고 했잖아?"

"그, 그건, 그렇다고 해서 이렇게 잔인한 짓을."

"뭐가 『잔인한 짓』이야? 비열한 년아. 강하면 무슨 짓을 해도 괜찮다고 생각하잖아? 안 들키면 무슨 짓을 해도 상관없다고 생각하잖아? 그럼 약하면 뭔 짓을 당하든 어쩔 수 없다고, 들키면 뭔 짓이든 당하겠다고 감수하는 거잖아? 그냥 그렇게 됐다 뿐이지 뭐가 잘못됐는데? 이봐, 이 녀석아, 대답해봐."

"……."

"불쌍한 척하지 마라. 전혀 잔인한 짓이 아니란 말이다. 단지 악당이 악당다운 최후를 맞이하려고 하는 순간일 뿐. 그냥 당연하고 흔해 빠진 결말이잖아?"

"당연한, 결말?"

『자일리 양, 나쁜 짓을 하면 안 된답니다. 그 죗값이 돌고 돌아서 자기 자신에게 상처를 내버리니까요.』

『칫, 벌써 몇 번을 들은 말이잖아. 『인과응보』라는 거지?』

『네, 맞아요. 인과응보. 어떤 행동을 하면 그 대가가 언젠가 자신에게 되돌아오는 때가 온답니다. 그러니까 훌륭한 어른이 되어야 해요.』

지금은 먼 옛날로 느껴지는 어린 시절의 기억, 마을 신부에게 들었던 설교 이야기가 떠올랐다.

아아, 이것이 바로 인과응보인가. 우리가 저질렀던 짓을 우리가 당했을 뿐이구나.

……그래서, 그래서 뭘 어쩌라는 거냐.

"싫어……. 싫어싫어싫어!!"

죽고 싶지 않아, 죽고 싶지 않다고, 죽고 싶지 않단 말이다!!

이딴 방식으로 살해당하고 싶지 않아!!

모험가가 됐을 때부터 편안하게 눈감고 죽을 수 있다는 희망은 버려야 했다. 그래도, 그렇다고 해서 대체 뭐냔 말이다. 이런 죽음은, 이런 방식의 최후는 해도 너무하잖아!!

"그러면 이제 슬슬 작별을 할까. 나, 미나리스, 슬라요시까지 하나씩 맡자."

"네~ 주인님."

수인 여자가 대답하더니 도구 주머니 같은 물건에서 녹슨 철퇴를 꺼내 들었다.

"꿈이다아아아아앗, 전부 꿈임다아아아아아아앗! 꾸우움, 『바이바이~!!』 커헉."

부웅, 공기가 신음하는 소리에 뒤이어 바로 옆쪽에서 철퍼덕하는 소리가 울려 퍼졌다. 진동과 함께 뜨뜻미지근하고 미끈거리는 도트의 피가 내 얼굴까지 쏟아졌다.

"다음, 슬라요시, 하나 더 먹어도 좋아."

"뀨잇!!"

꼬마의 말에 다가든 슬라임이 두 가닥 촉수를 뻗었다.

"말도 안 되죠, 이딴 거 말도 안 됩니다. 이상하잖아요, 말이 안 되니까, 말도 안 되, 꺼헉."

마치 감싸 안듯이 테리의 머리를 집어삼킨 슬라임이 빠각, 투득, 살점도 뼈도 짓뭉개면서 둔탁한 소리를 울렸다. 마치 먹다가 흘린 것처럼 어느 쪽인지 알 수 없는 테리의 안구가 슬라임의 몸에서 튀어나와 지면을 굴러갔다. 다만 그것도 슬라임이 뻗어 보내는 촉수에 붙들려 다시 몸속으로 들어가더니 푸푹, 나직한 소리와 함께 뭉개졌다.

"싫어, 어쩌다가 이렇게 된 거냐고……!! 어째서, 이렇게……! 꺽."

"맞아, 나도 몇 번이나 생각했고 몇 번이나 부르짖었지. 『어째서 이런 일이』라고. 그런데 말이야, 너희는 몰라도 나는 알고 있거든. 『어째서 이런 일이』라고, 나도 너희에게 말했었단 말이지?"

세로로 잘려 나간 내 시야에 마지막으로 보인 광경은 그렇게 모든 것 전부를, 자기 자신마저도 하찮게 보며 조소를 머금고 있는 꼬마의 얼굴이었다.

☆

아아, 드디어.

드디어 하나, 죽였다.

"주인님, 울고 계시네요?"

"응?"

미나리스의 말을 듣고 뺨으로 손을 가져가자 분명 눈물이 흐르고 있었다.

"그러게, 어째서일까. 하하하, 모르겠네. 그래도, 굉장해. 굉장한 기분이야. 너도 그렇겠지? 울고 있잖아, 너도."

"네?"

찰싹찰싹 자신의 뺨을 만지는 미나리스의 뺨도 역시 눈물로 젖어 있었다.

어째서 눈물이 흘러나오는지 알 수 없었다.

슬픔과는 다르다. 기쁨과도 다르다.

어디가 딱히 아프지도 않았고 괴롭지도 않았다.

뭐랄까, 그래, 분명히 자신을 옭아매던 무엇인가에서 해방되었다는 심정이다.

눈물과 함께 나를 옭아매고 있었던 무엇인가도 함께 흘러서 사라져 가는 그런 기분이었다.

"그래, 분명히 앞으로도 몇 번을 이렇게 울게 될 것 같아. 미나리스."

"네, 주인님."

그렇게 우리는 웃었다.

앞으로 나아갈 길을 떠올리면서, 올바르지 않을지언정 틀리지는 않았노라고.

눈물 흘리며, 그러나 몹시 편안한 기분으로 웃었다.

뱉어 내었을 때와 달리 거두어들일 때는 조용하게 식충 식물 비슷한 느낌으로【마축의 난검】의 칼날이 슬라요시를 감싸 안았다.

두 동강으로 잘려 나갔던 자일리의 머리를 먹여주고, 역할을 마친 슬라요시를【마축의 난검】에 간수한 뒤 심검의 구성을 해제했다.

돌발 사태가 발생한 것은 그때였다.

"미나리스!!"

"아?!"

갑자기 허공을 가르면서 날아든 물체의 수는 열하나.

'늦지 마라!!'

완전히 긴장을 풀고 있었던 탓에 대응에서 선수를 빼앗겼다.

급속도로 전투 상황에 맞춰 의식을 전환한 뒤 사고 반응 속도를 톱 기어까지 끌어 올리자, 내 시야가 날아드는 물체는 투척에 특화된 형태의 간소한 창이라는 정보를 또렷하게 포착했다.

창끝에 달라붙은 자색 액체는 독액인가? 나에게 향하는 수가 넷, 미나리스에게 향하는 수는 일곱의 창이 날아온다. 미나리스가 뒤늦게 안간힘을 쓰며 대응하려고 하는 움직임도 파악할 수 있었지만, 고작 두 개를 받아치는 것이 한계일 테지.

주위의 적성 존재, 기척으로 보아 고블린 계열 마물의 숫자는 열여섯이다. 날아드는 창에 맞춰서 아마 투척에 합세하지 않은 개체 다섯 마리가 창의 궤적에 따라붙는 형태를 취하여 이쪽으로 재빨리 다가들고 있다.

그러나 이 같은 정황을 일순간에 다 파악할 수는 있을지라도 판단 가능한 사고와 대응 가능한 몸놀림에는 커다란 간극이 존재한다. 사고 반응 속도는 첫 번째 세계의 최전성기 때와 변함없지만, 그 의식이 조종하는 내 신체는 최전성기에 비하여 아득히 떨어지는 스펙이니까.

그러니까 나는 곧바로 『무리하지 않는다』라는 선택지를 지웠다.

이 숫자라면 전투 지속 시간을 의식할 필요가 없다. 구성에 일절 헛동작 없이 일순간에 오른손에다가 【시초의 심검】을, 왼손에 【복수의 성검】을 만들어 냈다. 그와 동시에 마력을 다리와 팔에 한계까지 집중시켜서 육체를 보전하기 위해 무의식중에 걸어 두는 몸의 리미터를 강제로 철거하고, 주변 상황을 보다 정확하게 파악하기 위해 주위에 엷게 마력을 펼쳐 보냈다.

삐걱거리는 근육을 외면한 채 일순간이나마 현재 육체가 발휘할 수 있는 최고 속도로 땅을 박찬다.

그 전부의 행동에 걸린 시간은 채 1초에도 미치지 않았다.

모든 판단도 행동도 보통은 말도 안 되는 속도로 이루어졌고, 그것이 가능하기에 비로소 『기교의 극한에 이른 자』 칭호의 보유자, 세계 최고의 기교 SSS의 보유자라고 할 수 있다.

'정면의 둘은 미나리스 본인에게 맡기면 된다. 내가 처리해야 할 창은 나머지 아홉인가.'

마력 집중에 따른 부분 강화와 발바닥으로 마력을 분출시키는 『비각(飛脚)』이 기교로 이끌어 내는 민첩 이상으로 몸을 가속시킨다.

나를 노리고 날아드는 네 개의 창은 무시했다. 겨냥이 정확하고 보통은 피하지 못하도록 빈틈없이 날아오고 있기에 오히려 자리에서 이동함으로써 모든 창을 지나쳐 보낼 수 있었다.

'우선 네 개는 처리 끝'

콤마 수 초 이하의 시간, 게다가 몸이 완전히 망가지지 않도록 아슬아슬한 힘을 요소요소에서 제어한다.

삐거덕삐거덕 뼈가 맞부딪치는 오른팔을 한계까지 가속시켜서 미나리스의 우측부터 우후방에 걸쳐 날아드는 세 개의 투창 가운데 가장 가까운 위치의 하나를 왼손에 든 【복수의 성검】으로 베어 냈다. 그다음은 오른손에 든 【시초의 심검】으로 하나 더 안쪽에 위치하는 투창의 창끝을 푹 찔러서 궤도가 빗겨 나가도록 튕겼다.

튕겨 낸 창이 다른 한쪽의 창에 맞아서 구슬치기의 요령으로 궤도를 바꾸는 장면을 보고 몸 전체를 용수철처럼 움직여서 속도를 죽였다.

'이제 나머지 둘.'

그러자 마침 수풀에서 들이닥치던 마물 다섯 마리가 몸을 날렸다.

'저것들, 레드 캡인가.'

레드 캡은 고블린 종류 가운데서도 통상의 고블린보다 한층 더 작으면서 붉은 모자와 같은 머리를 갖고 있고, 집단전을 특기로 하는 교활한 마물이다.

특징으로 꼽히는 머리의 붉은색은 해친 마물의 사체를 갖고 돌아가서 그 피를 스스로 마구 칠하고 물들이기 때문이라고 한다.

나는 반복 가로 뛰기를 할 때처럼 한쪽 다리로 몸의 방향을 바꾸고 미나리스의 우측 후방으로 뛰어들었던 두 마리의 레드 캡을 향하여 잠시 죽였던 속도에 다시 한 번 불을 붙였다.

"우쭐우쭐 설치지 마라, 버러지들아!"

"꺽—."

"끽—."

마물의 눈앞에서 양손의 심검 칼자루를 허공에 놓아둔 채 손을 떼고, 이리로 달려드는 레드 캡의 모자처럼 보이는 붉은 머리를 거머쥐었다.

곧장 『천구(天驅)』를 구사하여 사람 한 명 정도 높이로 달려 올라가, 허공에서 몸을 반전시키면서 몸을 비트는 기세를 실어 미나리스를 왼편에서 덮치는 창을 노리고 냅다 던졌다.

집어 던진 레드 캡이 날아드는 창에 대신 맞았고, 또한 날아들던 창에 맞춰서 미나리스의 좌측 후방으로부터 우리를 덮치려고 했던 두 마리의 레드 캡이 당황한 기색으로 다리를 멈췄다.

"냉큼 튀어나와라! 망할 마물 놈들아!!"

이제 적의 전력은 아직까지 숨어 있는 열한 마리의 레드 캡과 내가 있었던 장소의 방향, 미나리스의 후방에서 튀어나왔던 한 마리와 투창이 대신 꽂혀 들어서 목숨을 잃은 동료의 시체 때문에 당황하고 있는 두 마리.

여전히 허공에 내버려 두고 있었던 【시초의 심검】과 【복수의 성검】 두 자루를 잡아 쥐고 뒤쪽에서 들이닥치는 한 마리의 레드 캡에게 또다시 달려 나아갔다.

'크, 이렇게 억제하는데도 아슬아슬한가!!'

더 이상 나아가면 위험하게 되는 선을 줄타기처럼 계속 달렸던 몸이 비명을 지른다. 불과 15초밖에 쓰지 않았는데도 이런 꼴이다.

조금 더 MP가 남아 있었다면 이렇게 하는 게 아니라 진정한 의미에서 비장의 수단을 사용할 수 있었을 텐데, 자일리 패거리를 상대한다고 꽤 많이 소비한 탓에 어쩔 수 없겠다.

내일은 확실하게 근육통 확정이군, 애고.

지금 다룰 수 있는 만큼 아슬아슬하게 조정했기 때문에 몸은 움직이지만, 필요 요건도 결여된 채 비장의 수단과 비슷한 짓을 하고 있는 까닭에 부담을 받는 몸의 여기저기에서 둔탁한 통증이 치달렸다.

모처럼 미처 예상도 못 했던 복수를 완수할 수 있었던 덕에 한껏 고양되는 기분이었건만, 마지막에 짜증스럽게 흠집이 나고 말았다.

그 짜증을 쏟아부으며 레드 캡의 몸을 ×자로 베어 갈라서 4등분을 만들어줬다.

“주인님!!”

“미나리스는 거기 두 마리를 상대하고 있어! 나는 숨어 있는 놈들을 해치우러 간다!!”

고작 레브 캡 따위, 기습을 피하고 정면에서 싸우면 미나리스가 당할 가능성은 거의 전무하기에 대답을 듣지 않고 숲속으로 뛰어들었다.

우리가 있던 장소에서 5미터쯤 떨어진 곳에 있던 레드 캡들은 아직 상황에 대응하지 못하는 듯 기척의 위치가 움직이지 않았다.

왼손에 든 【복수의 성검】의 구성을 풀고, 비어버린 손으로 내 위치에서 우측 전방에 있는 두 마리를 향해 둥글 주머니에서 꺼내 든 투척 나이프를 집어 던졌다.

여러 나무가 방해돼서 급소를 노리지는 못하나 문제는 없다. 미나리스 특제의 독을 듬뿍 발라 둔 투척 나이프가 각각의 레드 캡에 하나씩, 한 마리는 팔에, 또 한 마리는 다리에 깊숙이 박혀 들어갔다.

“갸롸라아아?!”

“끄롸라아아?!”

즉효성 독에 침식된 레드 캡의 신음 소리가 들린다. 오크에 비해 뒤떨어지나 고블린과는 비교도 되지 않도록 강한 마물이 레드 캡이다. 아무래도 당장에 죽어 나가지는 않겠지만 해도 가만히 내버려 두면 미나리스의 독으로 10분도 지나지 않아 죽을 것이다.

그리고 정면에 있는 한 마리를 처리하고자 【시초의 심검】을 심장

목표로 집어 던졌다.

거의 동시에 사용성이 좋은【불거미의 다리 검】을 오른손에【취록의 정검】을 왼손에 구성했다.

뒤쪽으로 심장을 꿰뚫린 레드 캡의 단말마가 들리면서【시초의 심검】이 나의 내면에 돌아오는 것을 느꼈다.

원래 있던 장소에서 반시계 방향으로 나무들 틈 사이를 누비듯이 숲을 달려 나가며 일말의 저항도 용납하지 않고 레드 캡을 닥치는 대로 베어 넘긴다.

목을 절단하고, 목덜미의 살점을 베어 날리고, 안구를 찔러 뇌를 도려내고, 머리를 붙잡아다가 근처 나무에 때려 박아서 짓뭉갰다.

교활하게 수풀에 숨어 횡액을 피하려고 했던 레드 캡을 죽인 뒤【취록의 정검】을【시초의 심검】으로 교환하여 아군을 방패 삼아서 등 돌려 도망치려고 하는 두 마리를 한꺼번에 꿰찔러 처리했다.

"네가 마지막인가."

"갸라라아아아아!!"

"시끄러워. 귀한 여운을 싹 망가뜨린 주제에."

자포자기하며 공격에 나선 마지막 한 마리를 양단함으로써 레드 캡들의 기습으로 시작된 일련의 전투가 막을 내렸다.

"아야야, 힘을 너무 썼나 봐. 아, 지쳤다. 나른해, 졸려, 돌아갈래, 침대가 그리워. 데굴데굴 굴러다니고 싶어라."

현재 나는 몸에서 직접 올려 보내는 욕구가 불평이 되어 입 밖으로 마구 새어 나오는 상태였다.

자일리 패거리를 해치운 덕에 기분은 아직껏 더할 나위 없었지만, 육체적으로 말하자면 무리를 한 반동으로 피곤 모드가 전개된 데다가 실력 발휘한다고 마력을 너무 많이 쓴 탓에 MP취기가 솟아 이성이 옅어졌다. 포션은 마셨지만 MP취기가 가시려면 조금 더 시간이 걸릴 것이다.

"잘 생각해보니 창을 쳐서 떨어뜨린 다음에는 전력을 발휘할 필요는 전혀 없었단 말이지. 왜 못 알아차렸던 거야, 나는."

내일 근육통 확정인 데다가 급격하게 부하를 받은 관절 및 뼈 따위가 삐걱삐걱 아팠다. 그 짧은 시간에 치른 전투만 갖고 이 지경이 되나, 생각하면 한숨도 나온다.

전력이기는 해도 죽을힘은 아니었는데.

"쯧쯧, 마을에 돌아가면 약방 들러서 근육통용 연고나 살까? 아니지, 차라리 MP가 회복되면【취록의 정검】으로 회복하자. ……역시 MP 대책은 필수구나. 아차차,『명상』스킬 레벨 올려야겠네. 아, 이런."

'큰일 났네, 또 혼잣말이 튀어나오는군. 조심해야겠어.'

바로 얼마 전 미나리스에게 지적받았던 참이잖아, 반성하면서 머리를 벅벅 긁었다.

'일단 레드 캡의 토벌 부위를 잘라서 챙기고……. 아아, 나른하다. 전부 회수하기는 귀찮은데. 열여섯 마리나 갖고 가면 쓸데없이 주목만 받을 테고.'

레드 캡은 단독이라면 별로 강한 마물이 아니다. 그러나 이번처럼 열여섯 마리가 무리를 지어 나타나는 경우는 신출내기 모험가가 감당할 범위를 완전히 넘어서버렸다.

두세 마리 정도는 난이도가 대폭 낮아지니까 기껏해야 모험가가 되기 전부터 열심히 훈련을 쌓아 힘을 길러 놓았던 우수한 신입 정도의 평가로 마무리가 될 거다, 아마도.

'역시 토벌 부위가 많이 필요하지는 않겠어. 두셋이면 충분하지. 그래, 괜한 주목을 피하기 위한 조처야. 응, 길드에서 받을 토벌 보수가 아깝다든가 그런 불평을 할 상황이 아니란 거지. 절대 귀찮다든가 다른 이유가 있는 게 아니란다, 미나리스야.'

요즘 들어서 주부력(主婦力)이 몹시 높아지고 있는 미나리스 씨에게 둘러댈 완벽한 변명을 자신에게 들려준다. 토벌 부위를 일정 시일을 두고 나중에 제출하면 된다고? 아니, 나는 그 방법에 미처 생각이 미치지 못했으니까 어쩔 수 없겠네요, 아무렴.

이러저러해서 일단 근처에 있던 두 마리 몫의 토벌 부위를 잘라 챙긴 뒤 미나리스의 곁으로 돌아갔다.

"응?"

"……."

그리고 돌아온 광장에서는 무엇인가 기묘한 광경이 펼쳐져 있었다.

"이보쇼~ 미나리스 아씨~. ……뭐하는 거야?"

내가 베어 갈랐던 한 마리와 창에 처박히게 만든 두 마리, 그리고 미나리스가 상대해서 처치했을 잘게 썰려 나간 두 마리까지 합계 다섯 마리의 레드 캡 시체에 둘러싸여서……. 어째서인지 미나리스가 그 자리의 중앙에서 묘하게 움츠러든 모습으로 정좌를 하고 있었다.

평소는 팔랑팔랑 흔들리는 토끼 귀가 풀썩 시들어서 쓰러져 있다. 왠지 등 뒤에 추욱~ 혹은 흐윽~ 이런 말 덩어리가 떠올라 있는 것처럼 보였다.

"아, 아뇨……. 색적은 제 역할인데도 그 쓰레기들을 죽이는 게 너무 즐거워서 정신을 놓고 주변 경계를 소홀히 하고 말았습니다……. 그래서, 자주적으로 반성의 자세를, 그게……."

"아, 그런 말이군. 귀찮으니까 지금은 말고 돌아가서 반성해주십쇼. 나는 지금 아무튼 숙소로 돌아가서 자고 싶어."

"호, 혼내지 않으시는 건가요?"

"어째서? 나도 아슬아슬하게 간신히 알아차렸으니까 혼낼 입장이 아니잖아. 너도 나도 같이 반성이 필요한 걸로 치고 이번 건은 끝이야."

"저를, 내버린다거나 그러지도 않으실 거예요? 이대로 주인님의 노예로, 공범자로 같이 데리고 다녀주시는 건가요?"

"엉? 대체 뭔 소리야? 이쯤이야 실패라고 할 만한 결과도 아니고, 애당초 너 때문에 일어난 전투도 전혀 아니잖아. 게다가 이런 일 갖고 이렁쿵저러쿵할 바에야 처음부터 굳이 공범자로 선택하지도 않았고, 【복수의 성검】의 효과도 있으니까 떼어 놓을 방법도 없단 말이야."

뭐랄까, 혼내주기를 바라는 눈치인데 진짜 피곤하니까 전부 못 알아차렸다고 치고 넘어가자, 전부 나중으로 미뤄야겠다.

"아무래도 다 가시지 않은 MP취기가 이상한 방향으로 도져버렸나 보군. 자, 기왕에 하나 더 마셔라."

"아윽, 꿀꺽, 으음, 푸핫."

MP포션을 미나리스의 입에 넣어줬다. 조금 지나치게 갑작스러웠는지 입가에서 넘친 푸른 액체가 흘러나왔다. 풀 죽어서 가라앉은 탓인지 눈도 촉촉하게 젖은 모습이 묘하게 요염하다.

평소였다면 두근댈 상황이었지만, 지금은 MP취기의 피로감을 거스를 만한 기력이 솟지 않았다.

정말로 이불 뒤집어쓰고 자고 싶었다. 아무러면 이런 곳에서 잠들 수는 없는 노릇이기도 하고 일단 미나리스를 억지로 끌고 돌아가자. 이제 됐어, 위로는 나중에 해주면 되지. 그렇게 하자.

“자, 당장 일어서. 돌아가자.”

“앗, 네……!”

휘휘 다그쳐서 미나리스를 데리고 걸어 나아갔다.

“예정대로 이대로 마을에 돌아가서 길드에 보고할 거야.”

“그렇군요…….”

“이 녀석, 목소리가 뭐 이리 매가리가 없어. 자, 힘차게 대답!!”

“앗, 네엣. 네에엣~!!”

덥석덥석 머리를 쓰다듬어주고 이제 끝, 전부 다 비워 내라고 안심시켜줬다.

“이 정도 실수로 풀 죽을 바에야 차라리 복수를 위해 머리를 쓰라고. 아직은 겨우 첫 번째잖아. 이제 막 시작한 참이라고, 미나리스.”

나 자신부터 몸이 지친 까닭일까, MP취기가 미처 다 가시지 않은 까닭일까. 머릿속의 감정이 제대로 제어되지 않는다.

줄곧 억제해왔던 웃는 얼굴이 바깥으로 흘러나왔다.

“어휴, 몸은 여전히 완선 피곤한데 말이야, 상상만 해도 오싹오싹하거든. 그놈들을 죽이면 조금이나마 만족이 될 줄 기대했는데 역시 안 되겠어. 그 정도 갖고는 전혀 부족하다고."

"……."

자연히 눈매가 구부러지고 입꼬리가 들려 올라간다.

"한 걸음 한 걸음 복수에 다가든다고 생각하면 말이지, 머릿속에 자꾸 흥분이 들어차. 풀 죽어도 좋고 반성해도 좋은데, 치울 때는 빨리 치우자. 괜한 죄책감 때문에 뒤처지면 아깝잖아? 다음 목적지까지 겨우 숲 하나 남았어. 이 숲을 지나간 곳에 있으니까."

☆

"……그렇게 됐습니다."

마을에 돌아온 우리는 길드 접수처에서 레드 캡에 대해 대화 중이었다.

헨젤이 용변을 보러 떨어졌을 때 레드 캡의 습격을 받았다.

소년의 비명이 울려 퍼져서 경계했던 덕분에 덮쳐드는 레드 캡 두 마리는 간신히 토벌했지만, 그 자리에 머무르면 위험하다고 판단한 뒤 돌아왔다고 보고했다.

"헨젤, 귀족 소년은 이쪽의 전투가 끝나기 조금 전 멀리에서 비명이 들렸으니까 아마도……."

"그랬습니까……. 아뇨, 소년에게는 불행입니다만, 두 분은 올바른 판단을 내렸다고 생각합니다. 레드 캡은 집단 전투 및 기습에 특화된 마물인지라 섣불리 소년을 구하러 이동했다면 피해가 늘어나는 결과를 맞이했을지도 모릅니다."

물론 자일리 패거리는 아예 언급하지도 않았다.

참고로 지금 접수처를 담당하는 인물은 오늘 아침과 달리 비어 있었던 자리의 마초맨 타입의 접수남이었다. 이쪽은 나이가 제법 지긋한 만큼 말이 잘 통해서 다행이었다.

"그건 그렇고 정말 레드 캡이 그 숲의 외곽 지역에 나타났다는 겁니까……?"

"네, 여기에 토벌 증명 부위를 가져왔습니다."

그렇게 말한 뒤 접수처의 탁자 위쪽에 레드 캡의 토벌 부위를 둘, 고블린의 토벌 부위도 몇몇을 올려놓았다.

접수 남성은 정중하게 주워 들어 진지한 표정으로 확인했다.

"틀림없군요, 레드 캡의 머리 끝부분이 맞습니다. 레드 캡은 산기슭 주변에 서식하고 있을 터입니다만, 가끔 무리를 놓친 네다섯 마리의 레드 캡이 숲의 외곽 지역까지 나오는 경우도 있죠. 이번에는 운이 나빴다고밖에 달리 드릴 말씀이 없겠습니다."

"그렇군요."

'응~? 소수라고 할 만한 숫자가 아니었는데, 그 녀석들.'

주목받고 싶지 않았기 때문에 두세 마리였다고 적당히 둘러댔지만, 사실 실제로 습격에 나선 레드 캡의 숫자는 열여섯 마리였다.

어떻게 생각해도 무리를 놓친 마물이 길을 헤매다가 우연히 흘러들었던 느낌은 아니었다는 기분이 든다만, 혹시 집단 미아였나?

도대체 뭐가 어떻게 된 걸까.

'맞아, 그러고 보니 언데느의 떼가 습격하기 전에 마물의 습격이

있었다고 들은 것 같군. 어쩌면 그 조짐인가?'

내가 첫 번째 세계에서 당초의 목적지였던 학술 도시 에르미아에 왔을 때 갑작스럽게 나타났던 언데드 무리로부터 도시를 구한 적이 있었다.

원인은 우리가 오늘 다녀왔던 숲의 안쪽, 떠돌이 마족에게 세뇌되어 영지군에 섬멸당해야 했던 마을 사람들의 악감정이 서린 마력이 사람들 모르게 마물 시체 따위에 씌워서 다른 마물을 죽이고 숫자를 불려 덮쳐든 때문이라고 했었다.

그 마을에는 세계에 배반당한 뒤 은신처 대신 몸을 숨긴 적이 있었지만, 마을의 폐허는 몹시 혹독했다. 굉장히 황폐했고, 그 밖에는 악감의 정념에 물든 마력의 흔적이 남아 있었고, 잔해로 화한 마을의 폐허에는 자색과 황색의 꽃잎을 지닌 꽃이 피어 있는 것이 전부였다.

'그때는 쓰레기 마술사 유미스가 『사령 마법』을 초보 수준이나마 익힌 덕분에 언데드의 지식이 있었고, 나와 망할 왕녀와 찌꺼기 기사단장에 A랭크의 모험가 파티가 함께였으니까 무쌍을 벌일 수 있었지만……. 이번에는 과연 어떠려나?'

그렇다 해도 언데드의 대습격이 일어나는 시기는 지금으로부터 대략 2개월이 지난 다음이다.

대습격보다 먼저 숲에서 고블린 및 레드 캡, 보어 계열의 마물이 흘러넘쳐서 전투가 벌어지는 사례가 발생했다고 했던가.

흘러넘친 마물은 운 좋게 그 자리에 있었던 A랭크의 모험가 파티와 에르미아의 영지군이 격퇴했다고 들었다. 확실히 시기적으로 보면 그게 열흘쯤 나중의 일이다.

마물을 격퇴한 뒤 원인을 파악하기 위해 숲 안쪽까지 조사대를 보냈고, 간신히 아슬아슬하게 언데드의 대습격을 대비할 수 있었던 건데…….

그 숲은 이 마을과 에르미아의 사이를 가로막는 형태로 펼쳐져 있다. 요컨대 에르미아를 습격한 언데드 대군 및 마물들이 나타난 곳과 같은 숲이다.

위치 관계적으로 보면 이 마을에도 충분히 영향이 있을 만했다. 레드 캡이 평소 다니지 않는 숲의 외곽 지역까지 나온 사건은 곧 마물들이 흘러넘친다는 전조일 수도 있겠다.

그런 가설을 떠올리고 있는 동안에 접수 남성은 얼추 확인을 마치고 토벌 부위를 내려놓은 뒤 아무튼, 하고 운을 떼면서 돈을 꺼내 놓았다.

"레드 캡의 토벌 의뢰가 따로 나오지는 않은지라 통상의 토벌 금액만 지급됩니다. 고블린의 토벌 의뢰와 더해서 여기 보수를 드리겠습니다."

짤랑짤랑하면서 놓인 몇 장의 화폐를 받아다가 품에 넣었다.

"단 두 마리라고는 하나 레드 캡을 상대로 거의 다치지 않고 돌아올 수 있었던 만큼 충분히 E클래스의 전투 능력은 보유하셨겠죠. 조금 더 의뢰를 받아 실적을 쌓는다면 랭크 승격도 금방일 테니 건투를 기원하는 바입니다."

"네, 감사합니다."

"그리고, 개인적으로 드리는 충고입니다. 자일리와 그 동료들은 파티 랭크 D의 모험가 파티입니다만, 소행은 별로 좋다고 말 할 수 없습니다. 특별히 알고 지내지는 않는 것이 좋겠습니다. 여러분의 내기는 저희도 역시 내용을 파악하고 있습니다만, 상황이 이리된 이상 더는 성립할 형편도 되지 못하니 이대로 돌아가는 것을 추천합니다. 자일리가 오면 제가 알아서 사정을 설명하도록 하죠."

"그래 주시면 고맙죠. 잘 부탁드립니다."

뭐야, 이 훈남 마초. 세상 살 줄 아는군!

우락부락한 목소리로 정중하게 응대하는 베테랑 접수 마초맨에게 가볍게 인사를 하고 나와 미나리스는 길드를 뒤로했다.

# 제4장 녹색의 악몽

죽음을 맞이하는 순간까지 줄곧 기만당한 채 끝나는 인생은 분명 행복할 거예요.

행복한 채, 행복하다고 믿은 채 인생의 이면을 알지 못하고 떠난다면 행복한 결말로 매듭지을 수 있죠.

마치 동화 속 세계와 같이 행복한 결말.

죽어버린 인간은 그다음으로 이어지는 이야기의 내용 따위 알 도리가 없으니까요.

그러니까. ……그러니까?

정말, 정말, 정말로 그러면 되는 걸까요?

지금은 그런 결말 전부를 내버려서라도 알 수 있었기에 다행이라고 진심으로 안도합니다.

지면이 무너져 내린 땅의 바닥에서, 검은 진흙을 핥아 마시면서 살아가는 처지가 된다 하여도.

……아아, 이제는, 결국, 상황한 허세도 괜한 번실도 분명 아무

상관이 없는 거예요.
처음 시작부터, 그저 그뿐일 이야기였으니까요.

인간이든 괴물이든, 바뀌었든 바뀌지 않았든 간에.
다 망가진 마음의 파편이 그럼에도 해내라고 부르짖어요.

되찾을 길이 없는 행복을, 이미 일어나버린 부조리를.
모조리 빼앗겨버린 존엄을, 밀려 떨어져야 했던 지옥의 밑바닥을.

그럼에도 비로소, 다 망가진 비웃음으로 속죄할 만한 시간이 아직 남아 있으니까요.
그러니까 갈라져 깨진 조각을 긁어모아다가 대충 붙여 둔 마음으로 그럼에도 세계를 비웃는, 그 손을 잡았던 거죠.

……설령 악마와 동행하는 길이었을지라도.

자일리 패거리에게 복수를 마친 지 열흘쯤 지났다.

처음 1주일 동안은 고레 마을에 머물렀고, 숙소에서 느긋하게 지내는 한편 평소처럼 미나리스의 수제 요리를 먹고 고문 회의로 이야기 꽃을 피우고 스킬 숙련도를 올리기 위해 수행을 거듭했다.

자일리 패거리가 승부의 날을 경계로 돌아오지 않았는데 그 직후 우리가 마을을 떠나면 길드에서 의구심을 품을 가능성이 있었다.

길드는 마도구를 이용하는 정보 연계 체제가 확립되어 있기 때문에 추후를 고려하면 그런 사태는 피하고 싶었기에 켕기는 일이 없다고 나타내기 위해 길드에도 적당히 얼굴을 보여주고, 에르미아로 이동하겠다고 인사까지 정중하게 마치고 나서 길을 떠났다.

그리고 지금 우리는 고레 마을과 다음 목적지로 삼은 에르미아 도시의 사이에 펼쳐져 있는 숲속을 걷는 중이다.

고레와 에르미아의 거리는 별로 떨어지지 않은 데다가 이미 여정의 절반을 넘었기에 이제 하루이틀이면 도착하리라고 짐작되는 위치에서 야영을 하고 있던 바로 그때였다.

"주인님, 어서 일어나세요."

"으음. ……적습인가?"

날이 밝기 조금 전, 하늘에 살짝 하얀빛이 어렸을 뿐 지평선에도 태양의 그림자가 보이지 않는 시간대.

쓱, 미나리스가 가득 담아냈던 전의에 자극받는 형태로 눈이 뜨였다.

"아마 아닐 거예요. 다만 조금 앞쪽에서 싸우는 소리가 들립니다. 어쩌면 이곳까지 전투의 여파가 미칠지도 모르겠네요. 적어도 상황은 확인해 두기로 하죠."

『청각 강화』 스킬을 쓰기 위해서 마력을 주입했을 것이다. 미나리스의 토끼 귀가 실룩실룩 움직거렸다.

태생이 인간인 내 귀로는 『청각 강화』 스킬을 습득할 수 없었기에 벌레 소리나 나뭇잎 부딪치는 소리로 상세하게 판별하는 건 어림없었지만, 그럼에도 희미하게 울려 퍼지는 금속과 금속 맞부딪치는 소리가 귓가에 와서 닿았다.

"방향은 길 저편인가……. 보통은 무시 확정인데 말이지."

무심코 한숨이 새어 나왔다.

관계없는 곳에서 영문도 모를 신과 접촉하여 저주를 받는 사태는 피하고 싶었으나 유감스럽게도 방향이 나빴다.

내 귀로 거리까지는 알 수 없지만 소리가 들려오는 곳은 전방, 학술 도시 에르미아의 방향이었다.

내버려 두든 어떠한 형태로 관련되든 일단 상황을 보고 정보를 확보하지 않으면 선수를 빼앗길 가능성이 있다.

모른 채 외면하는 태도가 치명적인 약점으로 돌아올 수 있음은 첫 번째 때에 이미 진력이 나도록 절감했었다.

"가자."

"네."

야영을 위해 꺼내 놓았던 짐을 둥글 주머니에 집어넣은 뒤 나는 상황에 따라 언제든 심검을 꺼낼 수 있도록 준비하면서 소리가 들리는 방향으로 신중하게 걸음을 옮겼다.

미나리스도 점점 더 소리가 가까워짐에 따라 검에 손을 가져다 대고 자신에게 재차 환술을 걸었다.

덧붙이자면 손에 든 무기는 왕도에서 구입한 양산품 중 여덟 번째다. 던전에서 이미 칼날이 덜거덕거렸던 일곱 번째는 마물을 몇 마리 더 베어 죽인 시점에서 임종했다.

"……모험가, 그리고 산적인가?"

싸우고 있는 녀석들은 모두 인간 같았다.

별로 깔끔하다는 말은 못 해줄 차림새의 남자들이 마차를 포위 중이었다. 그리고 마차를 지키는 진형으로 모험가로 짐작되는 자들이 맞서 싸운다.

호위 임무를 받은 모험가가 산적과 싸우는 특별히 대단할 것도 없는 장면이었다.

"흠, 이대로 두면 모험가 쪽이 당하면서 끝나겠군."

모험가들도 제법 실력이 있어서 곱절에 가까운 산적 상대로 잘 버티고는 있는데 슬슬 한계였다.

"결판났군."

"네, 그러게요."

미나리스와 마주 보면서 가볍게 고개를 끄덕거린 뒤 눈치채이지 않도록 오른편 숲속으로 걸음을 들여놓았다.

전부 무시하고 길옆을 쓱 지나쳐도 되었겠지만, 그러다가 훗날에 족쇄가 될 가능성도 있다. 어느 한쪽을 편든다는 것은 더더욱 논외이고.

도적이 승리하든 모험가가 승리하든 아무래도 상관없었다. 솔직히 사태가 어떻게 되든 관련될 만한 매력이 없다.

숲속을 돌아가면 문제없을 테니까 줄여야 했던 수면 시간 때문에 살짝 짜증이 나면서도 길이 아닌 나무들 틈 사이를 나아갔다.

그리고 오른쪽이 아닌 왼쪽을 선택해야 했다는 후회가 이어진다.

"크르르르르ㅇㅇㅇㅇㅇㅇㅇㅇㅇㅇㅇ!!"

"재, 재수도 없군……."

"뭐, 재수 좋은 사람이 이런 삶을 살지는 않았겠죠."

나타난 놈은 돼지의 얼굴과 몸을 지닌 마물.

오크라고 불리는 그 마물은 몸집이 작은 고블린과 달리 사람과 거의 같은 크기인데도 불구하고 사람을 능가하는 완력을 발휘하는 마물이다.

그러나 척 봐도 오크라고 판명되는 모습인데도 무엇인가 결정적으로 다르다는 사실을 나타내주는 요소는 통상의 오크보다 곱절에 가까운 놈의 몸뚱이 크기와 물리 내성이 뛰어난 흑철색의 피부였다.

……통칭 빅 오크라고도 불리는 오크 변이종『블랙 오크』가 여기에 나타났다.

"크르르ㅇㅇㅇ!!"

스테이터스

## 블랙 오크 Lv54

남 마물

| | | | |
|---|---|---|---|
| HP | 534/2172(1974) | MP | 121/221 |
| 근력 | 801 | 체력 | 424 |
| 내구 | 1712(1465) | 민첩 | 314 |
| 마력 | 41 | 항마 | 33 |

고유 능력: 『흑피부』

스　　킬: 『생명력 강화 Lv 2』『경화술 Lv 2』
『위압 Lv 2』『상태 이상 저항 Lv 4』
『식사 요법 Lv 3』『악식 Lv 3』

상　　태: 출혈

"역시나, 그냥 우연히 몸이 좀 크고 꺼뭇한 오크는 아니었다는 거네."

"농담 늘어놓을 상황이 아니라고요, 주인님."

1퍼센트도 안 된다고 이미 알고 있었던 희망적 관측은, 굳이 확률론을 따질 필요도 없이 NO라는 사실과 직면해야 했다.

"크르르ㅇㅇㅇㅇㅇㅇㅇ!!"

"엎드려!!"

블랙 오크가 걸리적거린다는 듯이 후려갈기고자 휘둘러 올린 오른쪽 주먹을 보고 외쳤다.

부웅, 공기가 신음하는 소리와 우지끈우지끈 두꺼운 나뭇가지 부러지는 소리가 났다.

"쳇, 장소가 나빠. 가도로 돌아간다!"

언젠가 저주받은 무기를 들고 있었던 고블린과 마찬가지로 직격을 당하면 위험했다. 지금의 미나리스라면 방어를 완벽하게 수행했을 때는 몇 번의 공격을 버틸 수 있겠지만, 검은 도저히 멀쩡하지 못할 것이다.

나도 당연히 직격당하면 위험했다.

민첩이 낮고 두뇌도 빈약한 터라 피하기는 어렵지 않은 상대여도 주변 나무들이 방해된다.

블랙 오크도 물론 마찬가지겠지만, 나무째 전혀 아랑곳 않고 뭉개버릴 수 있는 저 녀석과 달리 우리는 나무를 무시하면서 회피 동작을 취할 수가 없었다. 그렇다면 자유롭게 움직일 만한 공간이 있는 가도로 돌아가야 싸움이 수월해진다.

“아직 아까 본 집단이 가도에 있을 거예요! 그쪽으로 나가죠. 잘 유도하면 미끼로 써먹을 수도 있으니까요, 읏!!”

“브라라라아아!!”

블랙 오크가 이번에는 왼쪽 주먹을 위로 쳐들어 휘둘렀다.

벼락같이 내리꽂히는 일격을 미나리스가 옆으로 뛰어 피한다.

“거 얌전히 좀 있어라!!”

둥글 주머니에서 꺼내 든 투척 나이프를 블랙 오크의 안구로 겨냥하여 날렸다. 그러나 블랙 오크가 얼굴을 돌리자 뺨에 튕겨 나갔다.

“크르!!”

“찰과상도 안 나는 거냐.”

미나리스가 조합해줬던 독을 듬뿍 발라 두었지만, 이래서는 아무 효과도 기대할 수 없겠다.

그럼에도 견제 대신으로 나이프를 또 몇 자루 던진 뒤【역경에 처한 자의 은밀한 칼】을 만들어 냈다.

날아드는 나이프를 귀찮다는 듯이 블랙 오크가 쳐내는 것을 보고 나와 미나리스는 가도 쪽으로 뛰쳐나갔다.

“크르르으으으……!”

곧바로 뒤를 쫓아 숲을 나오며 블랙 오크가 위용을 드러낸다.

“뭣, 저거 블랙 오크잖아!!”

“힉!! 어째서 이런 곳에!!”

모험가들과 도적들, 어느 무리에서 나왔나 모르겠는데 나 역시 저 말에 동감이었다.

반면에 블랙 오크는 사냥감이 늘어났다고 여긴 것인지 반색하면서 침을 꿀꺽 삼키는 모습이다.

나는 두 팔에 장착한 【역경에 처한 자의 은밀한 칼】를 블랙 오크에게 겨눴다.

【역경에 처한 자의 은밀한 칼】은 원래 세계에서 쓰이는 한 쌍의 톤파와 같은 형상을 갖고 있었다.

톤파에서는 타격을 위해 돌출시킨 부분에, 바깥을 향하고 안쪽이 파인 칼날이 낫처럼 달려 있었다. 유려한 안쪽과 완만하게 곡선을 그리는 바깥쪽의 날이 번쩍 빛을 발한다. 1미터 정도의 낫날이 없는 안쪽, 그 3분의 2쯤 되는 부분의 위치에 손잡이가 달렸다.

그 두 개의 칼날에는 선명한 적색을 기조로 푸른색과 흑색이 섞여 있었다. 예리한 칼날이 이제나저제나 먹잇감을 갈구하는 듯 보이기도 했다.

"크후아앗!!"

공포에 젖어 블랙 오크의 앞에서 몸을 경직시켰던 남자가 그 딱딱한 팔에 짓뭉개졌다. 온몸의 뼈가 박살이 나서 쓰러진 채 꿈쩍도 하지 않는다. 차림새를 보건대 아마도 도적의 일원일 것이다.

블랙 오크의 으르렁 소리가 숲속에서 들려왔을 시점에 도망치면 되었을 텐데, 아마도 모험가들을 습격한 전투가 자신들 쪽으로 유리해져서 포기할까 말까 망설였겠지.

"그햐햐햐!!"

블랙 오크는 기쁘게 남자의 시체를 집어 들더니 다리부터 어적어적 씹어서 불과 몇 초 사이에 인간 하나를 깨끗하게 먹어 치웠다.

"도, 도망……! 끄학!!"

마침 가까운 곳에 있던 도적으로 보이는 남자를 마력 조작으로 완력을 강화해서 블랙 오크의 오른쪽 어깨 부근에 맞춰 집어 던졌다.

"크롸아아!!"

"꾸엑!!"

당연하게도 날아드는 인간 포탄을 블랙 오크는 오른팔로 훅(hook)처럼 후려쳤다.

와지끈, 뼈가 부러지면서 단말마조차 지르지 못한 채 죽음을 맞이하는 도적 남자.

그 희생을 고맙게 이용하기 위해 도적 남자를 때림으로써 발생한 사각으로 획 파고든 다음 블랙 오크의 정강이 오른편 절반을 베어 내서 도려버렸다.

"크르아아아아앗!!"

"아프네!! 물리로 베어 내려고 하면 이렇게 딱딱한 건가."

깊숙이 도려낼 작정으로 휘둘렀던 일격은 고작 얄팍하게 상처를 내는 데서 그쳤다.

그럼에도 자신에게 상처가 났다는 것 때문에 경계했는지 블랙 오크가 거리를 벌린다.

블랙 오크는 이름 그대로 오크의 상위종이었다.

분명히 모험가 길드에서 매겨 둔 토벌 난이도는 D+랭크, 길드가 인정한 D랭크의 모험가 파티로 다섯, C랭크라면 두 개의 파티가 토벌에 필요하다고 체계가 잡혀 있었다.

일반적인 모험가 중 최전선을 책임질 만하다고 평가받는 부류가 B랭크이고, 한 사람 몫을 제대로 하는 부류가 D랭크라는 점을 감안하면 놈이 위용을 알 수 있겠다.

덧붙이자면 기사단장이 통솔하는 기사들은 지금 이 시기라면 아직 5인 1조의 파티를 짜서 C랭크 수준의 평가를 받고 있을 것이다. 내가 도망칠 때 쓰러뜨렸던 기사들은 기껏해야 E+랭크가 될까 말까 하는 수준이었고.

통상의 오크를 가볍게 능가하는 완력, 그리고 더욱 위협이 되는 요소는 고유 스킬 『흑피부』에서 비롯된 압도적인 물리 방어력. 어지간한 무기 갖고는 흠집 하나 내기는커녕 오히려 칼날에 흠집이 난다.

다만 압도적으로 마법 내성이 낮았다. 순수하게 마법을 쓰면 토벌은 손쉬운 까닭에 랭크는 별달리 높지 않은 셈인데…….

"제길, 심검을 잘못 선택했나."

지금 우리에게는 마법류의 공격 수단이 없었다.

미나리스의 독술 마법(毒術魔法)은 마법으로 독을 생성할 수 있지만, 독 마법은 그 자체에 위력이 없는 데다가 블랙 오크는 상태 이성 내성도 높다. 애당초 독을 주입할 방법도 없다.

가스 따위로 흡인시키려고 하면 오히려 이쪽이 위험해진다.

두 집단 중 제대로 된 위력의 마법을 쓸 줄 아는 인원이 없다는 것은 방금 전 도적과 모험가가 서로 싸우던 상황을 보고 이미 파악했다.

이쪽의 공격이 거의 통하지 않는 이상 적의 민첩도 낮겠다, 가만히 두고 도망치는 방법이 편하기는 할 텐데…….

"주인님, 어떻게 하시겠어요?"

"왠지 약해진 것 같고, 조금 아깝긴 하네."

무슨 일이 있었나 모르겠지만 블랙 오크는 꽤나 약화된 상태였다.

햇살에 비치는 몸을 봐도 곳곳에 부상을 입었고, 체표에는 붉은 피가 흐른다.

"제길, 더는 못 버틴다. 철수한다!!"

소리 지른 인물이 도적의 리더였을까, 그자의 목소리를 따라 몇 명의 남자들이 오크가 나타났던 방향과 반대쪽 숲속으로 허겁지겁 도망쳤다.

"이봐, 의뢰인! 마차는 두고 도망친다!!"

"자, 잠깐!! 마차에는 상품이 잔뜩……!!"

"그따위 소리 할 때가 아니잖나!! 죽는다고, 형씨!!"

이번에는 모험가의 리더였나 보다. 모험가들이 의뢰인으로 보이는 상인을 데리고 가도를 달려 나갔다.

"거기, 너희도 어서 도망쳐라!! 언뜻 보기에 둘 다 검사 같군! 마법을 못 쓰면 저놈 상대는 무리다!!"

뒷일은 책임 못 지겠다고 한마디 당부의 말만 남긴 뒤 동료들과 함께 가도를 되돌아간다.

직업상 항상 생명의 위기에 노출되어 있는 만큼 판단이 합리적이고 신속했다. 제법 경험을 쌓은 베테랑 모험가일 것이다.

"그렇다 해도 짭짤한 경험치를 놓치기는 아까우니까. 관객도 사라져서 어느 정도는 제 실력으로 싸워도 문제없을 테고."

다시 한 번 감정으로 스테이터스를 확인하자 534였던 블랙 오크의 HP는 498로 숫자가 변해 있었다.

흘러나오는 피 때문에 HP도 계속 조금씩 감소 중이다.

“저는 방치하고 도망치는 것이 어떨지 싶은데요…….”

“혹시 알아? 블랙 오크의 고기는 여러 연구의 촉매로 사용된다더라. 그래서 금화로 거래가 될 만큼 비싼 값에 팔리지.”

“주인님, 일단 해치우도록 하죠. 세상사는 돈으로 어떻게든 되는 경우가 많아요.”

“……낭비해도 괜찮을 만큼 돈은 충분히 있는데.”

“낭비와 저축은 별개예요. 돈은 갖고 있다고 곤란할 물건이 아니잖아요.”

“뭐, 그야 그렇기는 하지.”

이쯤 되면 경제 감각이 야무지달까, 수전노 비슷하다는 생각이 떠올랐지만 말하면 안 되겠지.

“크르르으으으으!!”

경계하면서 거리를 벌렸던 블랙 오크가 또다시 돌진했다.

“미나리스, 원호 부탁할게. 특징은 보는 바대로 큰 몸집, 비정상적으로 딱딱한 흑피부, 그리고 강력한 상태 이상 내성이야.”

“알겠습니다.”

돌진해 오는 블랙 오크가 휘둘러 친 주먹을 피해 좌우 양쪽으로 나뉘어 서서 대치했다.

거구의 발치를 쓱 지나치면서 도중 맨 처음 베었던 부위와 거의 차이가 없는 위치에 또다시 칼날을 밀어 넣었다.

“브라라아아아아!! 카악!!”

고통스러운 외침과 함께 뒤쪽 방향으로 힘껏 휘두르는 블랙 오크의 주먹질을 전방으로 몸을 굴려서 회피했다.

곧장 몸 방향을 바꿔 추격하려고 드는 블랙 오크의 안구를 노리고 미나리스의 투척 나이프가 날았다.

내가 던졌을 때와 마찬가지로 블랙 오크는 얼굴을 돌림으로써 방어하려고 했지만.

"역시 결국은 오크군요."

"크르르으으으으으으!!"

미나리스가 던진 두 번째 나이프가 첫 번째 나이프에 묶어 둔 주머니를 베어 갈랐다.

주머니에 넣어 두었던 내용물은 미나리스의 특제 자극 독약이었다. 대미지를 가하는 부류는 아니지만, 미세하게 퍼져 나가는 분말이 점막을 강렬하게 자극하였기에 블랙 오크는 눈을 부여잡고 괴로워했다. 딱히 상태 이상도 아닌지라 블랙 오크의 스킬『상태 이상 저항 Lv 4』도 의미가 없다.

블랙 오크는 한 손으로 눈을 감싸 잡으면서 다른 한쪽의 손을 휘둘렀다.

아무렇게나 휘두른 오크의 주먹이 마차를 짓뭉개면서 산산조각 박살 난 마차 파편이 사방으로 흩날린다.

"그렇게 매번 엉망진창으로 휘둘러 봤자 안 맞는다고!!"

무작위로 휘둘러 대는 주먹도 물론 위협적이나 눈을 감싸 잡은 손의 주변으로 돌아들면 회피는 간단했다.

거구인 점을 이용해서 줄곧 다리 부근만 노렸는데, 이제 상반신을 공격하기에도 어려울 것이 없겠다.

"크라아아아아?!"

이때 전투를 시작하기 전부터 입은 듯 여겨지는 옆구리의 상처를 더욱 헤집어서【역경에 처한 자의 은밀한 칼】양쪽의 끝부분으로 푹 찌르고 곧장 좌우로 베어 갈랐다.

흑피부의 안쪽, 붉은 살점 부분이 드러난다.

"미나리스!!"

"네!!"

미나리스가 던진 독 발린 투척 나이프가 꽂혀 들었다.

"브르라라아아아아아아아아아아아!!"

한층 더 커다랗게 고통의 비명을 지른 블랙 오크는 신음하면서 꽂혀 든 나이프를 잡아 뽑았다.

"상태 이상 내성이 높다고 말은 들었습니다만, 정말 기막히네요. 자신 있게 만든 마비독이었는데 자신감이 사라지겠어요."

"아니, 아주 효과가 없는 것도 아닌가 본데."

비록 나이프는 뽑아냈으나 블랙 오크의 움직임이 눈에 띄게 둔해졌다.

그 틈을 노리고 감정을 걸어보니까 상태에 『마비독(약)』이 추가돼 있었다.

남은 HP도 이제 200아래로 떨어진 참이었다.

"좋아, 단숨에 마무리를……."

라이트닝

"울려 퍼져라, 바람 정령의 성난 목소리, 『녹뢰일섬(綠雷一閃)』!!"

이어지는 말을 자른 소리는 파직파직 공기를 베어 가르는 음향과 터져 나가는 굉음.

걸음을 내디디려고 했던 우리의 앞으로 달려 나간 빛줄기는 녹색의 뇌섬(雷閃).

“브라아아아아아아아!!”

“뭐?!”

불쑥 전투에 끼어드는 마법을 사고가 쫓아가지 못했다.

바람 속성의 마력을 지닌 벼락에 맞은 블랙 오크는 남은 HP가 전부 날아가고, 목숨이 사라지는 아픔에 최후의 단말마를 질렀다.

“이, 마술은…… 그 여자의…….”

“주인님, 먼저 **감정**을 숨기도록 하세요. 그러고 나서 저쪽을 봐주세요.”

내 추측이 정답이었음을 알리는 당부였다.

미나리스는 이미 『철가면』 스킬을 발동하는 듯 보였다.

“저기요~!! 괜찮으세요? 도와드리러 왔습니다!!”

조금 떨어진 가도의 저편에서 외치는 목소리를 따라 천천히 고개 돌렸다.

추측은 했을지라도 마음의 준비까지 끝내기에는 시간이 모자라서 일순간 놀라움을 표정에 드러내고 말았다. 그러나 곧 전부를 지워 없앴다.

“음, 설마 에르미아에 도착하기 전에 저 얼굴을 목격하게 될 줄이야.”

무심코 비웃음이 지어지려는 얼굴을 필사적으로 단속했다.

자, 드디어 처음 한 명이다.

첫 번째 세계의 복수를 하고자 내가 찾아왔다.

……마술사, 유미스 에르미아.

어떻게 할까, 너에게도 맛보여주고 싶었던 응보와 쏟아붓고 싶었던 저주가 잔뜩 있단 말이다.

그래도, 그럼에도 단 하나, 확실하게 결정해 놓은 것이 있다.

유미스, 너를 기필코 한 줄기 햇살조차 닿지 않는 영원한 지옥의 구렁텅이로 밀어 떨어뜨리겠어.

그리고 나는, 마지막에는 끝내 억누르지 못하고, 입꼬리가 조금 추켜 올라갔다.

“뭐라고 드릴 말씀이 없네요. 블랙 오크가 나타났다고 가도의 중간쯤에서 듣고 서둘러 여기까지 달려왔습니다만……. 설마하니 토벌 직전이었을 줄은…….”

조금 느릿느릿하게 온화한 어조로 이야기하면서 꽤나 미안하다는 듯이 고개 숙이는 인물. 한눈에 봐도 마력이 충실하게 담겨 있음을 알아볼 만큼 잘 다듬어 놓은 지팡이를 손에 들었고 품질이 좋은 고급 마술사용 로브를 몸에 걸친 묘령의 여성.

밝은색을 띤, 그러면서도 짙은 신록의 색을 지닌 두발은 머리의 우측에다가 목각의 꽃을 본뜬 머리핀으로 정리했고, 반대쪽부터 머리카락을 한 가닥 옆구리 부근까지 늘어뜨렸다. 언뜻 보아도 온유하고 가녀린 인상을 주는 그 여성의 머리카락이 절반쯤 얼굴을 내민 태양의 빛을 반사하면서 반짝반짝 빛난다.

유미스 에르미아.

이름 그대로 에르미아 도시를 다스리는 영주의 딸. 귀족이자 마법 연구자.

본인도 상당한 실력자이고 첫 번째 마왕 토벌의 여행을 다니면서 마술사로서 활약했던 인물.

"두 분께서는 모두 마술이 아닌 검을 무기로 쓰는 모험가분 같아서 블랙 오크가 상대라면 위험할 테니……. 아뇨, 결국은 변명이겠네요. 상황을 확인도 안 했죠, 정말 뭐라고 드릴 말씀이 없습니다."

"아니요, 뭐, 상황적으로 어쩔 수 없는 부분도 있었으니까요."

정말 말이야, 다른 사람의 사냥감을 왜 가로채냐고. 이 쓰레기 벌레야. 한바탕 외치고 싶은 충동을 꾹 참고 욕지기가 나도 웃는 얼굴을 지어 보였다.

지금은 아직 복수의 때가 아니다. 왕녀의 때와 달리 지금은 사정을 전부 알고 있잖은가. 조바심 내면 안 된다.

"그건 그렇고 마법도 없이 어떻게 블랙 오크를 이렇게 해치우신 거죠? 실례입니다만, 그게……."

지금 나와 미나리스는 왕도에서 구입한 초급 모험가 세트, 가죽 갑옷과 흑색 로브만 달랑 걸치고 있는 모습이다.

평범한 마을 사람의 모습으로 이동용 마차도 쓰지 않고 둘이서 여행을 하면 눈에 띄니까 준비한 장비였으나 언뜻 보기에도 흔한 품질에 불과했다. 어쨌든 실력에 상응하는 고급 장비로 보이지는 않겠지.

"아, 그건요……."

"혹시 그 신기한 형태의 검에 뭔가 비밀이 있는 걸까요? 앗, 아녜요, 모험가의 수단을 묻는 건 매너 위반이었죠."

"아닙니다, 이 녀석은 확실히 특수한 형상을 갖고 있지만, 단순하게 날이 잘 드는 게 전부거든요. 우리가 상대했을 때는 이미 거의 빈사에 가까운 상태였습니다. 상처를 하나 내기도 어려워서 상대가 체력이 다해 쓰러지는 때를 기다리는 게 고작이었죠."

"그랬었군요. ……누가 블랙 오크를 이렇게 궁지에 몰아넣었나 모르겠습니다만, 이 지경이 되도록 쫓아오지 않는 것을 보아서 역습에 당해 쓰러진 걸까요……."

유미스는 살작 비통한 표정을 짓고 상념에 잠기는 몸짓을 보인 뒤 고개를 흔들었다.

"어느 쪽이든 마물을 빼앗은 형태가 되어버린 것은 틀림없겠네요. 블랙 오크의 소재는 전부 넘겨드리겠어요. 그런 전제로 부탁드리고 싶은데요, 이 블랙 오크를 이대로 제게 양도해주시면 안 될까요?"

"블랙 오크를요?"

"네, 이 자리에서 매입하고 싶어요. 금화 다섯 장이면 어떨까요? 저는 제2급 도구 주머니를 갖고 있으니까 운반도 직접 알아서 처리할게요."

도구 주머니는 마도구판 둥글 주머니를 가리키는 말이다. 능력에 따라 등급이 결정되는데 가장 성능 좋은 물건은 특급, 그 아래를 제1급부터 가장 질이 나쁜 물품까지 제10급으로 등급을 구분하고 있다.

제2급 도구 주머니라면 대략 네 평짜리 원룸 공간쯤 되는 용량을 갖고 있고, 중량을 20분의 1쯤 되는 수준으로 가볍게 줄여주는 물건이다.

도구 주머니는【둥글 다람쥐의 주머니 검】처럼 무제한으로 물건을 집어넣을 수는 없지만, 그 대신 갖고 있어도 MP를 소모하는 등 디메리트가 없었다.

그러나 둥글 주머니와 달리 확장 공간과 중량 경감의 마법이 부여된 것이 전부인 물품이기에 물건을 넣으면 점점 무거워진다.

꺼낼 때에도 둥글 주머니와 마찬가지로 주둥이가 커다랗게 벌어지니까 커다란 물건을 넣을 수는 있으나 둥글 주머니처럼 주머니의 입구를 가까이 대기만 해도 알아서 빨려 들어가는 게 아닌 까닭에 물건이 크면 넣었다 뺐다 하는 작업이 대단히 번거롭다.

더욱이 잡다한 물건을 많이 넣으면 원하는 물건만 금방 꺼내기도 곤란하다. 그리고 여느 장비품처럼 등급이 올라갈수록 가격이 비쌌다.

베테랑이라고 불리는 모험가의 대부분은 도구 주머니를 갖고 다니게 되는데, 제법 벌이가 좋은 중급 모험가가 평생 쓸 물품으로 큰마음 먹고 사봐야 제5급의 물품을 구입하는 것이 고작이었다.

왕도에서도 지금 소지금으로 4급 정도까지라면 두 사람이 쓸 물건을 거뜬히 구입할 만한 돈은 갖고 있지만, MP 상한의 5퍼센트를 대가로 치르는 페널티를 감안하더라도 둥글 주머니가 명백히 우수했다.

전투의 견제에 쓰는 투척 나이프라든가 입구 부분에 손을 가져가면 굳이 내부에 손을 집어넣지 않아도 기원만 하면 꺼낼 수 있다. 아무리 많이 넣어도 중량이 변하지 않고 수용 가능한 용량에 제한도 없다. 굳이 도구 주머니에다가 금화 수십 장을 쓸 만한 매력은 느껴지지 않았다.

"제2급 도구 주머니라고요? 그거 대단하네요. 아, 가격도 말씀해 주신 금액으로 전혀 상관없습니다. 원래 뜻밖의 횡재 같은 마물이었으니까요. 게다가 우리에게는 이 녀석을 옮길 수단도 없고요. 블랙 오크의 시세야 잘은 모르겠습니다만, 미인에게 판매할 수 있다면 그게 좋겠죠."

연기하고 있다는 것이 들켜도 부자연스럽지 않도록 일부러 익살맞은 모습으로 말을 건넸다가 곧 후회했다.

빈말이든 농담이든 이 녀석을 칭찬하는 말을 내뱉은 순간 입속이 다 썩은 과일처럼 욕지기를 재촉하는 시금한 맛으로 뒤덮였기에.

멀끔한 얼굴에다가 블랙 오크의 얼굴을 때려 박아줄까 하는 충동마저 솟았지만, 그런 짓을 한다면 추후 분명하게 지장이 발생할 테니 필사적으로 자기 자신을 억제했다.

"쿡쿡, 제대로 시세에 덤도 붙여드리는 거예요. 궁금하면 나중에 도시에서 확인해보셔도 괜찮답니다."

혹시 시세를 무시하고 바가지를 씌우려고 들었다면 다소는 감정을 겉에 드러내도 되었을 텐데 여전히 무관계한 인간에게 보이는 외면은 완벽하구나, 이 녀석.

"제 이름은 유미스라고 해요. 무슨 일이 있을 때에는 에르미아의 학회를 방문해주시면 만날 수 있을 거예요."

"그때는 잘 부탁드리겠습니다."

"그러면 저는 이만 실례하겠습니다. 조금 더 나아간 곳에서 자라나는 별풀을 채집하려고 여기까지 나왔거든요. 뜻을 따라서 모여들

크리에이트 골렘
어라, 『창조, 흙 인형』."

유미스가 마법을 발동하자 지면에서 모래 및 돌, 바위가 부풀어 올라 형태를 이루었다.

최종적으로 두 개의 투박한 흙 인형이 만들어졌고, 전격을 맞아 아직껏 희미하게 검은 연기를 피어 올리고 있는 블랙 오크의 시체를 유미스가 건네주는 도구 주머니에 다리부터 밀어 넣는다.

"하나, 둘……. 네, 여기 금화 다섯 장이에요. 받으세요."

유미스는 짤랑짤랑 다섯 장의 금화를 대수롭지 않게 꺼내서 직접 손에다가 건네줬다.

그 돈을 받아 들자 가볍게 한 번 고개 숙인 뒤 유미스는 도구 주머니를 골렘에게 들려서 가도를 따라 도시와 반대 방향으로 걸어갔다.

당연히 예정 밖의 조우였기에 일단 거리를 두고 싶었던 우리도 에르미아를 향해 걸음을 뗀다. 완전히 상대가 보이지 않게 되었을 무렵 미나리스가 『철가면』 스킬을 해제했다.

"놀랐네요. 설마 도시에 도착하기 전에 저 여자와 만날 줄은 몰랐어요."

"맞아, 그러게 말이야. 완전히 의표를 찔리는 만남이 됐군."

"그나저나 주인님도 철가면 스킬을 습득하시는 게 좋지 않을까요? 지금은 아직 특별히 경계당하는 게 아니라고는 하나 저런 음식물 쓰레기 같은 여자를 빈말이라도 괜히 칭찬하니까 안색이 그렇게 나빠지는 거예요. ……저딴 년에게, 미인이라뇨."

미나리스가 마지막으로 뭐라고 작게 중얼거렸는데 잘 들리지 않았다. 다시 물어볼까 하다가 왠지 몰라도 기분이 나빠 보여서 괜한 질문은 하지 않기로 마음먹었다.

"철가면 스킬은 필요 없어. 복수 대상과 만날 때마다 두 사람 모두 내내 무표정으로 대응하면 수상쩍게 여길 테니까. 경계심을 자극하면 활동이 번거로워지잖아. 솔직히 조금 우호적인 태도를 취한 것이 전부인데도 소름이 돋을 만큼 싫었지만, 이 정도는 견뎌야겠지."

"주인님께서 그렇게 말씀하신다면야, 뭐……. 다음부터는 저도 사교용 웃음 정도는 지어 보이는 게 좋을까요? 아무리 기분이 좋은 날이어도 아마 단번에 최악의 기분으로 떨어지겠지만요."

"그러게, 그런 때는 어차피 나도 최악의 기분이야. 어디든 가서 뭔가 신나는 놀잇거리나 찾아다가 기분을 풀까? 아니면 같이 최악의 기분인 채로 한잠 푹 잠이라도 자든가."

"같이 한잠 푹 자자고요? ……그건 나름대로 매력적이네요."

"응? 뭐야. 게으른 쪽을 좋아하는 거야?"

기본이 야무진 여자라는 이미지여서 비생산적으로 시간 보내는 방식은 좋아하지 않을 것 같다고 생각했다만.

"후유, 뭐, 그렇게 생각하세요."

"음? 뭐, 아무튼 이번에는 전자겠군. 이제 도시에 도착하면 싼 숙소 말고 조금은 비싼 숙소에서 묵도록 하자. 긴 여행을 마친 여행자가 조금 비싼 숙소에 묵는 게 드문 일이 아니니까 말이야. 그리고, 굳이 요리를 안 해도 되게 어디든 맛있을 법한 식당에."

"아뇨, 식사는 제가 만들겠어요. 기분 전환을 겸하는 행동이라면 더욱더 제가 만들고 싶어요."

"음, 그렇지만 식사는 너한테 맨날 의존하고 있고 가끔은 쉬는 게 좋지 않겠어? 조리장이야 빌릴 수는 있겠지만, 도시에서 머무는 동안이라도 평범하게 식당에서 때우는 건 상관없을 텐데.”

“요리는 제 취미이기도 하니까요. 무엇보다도 제가 만든 요리와 다른 사람이 만든 요리를 비교당하는 게 싫어요. 아니면 혹시, 제가 만드는 요리는 마음에 들지 않으세요?”

“……가끔씩 너, 불쑥 비겁한 방식으로 말을 하는구나.”

“어머, 모르셨어요? 여자는 기본적으로 약은 수단을 쓰는 생물이랍니다.”

MP취기가 솟았을 때처럼 희미하게 색기를 내비치면서 미나리스가 웃었다.

“……그 약은 수단에 악감정을 담아서 한껏 썩히고, 거기에 먹혀 휘둘리게 되면 비열한 생물로 전락하지만요.”

그렇게 말한 미나리스는 직전의 미소를 지운 채 뼛속까지 싸늘하게 식는 어두운 불꽃을 눈동자에 담아냈다.

아마도 복수 상대 중 하나, 루샤의 기억을 떠올리면서 한 말이겠지.

처음 계약을 맺었을 때 추체험했던 미나리스의 기억 속 소녀는 분명 저 표현이 어울리는 소녀였다.

“뭐, 불만은 전혀 없어. 미나리스가 만드는 밥은 맛있으니까.”

“읏, 직설적으로 말씀해주시니까 조금 쑥스럽네요.”

“아니, 굳이 『철가면』 스킬까지 쓰면서 숨길 필요는 없지 않나?”

쑥스러웠는지 쓱 무표정을 짓는 미나리스에게 핀잔을 놓았다.

“다만 다른 요리사가 만드는 요리도 참고는 되지 싶네. 기본은 미나리스가 만드는 걸로 하고, 가끔은 외식하러 나가기로 하자.”

"그 말씀은, 맞네요. 역시 싫기는 싫지만, 요리의 레퍼토리를 늘릴 기회는 바라는 바예요. 한 번에 완벽하게 훔쳐버려서 이후에는 언제든 제가 더욱 완벽한 요리를 만들어드리면 그만이니까요."

"어, 그래, 그렇구나. 아니, 뭐, 그건 또 나름대로 좋겠네, 좋은가?"

무엇이 미나리스의 요리사 혼에 저렇게까지 불을 붙였을까.

스킬로 만든 무표정의 안쪽에서 바닥을 알 수 없는 각오를 발견한 듯 느끼면서도 에르미아를 목표로 계속 걸었다.

그리고 조금 진정되었을 때 떠올렸다.

"그러고 보니 아직 아침밥을 안 먹었군."

"그러고 보니 안 먹었네요. 블랙 오크와 싸우느라고 조금 지치기도 했고 아침 식사를 먹을 겸 휴식을 취하죠."

그날 미나리스는 귀중한 알을 써서 조금 호사스러운 아침 식사를 요리해줬다.

☆

"헉, 헉, 헉."

나는 줄기 두꺼운 거목이 무성하게 자라난 숲속을 달리고 있었다.

HP는 충분히 남아 있었으나 MP는 그 녀석이 파 놓은 함정에 걸린 바람에 거의 남지 않았다.

"읏!!"

스르륵 퍼져 나가는 마력의 기척. 주위에 엷게 마력을 퍼뜨려서 만든 나의 유사 감지 결계가 반응을 나타내는 동시에 직각으로 몸을 빼냈다.

가로 뛰기로 지면을 구르는 거의 동시에 방금 전 내가 있었던 장소를 도려낸 빛줄기는 무영창으로 발사한 초록빛 뇌섬.

마치 아득히 높은 장소에서 무거운 물체가 세게 떨어졌을 때처럼 묵직하게 배 속 깊은 곳까지 뒤흔드는 굉음이 울려 퍼진다. 직격을 당한 가엾은 거목은 그야말로 특대 낙뢰에 맞은 것처럼 산산조각으로 깨져 나갔고, 탄화된 나무 파편이 주위로 흩어졌다.

위력을 보면 그 녀석의 특기 마법, 라이트닝이다.

마법의 위력은 지금 내 항마로 직격을 당한다면 확실하게 거동을 못하게 될 테고, 또한 아슬아슬하게 죽지 않을 정도로 조정되어 있다.

변함없이 이렇듯 세세한 제어 기법에는 천재적인 녀석이었다.

"제길!!"

MP를 너무 소비한 지금 상태에서는 일정 시간 동안에 완전 방어 결계를 펼칠 수 있는【호봉(護封)의 절검(絕劍)】을 쓰지 못한다.

전이의 심검으로 도망치는 것이 제일이겠지만【호봉의 절검】도 못 쓰는 상태에서 하물며 전이는 아무리 쥐어짜도 MP가 모자라다.

아니, 사용 방법이 아주 없지는 않군. 그래도 달려 도망치는 중에는 발동이 불가능한가.

"할 수밖에 없나……!"

조금 고민하고 결심을 굳히던 때에 마침 적절하게 숲의 트인 장소로 나왔다.

추적을 피해 도망치던 걸음을 멈추고 몇 가지 심검을 준비한다.

"어머, 술래잡기는 이제 끝인가요?"

"유미스……."

나타난 인물은 풍 속성의 마력을 증폭하는『심록의 로브』, 낯익은 차림새로 평소와 다를 바 없이 나긋나긋한 미소를 머금고 있는 옛 동료 중 한 사람.

그리고 지금은 나의 적으로 돌아선 마술사, 유미스 에르미아 본인이었다.

"저항하지 않는다면 옛 동료의 정을 감안해서 아픔도 없이 죽여드리도록 하죠. 저는 왕녀님이나 전사와 달리 당신에게 별 감정을 갖고 있지는 않으니까요. 재료는 가능한 한 흠집을 내지 않고 죽이는 게 기본이잖아요?"

그러나 평소와 다를 바 없는 미소를 지은 채 건네는 말에는 이미 친애의 마음 따위 한 조각도 남아 있지 않았다. 웃음 짓는 얼굴의 눈동자에는 광기와도 비슷한 천진난만한 빛이 서려 있었다.

눈앞의 유미스가 나를 죽이는 데 무엇 하나도 죄악감을 품고 있지 않다는 것은 굳이 확인까지 할 필요도 없는 분위기였다.

역시 전투는 피할 수 없겠다. 마음 한구석으로 아직껏 화해의 가능성을 찾고 있었던 내 기대감은 나를 인간으로 보고 있지도 않은 저 눈빛에 깨져 나갔다.

저 눈은 이미 상대를 존중해야 마땅한 인간으로 보고 있지도 않다. 단지 물건을, 소재를 보는 눈.

"큭, 어째서냐!! 어째서 나를 죽이려고 하지!!"

묻는 질문은 아무 의미가 없는 말.

상대가 자신을 인간으로 보지 않음을 안다 하여도.

……그럼에도 믿고 싶지 않았던 내가 꺼낼 수밖에 없었던 공허한 말.
"어째서? 그 대답은 몇 번이나 해드리지 않았던가요? 던전의 수호자마저도 단독으로 토벌하고, 마왕마저도 물리칠 만큼 강대한 힘이 내포된 당신의 몸을 촉매로 쓰면 제 생애의 최고 걸작이 될 만한 마도구를 만들 수 있을 테니까요. 그러면 에르미아의 석비에 제 이름을 새길 수도, 아뇨, 틀림없이 더한 영예를 얻을 수 있을 거예요. 후후, 이제 에르미아를 넘어서서 제 명성이 한층 더 높아지겠네요."
유미스는 천진난만한 표정을 짓고 기쁜 기색으로 말했다.
"명성이 목적이라면, 이미 충분히 얻었을 텐데!!"
"그래서는 안 되거든요. 당신과 여행을 하며 얻은 명성은 전부 마술사의 명성. 에르미아의 석비에 이름을 새기는 것이 제 어릴 적 꿈인데 말이죠, 석비에 이름을 새길 수 있는 사람은 세상에 새로운 마도구를 만들어 내는 인물뿐이랍니다. 지금 이대로는 제 이름을 석비에 새길 수 없는 거죠."
유감이에요, 한 마디 덧붙이는 유미스. 그러나 다음 순간에는 희망으로 눈을 빛낸다.
"그러니까 얌전히 죽어주셔요. 솔직히 그때가 너무나 기대돼서 이제는 인내심도 한계랍니다."
저 눈동자가 생기를 띠고 빛나는 까닭은 지난 세월의 꿈이 눈앞까지 손이 닿는 위치까지 다가왔다는 이유뿐.
나의 죽음이 몹시도 이기적인 저 여자의 소망으로 이어지기에.
"그딴, 그따위 이유 때문에 배반한 건가?"
"당신에게는 그따위 이유일지라도 제게는 무척 소중한 꿈이잖아요? 마왕이라는 존재가 우리에게 있어 오직 불길한 존재였고, 당신에게는 그렇지 않았던 것처럼요."

담담하게 대답한 유미스는 마치 말귀를 못 알아듣는 어린아이를 타이르는 말투로, 자신의 행동이 올바름을 추호도 의심하지 않으면서.

잇따라 최악의 말을 내뱉었다.

"이제 됐나요? 왕국이 적으로 돌아선 이상 마법에 적성이 없는 당신이 원래 세계로 돌아갈 가능성은 거의 전무해요."

"시끄러워! 그래도 나는 원래 세계로 돌아가는 길을 찾아낼 거다!!"

"정말 고집불통이네요. 그런 길은 없다니까요."

유미스는 또다시 천진난만하게 독기가 서린 미소를 흘렸다.

"당신의 소중한 꿈은 벌써 옛날에 『붕괴』된걸요. 이제는 제 꿈을 위해 제물이 되어주셔요."

"큭, 유미스으으으으!!"

더는 안 되겠다. 내 마음 어딘가에 남아 있었던 아직 저 여자를 동료라고 믿고 싶어 했었던 파편이 완전하게 부서져 흩어졌다.

이 녀석은 이미 교섭의 여지 따위 없는, 한 조각 존재마저 허용할 수 없는 절대적인 적.

맨 처음부터 결렬될 줄 뻔히 알고 있었던 교섭은 그 순간 파탄이 났다.

"『풍절십섬(風切十閃)』!!"

붉은빛을 띤 녹색의 칼날을 지닌 일본도, 【바람 족제비의 겸도】를 잇따라 십자로 베어 냈다.

눈에 보이지 않는 바람의 칼날을 이루어 유미스에게 덮쳐들었지만, 이미 수법이 노출돼 있는 공격을 방비하기는 별반 어려운 일이 아니었다.

“『수풍염폭(水風炎爆)』.”

영창 없이 명칭만 읊어 발동한 유미스의 마법은 바람의 칼날이 닿기 전에 칼날 전부를 휘감아 폭발했다.

수술 마법으로 발생시킨 물을 풍술 마법(風術魔法)으로 일으킨 전기로 분해, 발화시킴으로써 일어나는 수소 폭발 마법.

내가 원리를 가르쳐줘서 함께 개발한 마법이다.

피어오르는 흙먼지가 시야를 메웠다.

예상이 맞았다. 유미스는 합리적이기에 틀림없이 최소 마력 소비로 대응 가능한 이 수단을 취할 줄 알았다.

“영원한 어둠을 본떠 그려라, 『환체 신기루(幻體蜃氣樓)』.”

미리 준비했던 심검, 【매미 허물의 세검】에 마력을 주입하고 키워드를 중얼거렸다.

신기루가 형상을 이루면서 각각이 나와 거의 조금도 다르지 않은 모습이 되어 흙먼지를 뛰쳐나갔다.

마력을 띤 다섯 개의 분신을 한눈에 간파하기란 유미스에게도 불가능하다.

“큭! 『침산(針山)』!!”

본체를 포함한 다섯 개의 그림자 중 셋이 유미스의 곁으로 쇄도했다.

그것을 본 유미스가 지면에서 원추형의 무수히 많은 가시와 같은 석창을 만들어 낸다.

하나는 아직 떨어져 있었던 거리가 요행이 되어 손에 든 검을 휘둘러 석창을 받아넘기는 데 성공했다. 그러나 나머지 두 분신 중 하나는 배를 꼬챙이처럼 꿰뚫려 지워졌고, 다른 하나는 뾰족한 끝에 오른쪽 팔꿈치가 잘려 나가면서 사라졌다.

"하나를 제외하고 전부 다 사라졌다는 것은 검 이외에는 실체도 지니지 못했다는 뜻이군요. 역시 MP는 거의 바닥이 났나 봐요."

또다시 무영창으로 뇌섬이 날았고 시야에 녹색의 잔상이 남았다.

당연히 직격은 피했다만, 유미스의 목표는 애초부터 분신이 아닌 배후의 나무였다.

결국 터져 날아가는 무수히 많은 나뭇조각까지 피하지는 못하고 뇌섬으로부터 크게 거리를 벌리고 있던 본체를 남긴 채 분신은 피어오르는 연기처럼 자취를 감췄다.

"『지염박진(地炎縛陣)』."

"큭!!"

남겨졌던 내 주위를 작은 마법진이 둘러싸더니 격자창처럼 구멍이 뚫린 광물의 마그마로 구성된 반구형의 감옥이 만들어졌다.

"자, 이제 숨바꼭질도 끝이네요."

"……맞아, 이제 끝이군."

"이대로 그 감옥에서 단단히 묶어 태워버리면 소재의 가치가 떨어질 수도 있으니까 이제부터 발사하는 마법은 가만히 맞아주면 안 될까요? 불타 문드러지는 죽음보다는 편하게 죽을 수 있을 거예요."

그렇게 말한 뒤 유미스는 생긋 웃었다. 인정할 수밖에 없었다. 이

것이 유미스의 본성이구나.

마왕을, 레티시아를 쓰러뜨리고 나서 변해버린 게 아니었다. 맨 처음부터 이런 인간이었겠지.

에르미아의 거리에서 만나 2년 이상 줄곧 여행을 계속하는 동안 어째서 나는 더욱더 빨리 이 녀석의 정체를 알아차리지 못했던 걸까.

이 녀석 하나가 아니었다. 왕녀 및 다른 동료들의 품성도 어째서 깊이 알려고 하지 않았을까.

레티시아를 죽인 그날부터 수도 없이 되풀이하여 절감했던 자기 자신의 어리석음.

나는 도대체 무엇을 보아왔던가.

조금만 더 빨리 알아차렸더라면.

이미 몇 번을 떠올렸는지 알 수도 없는 후회가 머릿속을 누비고 다녔다.

"마지막으로 뭐든 남기고 싶은 말은 있나요? 유언 몇 마디는 들어드릴게요."

대답하지 않는 내가 아예 체념한 줄로 여겼을까, 유미스는 여유로운 태도로 저런 소리를 내뱉었다.

"너에게 지금 건넬 필요가 있는 말 따위는 한 마디도 남지 않았다고. 그래도, 다만, 그렇군……. 몇 번을 말해도 말이 모자랄 만큼 그 녀석에게 빚이 산더미처럼 있는데도……. 또 하나, 사과해야 하는 이유가 늘어나버렸어."

"무슨 소리를……! 아니?! 그 빛은?! 『라이──."

"안녕이다, 미치광이 여자야."

마지막으로 그렇게 오기에 찬 대사를 남기고 나는 **전이의 빛**에 감싸여 유미스의 앞에서 모습을 감췄다.

☆

전이를 마친 장소는 유미스와 싸운 위치에서 큰 산맥을 하나만큼 뛰어넘은 주변이었다.

촉촉하게 비가 내리며 젖어 드는 몸에서 체온을 빼앗아 간다.

이미 몸은 한계를 넘어섰다. 우연히 근처에서 발견한 동굴 안에 들어가 마물의 기척이 없음을 확인한 뒤 자신에게 겹쳐 놓았던 환각을 해제했다.

"푸핫, 힘들다……."

환각을 해제하고 내려다보는 자신의 모습은 꽤나 심각했다.

몸 여기저기에 깊은 상처가 났고 입고 있었던 장비에는 무시무시한 양의 피가 배어난다. 피부 곳곳이 찢어져서 열상이 났고 같은 위치가 두 번 찢어진 탓에 근육까지 파여서 피가 철철 쏟아지는 부위도 있었다.

"그 녀석에게 바보라는 말을 하지 말아야 했구나. 이래서는 내가 훨씬 심각한 바보 신세잖아."

무심코 불쑥 자조의 웃음이 흘러나왔다.

보유한 MP를 초과하는 마법 행사는 불가능하다는 것이 일반적인 인식이다만, 사실은 꼭 그렇지도 않았다. MP가 부족한 상태일지라도 온몸에 덮쳐드는 격통을 견딜 수 있다면 마법의 발동이 가능하다.

당연히 대가는 치러야 한다.

MP가 고갈된 상태에서 마법을 쓰면 HP가 줄고, 그에 따라서 격통과 함께 상처를 입게 되니까.

『나는 천재니까 말이다, 옛날부터 마법의 위력만큼은 아주 으뜸이었지. 그렇다 한들 나도 한때는 어린애였다는 게야. 곧잘 MP를 과다 주입한 탓에 상처투성이가 되곤 했단다.』

『하하하! 덜렁이 레티시아답네.』

『에잇, 그렇게 웃을 일은 아니잖느냐?』

“큭큭, 죽은 다음에도 빚을 지게 될 줄이야.”

레티시아와 어린 시절의 실패담을 걸고 카드 게임으로 승부를 벌여 놀았던 기억이 아니었다면 이렇게 도주에 성공하기는 어려웠을 것이다.

둥글 주머니에서 HP포션과 MP포션을 꺼내 들었다. HP포션은 온몸에 뿌리고 MP포션을 단번에 들이켰다.

조금이나마 회복된 MP로 둥글 주머니에서 꺼낸 연료 암석에다가 심검을 써서 불을 붙였다. 연기도 나지 않고 나무 장작보다 훨씬 길게 타오르는 암석의 불을 쬐면서 지친 사고가 도망칠 길을 찾아 나선다.

“덜렁이라고 놀렸던 거, 몇 번을 사과해야 용서해주려나.”

확확 심통을 내는 레티시아의 얼굴을 떠올리자 저절로 희미하게 미소가 지어졌다.

"그래, 만나고 싶어……. 역시 그립구나, 레티시아."

한때는 진정으로 믿을 수 있었던 꿈.

레티시아를 데리고 원래 세계로 돌아가서 평화롭게 살겠다.

분명 가족들은 놀랄 것이다. 저쪽에서 내 신원이 어떻게 되어 있는가 모르겠다만, 레티시아를 데리고 가면 아버지도 어머니도 몹시 당황하겠지.

나에게 여자 친구가 생겼다는 말을 들으면 여동생 마이는 어떤 반응을 보여줄까. 남매 사이는 양호했다만, 느닷없이 사라지더니 돌아올 때는 여자 친구를 데리고 온다면 한동안 말을 붙여도 대꾸조차 안 해줄 수도 있겠다.

엄청난 미소녀인 레티시아를 보면 스에히코나 켄타는 분명 피눈물을 흘리면서 분한 반응을 보일 게 틀림없겠다. 러브러브 여자 친구가 있는 유토는 분명 지금도 바보 커플답게 지내고 있을 테니까 평범하게 축하의 말을 건네주려나.

이래저래 큰일도 많겠지만, 그럼에도 곁에 레티시아가 있고 내가 무척 좋아했던 그 미소 띤 얼굴로 웃어줬겠지.

지금이 꿈이기를 몇 번을 바랐던가.

이 꿈이 현실이기를 몇 번을 바랐던가.

유미스가 선고한 대로 더는 이루어질 수 없는 물거품 같은 꿈.

허망하고 얄팍한 몽상에 몸을 내맡기고 있는 동안에 비구름으로 뒤덮여 어둑했던 주위가 점점 더 거뭇해졌다.

그렇게 시야가 어둠에 물들었을 때 자신이 옛 기억을 꿈으로 보고 있었다는 것, 그리고 각성이 가까웠다는 것을 깨달았다.

☆

"주인님, 아침이에요. 일어나세요."

"……5분, 조금만 더, 잘게요."

나는 무의식중에 고레 마을의 숙소에서도 입에 담았던 말을 내뱉었다.

최악의 꿈자리였다.

어제 직접 얼굴을 마주쳤던 탓일까. 아마 그것이 분명하다.

단호하게 다른 꿈자리를 요구하고 싶었다.

두 번째 인생을 시작한 다음부터는 뭐니 뭐니 해도 침구의 중요성을 절감했다.

보온성 발군의 마물 깃털 이불에 부드럽고 폭신폭신한 마초(魔草)로 만든 솜 베개, 마충(魔蟲)이 짜내는 실을 엮어서 비단결 같은 시트에 탄탄 나무라고 불리는 판타지 식물로 만든 통통 튕기는 매트리스.

그저 편안한 환경에서 잠든다는 것이 얼마나 행복한 경험이던가.

1년 가까운 기간, 습격을 경계하는 탓에 거의 숙소에서 묵은 적이 없었다. 기본은 딱딱한 나무뿌리 베개와 싸늘한 땅바닥 침대에 흙먼지 따위를 털어 내기 쉬운 얄팍한 모포.

결계를 치지 않으면 잠들지도 못했고, 애당초 주위를 경계한다고 깊은 잠에 들지도 못하면서 보내야 했던 나날.

물론 지금도 잠든 동안일지언정 최저한의 경계 태세는 풀지 않는다만, 그럼에도 이렇듯 질 좋은 침구와 위험성에서 비롯된 핍박의 정도가 다르다는 것만으로도 무척 기분 좋은 수면 시간을 가질 수 있었다.

고래 마을의 숙소도 당첨이었지만, 이곳 숙소의 침대 품질은 또 한 단계는 높은 수준에 있었다.

그래서 더더욱 그따위 속이 뒤집히는 꿈을 이 침대에서 깨어나는 첫날에 보는 꿈이라고 기억하기는 싫었다.

"그러니까, 부탁할게. 조금만 더……."

"안 돼요, 이불을 잡아 빼기 전에 스스로 일어나주세요."

"으아, 미나리스 나빴어~."

잠꼬대처럼 중얼거린 뒤 마지못해서 몸을 일으켰다.

"주방을 빌려 아침 식사 준비는 마쳐 두었으니까 아래층으로 내려가죠."

"흐암, 응. 제길, 이 원수도 복수를 실행할 때 덤으로 얹어주겠어."

……설마 이 도시에 있는 동안에 매일매일 똑같은 꿈을 꾼다든가?

"아니겠지, 설마."

"네? 주인님?"

"아무것도 아니야, 흐아암."

불쑥 떠오르는 무서운 발상에는 뚜껑을 덮고 아직껏 한쪽 구석에 남아 있었던 졸음기라는 이름의 미련을 최악의 꿈자리 및 최악의 기분과 함께 뱉어 내고자 한 차례 커다랗게 하품을 했다.

☆

학술 도시 에르미아.

그 이름 그대로 오를레아 왕국이 자랑하는 학문 특화 도시의 이름이다.

각국은 저마다 전문 연구 · 교육 기관으로 도시를 보유하고 있는데, 그중에서도 에르미아의 연구 기관은 마도구 개발 부문에서 유명할뿐더러 에르미아를 포함한 주변 영지를 다스리는 후작 가문도 풍부한 마법의 재능을 갖고 있는 명가였다.

본래 왕국의 주된 통상로가 교차하는 장소로 발전해왔던 도시였고, 그 위치 덕분에 드물거나 귀중한 물품부터 새로운 지식까지 모여들었다. 더욱이 부근에는 마도구의 제작에 빼놓을 수 없는 연금의 촉매가 되는 소재를 지닌 다종다양한 마물 및 마초가 존재하는 환경인지라 마도구 부류의 연구가 활발해지는 것은 거의 필연이었다고 말할 수 있겠다.

교역으로 발전하던 도시가 마도구를 독자의 산업으로 육성함으로써 마도구의 촉매를 수집하기 위한 모험가의 수요가 높아졌고, 도시 자체에도 마도구의 실물과 관련 지식을 바라는 사람들이 더욱더 모여들었다.

그렇게 지금에 이르러서는 왕국에서도 유수의 도시 중 하나로 자리매김했다.

또한 추후에 당대의 왕에게 마도구를 주요 과제로 삼는 연구 · 교육 기관의 지위도 정식으로 인정받으면서 영지를 다스리는 귀족의 이름, 고대 오를레아의 언어로 『지식의 탐구자』라는 의미를 지니는 『에르미아』라는 이름으로 도시의 명칭을 개명하는 것을 허락받는 데 이르렀다.

그곳이 바로 얼마 전 절절한 심정을 품고 도착했던 이 도시이다.

☆

"네, 여기 보수를 받아주세요. 축하드립니다, 이제 파티 랭크와 개인 랭크가 모두 E랭크로 승격되셨네요."

"감사합니다."

에르미아에 도착하고 나서 열흘, 현재 저는 혼자 주인님의 명령을 따라 적당히 토벌 종류의 의뢰를 수행하면서 모험가 랭크를 올리기 위해 활동 중입니다.

오늘도 레서 에이프라고 하는 털북숭이 마물을 사냥하고 돌아오는 길이죠.

"그러고 보니 파트너이신 카이토 씨의 상태는 좀 어떠세요? 부상을 당해 숙소에서 요양 중이라고 말씀하셨었죠……."

"괜찮아요, 순조롭게 회복되고 있으니까요."

그렇게 말한 뒤 생긋 웃었습니다.

눈앞의 접수 아가씨는 여우 수인이어서 요 열흘 동안 사이가 좋아졌습니다.

듣자 하니 모험가 연인을 두고 있다길래 그쪽 방면으로도 여러모로 도움이 되는 경험을 가르쳐줘서 시간이 빌 때는 이렇게 곧잘 잡담을 나눕니다.

물론 주된 목적은 발이 넓은 길드 접수 아가씨에게서 복수에 도움이 되는 정보를 얻어 내기 위해서지만요.

보수를 받아 들고 길드를 나온 뒤 시장에서 야채나 고기 따위를 구입했습니다. 이곳에서는 어떤 의미로 마물과 싸울 때보다 훨씬 더 진지하게 식자재를 선별할 필요가 있습니다.

주인님의 입에 들어갈 음식이니까 추호도 소홀히 할 수 없는 거죠. 금전은 물론 결단코 낭비하지 않습니다만, 식자재만큼은 상식적인 범위 안에서 가장 좋은 재료를 구입합니다.

"어라, 미나리스야. 오늘도 주인님을 위해 장보기니?"

"네, 그렇답니다. 아주머니, 여기 야채랑, 그리고 저기 야채, 그다음은 저 야채도 한꺼번에 구입할 테니까 동화 다섯 장만큼 깎아주실 수 있나요?"

물론 그렇다고 해서 가능한 한 저렴하게 구입하기 위한 노력은 아낄 마음이 없습니다만.

"이거 난감하네. 어제도 많이 사줬고, 동화 세 장이면 깎아줄게."

"감사합니다. 여기, 돈이요."

둥글 주머니 안에서 꺼낸 돈주머니, 그 안에서 식자재값에 해당하는 화폐를 꺼내 건넸습니다.

'좋은 야채를 사들였네요. 역시 큰 도시인 만큼 질 좋은 재료가 많아요.'

신선도가 좋은 야채를 둥글 주머니 안에 간수하고 주인아주머니에게 가볍게 인사를 한 뒤 가게에서 나왔습니다.

밝게 미소 짓는 얼굴을 만드는 방법은 벌써 옛날에 다 잊어버렸습니다만, 복수를 위해 보탬이 된다면 그런 핑계를 댈 처지가 되지 못합니다.

이윽고 묵고 있는 숙소로 돌아온 뒤에 곧바로 빌려 둔 2층의 방으로 올라갔습니다. 그 방의 안쪽, 침대 위에 누워서 주인님이 조용하게 눈을 감고 계십니다.

당연히 부상은커녕 찰과상 하나 입지 않았습니다. 길드에 보고한 내용은 주인님이 특수한 방법으로 정보 수집에 힘을 쏟기 위한 방편입니다.

스르륵, 주인님의 검은 머리카락을 어루만집니다.

언제 봐도 잠에 든 얼굴이 참 사랑스럽기에 이것저것 저질러버리고 싶다는 유혹이 솟구칩니다만, 이 상태에서도 더 이상의 자극은 **저쪽**에 계신 주인님께도 전달되어버릴 테니까 더는 손을 대지 못합니다.

"아직 돌아오지 않으신 것 같고, 먼저 저녁 식사 준비를 마쳐야겠네요."

아쉬운 마음을 애써 달래고 1층으로 내려와 평소처럼 주방을 빌려 요리를 시작했습니다.

오늘 메뉴는 빵과 야채 수프로 할 계획입니다. 물론 이때도 절대 소홀히 하지 않습니다.

왕도를 떠나오고 나서 주인님께는 『레슨』이라는 명목으로 이따금 검술 지도를 받고 있습니다만, 그때마다 전투에서 중요한 것은 정보 수집과 그에 따른 판단이라고 반복하여 주인님께서 가르쳐주셨습니다. 따라서 그 교훈을 살려서 주인님의 취향을 식사 때마다 들키지 않도록 은밀하게 관찰하며 철저하게 정보 수집을 거듭함으로써 요리에 더욱 보탬이 되도록 활용합니다.

그나저나 주인님의 취향에 맞는 음식인가 판단하기는 무척 쉬운 일이었습니다.

예를 들어서 좋아하는 메뉴라고 전해드리면 미세하게 눈매와 입매가 풀어지고 목소리 톤이 올라갑니다. 식사를 할 때도 오래도록 맛보기 위해서인지 스푼에 뜨는 양이 평소보다 5분의 3쯤으로 줄어들고, 그런데도 역시 좋아하는 음식은 빨리 먹고 싶은 탓인지 평소보다 씹는 속도가 살짝 빨라지기에 한입과 한입의 간격도 짧아지고……. 아아, 정말! 그 미묘하게 새어 나오는 필사적인 몸동작이 정말이지 귀여워서 너무나 귀여워서 도대체 정말 뭔가요, 무슨 함정인가요!! 제가 필사적으로 인내하는데도 대체 뭐냐고요, 그 무방비한 모습은!!

"……안 되죠, 사고가 살짝 폭주했네요."

구입해 온 연한 새고기를 해체하고 야채 손질을 하면서 이런저런 사고를 계속해봅시다.

요리도 연구를 합니다만, 주인님이 직접 입에 집어넣는 스푼 따위도 조정을 반복하고 있습니다.

크기 및 바닥의 깊이, 곡선의 각도, 손잡이의 두께 및 형태의 가감 등등 완벽한 결과물을 목표로 하기 위한 요소는 뜻밖에도 많았습니다. 조금씩 조절을 거듭한 끝에 지금 주인님께서 사용하는 스푼은 29대째입니다.

28대째까지 스푼은 빠짐없이 보관해 뒀죠.

개인적으로는 역시 가장 뜻깊다고 평가할 수 있는 초대 스푼을 꼽고 싶습니다만, 다음 세대의 제작까지 가장 오랜 기간이 걸렸던 제17대 스푼 및 신선도가 뛰어난 제28대 스푼이 요즘은 마음에 듭니다.

컬렉션에 숙소에서 주인님이 사용하셨던 이불도 더하고 싶은 마음입니다만, 아무러면 비품을 훔치거나 빼돌릴 수는 없는 노릇이어서 어떻게 해야 하나 몹시 고민 중입니다.

고래 마을에서는 눈물을 꾹 참고 포기했습니다만, 이번에는 뭔가 수단을 마련해야 할 텐데 말이죠…….

아무튼 지금은 주인님께 눈치채이지 않도록 이삼일에 한 번의 비율로 제 것과 주인님이 쓰는 침구를 교환하면서 인내를…….

“앗, 안 됩니다. 또 사고가 요리에서 엉뚱한 방향으로 날아갔네요.”

한 차례 머리를 흔들어서 머릿속을 비운 뒤 눈앞의 요리에 다시 집중합니다.

주인님은 고기보다는 야채가 많은 수프를 좋아합니다. 또한 야채를 작게 썰기보다는 가능한 한 무엇이 어느 야채인지 알아볼 수 있도록 큼지막하게 자르는 것을 좋아하는 기색이었습니다.

물을 채운 냄비에 손질을 마친 야채를 넣고 야채에서 나오는 거품을 떠서 걷어 내고 염소 우유와 버터를 녹입니다. 그대로 얼마간 끓인 뒤 마지막은 소금으로 맛을 조절하면 수프는 완성입니다.

어머니가 가르쳐줬던 이른바 가정의 맛이라고 불리는 요리입니다만, 주인님의 세계에서는「크림 스튜」라는 요리와 비슷하다더군요. 주인님께서 마음에 들어 하시는 요리 중 하나입니다.

"이제 끝, 다음은……."

수프가 완성되는 시간에 맞춰서 얇게 썬 흑빵을 살짝 불에 굽고, 그런 다음에 치즈를 얹어서 녹인 식사를 2인분 준비했습니다.

다 만든 요리를 보고 만족스럽게 한 차례 고개를 끄덕거렸을 때 주인아주머니분이 가까이 다가왔습니다.

"호호, 매일매일 참 기특하네. 이것도 주인님의 몫이야?"

"네, 맞아요."

"……많이 힘들어도 열심히 하렴. 자, 요 녀석을 나눠 줄게."

그렇게 말하고 주인아주머니가 콜린이라는 이름의 붉은색을 띤 과일을 하나 건네줬습니다. 과일은 값이 비싸기에 기쁩니다만, 어찌 된 영문인지 잘 모르겠네요.

"앗? 으음, 고맙습니다."

그래도 주는 음식은 고맙게 받아 들도록 하고, 귀한 과일이니까 그 자리에서 두 사람 몫으로 잘라 나눴습니다. 주인님께 배운 대로 콜린 열매를『사과 토끼』의 모양으로 잘라 토끼를 본뜬 형태로 만들었습니다.

'주인님이, 토끼를, 먹는다……. 우후후, 흐앗. 멋진 표현이에요, 언젠가 저도…….'

냄비에 평평한 뚜껑을 덮고 그다음은 치즈를 얹은 구운 흑빵, 사과 토끼로 자른 콜린 열매를 담아서 2층 방으로 돌아갔습니다. 스푼이나 수프를 넣은 대접은 주인님에게 받은 둥글 주머니 속에 수납해 두었으니까 방 안에서 꺼내면 됩니다.

"음, 미나리스. 다녀왔어."

"아, 이제 돌아오셨군요, 주인님."

방에 돌아와보니 마침 주인님이 침대에서 일어나는 참이었습니다.

"식사 준비 다 됐어요. 오늘은『크림 스튜』를 만들었답니다."

"오오! 여전히 맛있어 보이네."

야채를 듬뿍 옮겨서 담은 수프를 주인님에게 건넵니다.

""잘 먹겠습니다.""

주인님에게 배운 식사 전 인사를 나누고 저는 요리에 손을 뻗으면서 티 나지 않게 사리살짝 주인님을 관찰합니다. 주인님은 제 요리를 맛있게 먹어주고 계셨습니다.

아마 오늘의 요리도 주인님의 입맛을 잘 맞췄나 봅니다. 기뻐라. 그리고 저 스푼을 갖고 싶습니다. 아뇨, 차라리 부러워요.

다만 평정을 가장하고 있기는 합니다만, 요즘 들어서 주인님은 별로 심기가 좋지 않은 분위기입니다.

이틀 전 제가 없던 때 홀로 마물을 사냥하러 갔다가 무시무시한 피 냄새를 풍기면서 돌아온 날부터 아마 심기가 나빠졌습니다. 그날 무엇인가 겪었을 텐데, 짐작하건대 꽤나 심각한 느낌이 듭니다.

"그나저나 주인님, 특별히 좋은 정보는 얻지 못하셨던 건가요?"

주인님은 일전에 레드 캡과 치른 전투에서 얻은 경험치로 또 새로운 힘을 되찾았습니다.

【심화(心火)의 영검(靈劍)】이라는 이름의 심검은 자유롭게 눈에 보이지 않는 생령(生靈)으로 화하는 능력을 갖고 있다고 들었습니다.

그 힘으로 아무에게도 들키지 않고 도시의 중요 시설 등등에 잠입하여 이 도시의 현재 상황을 상세하게 살핀다고 합니다. 그동안 본인의 몸은 움직이지 못하기 때문에 길드에는 부상을 당했다고 보고 한 뒤 주인님의 몸은 숙소에 누여 놓는 거죠.

여러 장소에 갈 때마다 주인님은 기뻐하거나 혹은 침울한 모습을 보이기도 했습니다. 노골적으로 태도에 드러나지는 않습니다만, 평소부터 관찰을 하는 제가 보면 그쯤은 알 수 있습니다.

아무래도 첫 번째 때에 줄곧 속아 넘어갔었다는 사실에 홀로 침울해하는 것이 아닐까요. 저런 주인님의 모습도 가슴이 꽉 메도록 몹시 자극적, 아뇨, 아무것도 아닙니다.

"응? 아니야, 정보는 제법 괜찮은 느낌으로 파악이 됐어. 오늘 활동으로 추측의 근거도 확보했고. 다만 말이야."

주인님의 얼굴이 오싹거리는 증오로 물듭니다.

"유미스의 저택에서 충동적으로 콱 죽여 버리고 싶어질 만큼 빌어먹게도 시시한 장면을 보고 왔거든. 내가 당한 일이 아닌데도 이렇게 더한 증오가 쌓일 만큼 기분이 더러워질 줄은 몰랐어. 역시 기가 막혀서 땅을 칠 만큼 망할 인간이야, 그년은. 확인도 지난 이틀 동안 잘 마쳤지."

저것은 주인님께서 때때로 오물에 대한 감정을 미처 다 억누르지 못할 때 내비치는 표정.

손에 든 스푼의 끝을 수프가 남아 있는 식기 바닥에 몇 차례 내리칩니다.

"복수에 권리가 따로 있지는 않아. 결국은 자기만족의 감정이니까. 그러니까 내가 만족하지 못하는 복수에는 의미가 없고 한 조각이라도 다른 사람에게 넘겨주고 싶지는 않아. 그래도 만약 함께 즐길 마음이 있다면…….”

어두운 미소를 지은 채 주인님은 웃었습니다.

“복수를 선택하느냐는 본인에게 달렸지만……. 함께 참가한다면 틀림없이 더욱 재미있어질 거야. 그때까지 시나리오는 결정을 못 내릴 테니까 여러 부분을 애드리브로 때워야겠지만 말이야.”

“……주인님, 의미심장한 대사는 나중에 다시 부탁드리겠습니다. 저는 성실하게 혼자서 모험가 의뢰를 수행하고 왔거든요? 오늘도 E 랭크로 랭크 업을 했어요. 이제는 슬슬 저도 본격적으로 복수에 관여하고 싶습니다. 혼자 마음 졸이고 싶지 않아요.”

일전의 실태, 주인님께서는 괜찮다고 말씀해주셔도 제 자신이 스스로를 용서할 수 없었습니다. 그러므로『제대로 일을 벌이는 때에 대비해서 레벨을 올리고 경험을 쌓는다』, 결국 특별히 시킬 일이 없으니까 일단은 방치라는 조처도 고분고분 받아들였습니다.

계속 마음 구석에 자책감을 두고 있었던 제 속내를 꿰뚫어 보시고 주인님께서 그런 심정도 고려하여 내린 지시라는 것도 조금 상황을 돌이켜보면 짐작할 수 있었으니까요.

그래도 복수에 관여하지 못하는 처지가 괴롭기도 하고, 이제는 슬슬 자숙 기간을 해금해도 되는 때라고 생각합니다. 이대로 가면 정말로 복수의 순간에 뒤떨어지겠죠.

뭐, 이번 복수는 주인님의 소유이기에 어떻게 되든 저는 보조역을 맡아야겠습니다만, 복수심을 공유하고 있는 이상 증오스럽고 또 증오스러워서 못 견디는 마음은 저도 같으니까요.

손바닥에서 놀아나는 느낌이 들기도 합니다만, 주인님의 손바닥으로, 속절없이…….

안 되겠습니다, 지금은 스킬(철가면)을 써야 하는 상황입니다.

“미안, 미안. 나 혼자 기분 내면 섭섭할 텐데. 제대로 얘기해줄게. ……그나저나, 어느 틈에 모험가 랭크를 올린 거야? 그러면 일단 길드 의뢰 수주는 멈춰야겠네. 타이밍도 마침 괜찮고. 시기로 봐서 이제 머지않았으니까 내일 이것저것 확인을 하면 기본적인 부분이라도 결정해 두자.”

“……그래서 결국 무엇이었나요?”

“글쎄, 간단하게 말하자면 유미스는 쓰레기가 맞거든? 그런데 그 여동생에게는 오만한 표현을 써서 말하자면 시험할 만한 가치와 자격이 있다는 뜻이야.”

“……유미스의, 여동생이요?”

“그래, 구제 불능의 사태에는 이미 다 익숙해진 줄 알았거든? 안 되겠더라, 역시 뭐랄까, 이래저래 짓밟히는 기분이 들어서 견딜 수가 없었어.”

그 목소리가 어둡고 어둡고 어두워서.

희미하게 떨리고 있다 여겨질 만큼 작아지는 목소리는 약해지기는커녕 닿기만 해도 녹아서 떨어져버릴 듯싶은 강렬함을 지니고 있었습니다.

그나저나 주인님, 여동생이라고요. 즉 여자군요?

아뇨, 뭐, 상관없지만요. 상관없기는 한데요. 에잇.

# 제5장 무너지는 세계

"슈리아 아가씨, 식사를 가지고 왔습니다."

"……응, 고마워요."

저택 안에 울려 퍼지는 노크 소리와 목소리를 듣고 슈리아는 읽던 소설에 책갈피를 끼워 덮었습니다.

바깥을 보면 아침을 먹을 무렵보다 해가 훌쩍 드높이 떠올랐습니다.

지금 읽는 소설이 예상보다 재미있어서 너무 집중한 탓입니다.

요즘 항간의 여성들 사이에서 유행한다는 소설, 요정의 피를 이은 백작님과 노예 소녀가 갖가지 굴레며 문제를 극복하고 맹렬한 사랑에 몸을 불사른다는 내용의 연애 소설. 이제 막 읽기 시작한 참입니다만, 결말이 어떻게 될까 궁금해집니다.

야, 야한 부분은, 그게, 부끄러워서 조금밖에 못 읽지만요…….

"여기 무르 소 스테이크, 포토테 포타주, 나르나 풀 샐러드입니다. 디저트는 차게 식힌 콜린 열매를 준비했사오니 식후에 가져다 드리겠습니다."

방 안의 큼지막한 탁자 위쪽에다가 요리를 놓아주시기에 창가 의자에서 일어나 자리에 앉았습니다.

소리 씨는 저택에서 일하는 메이드분으로, 슈리아가 이 도시에 온 3년 전부터 줄곧 수발을 맡아주셨습니다.

무척 말수가 적고 메이드의 일선을 절대로 넘지 않아요. 평소에는 무표정하지만 정중하게 수발을 들어주는 다정하고 착한 사람이에요.

"소리 씨도 같이 식사하지 않으실래요?"

"아니요, 저는 한낱 메이드입니다. 유미스 님의 여동생 되시는 슈리아 님과 식사 자리를 갖기에는 너무나 송구합니다. 아무쪼록 양해해주십시오."

극구 사양한 뒤 소리 씨는 머리를 살짝 숙였습니다.

소리 씨는 유미스 언니의 심복으로, 지금은 슈리아의 수발을 담당하면서 영내의 업무도 돕는 굉장한 분입니다. 그리고 유미스 언니와 함께 성장한 소꿉친구 사이라네요.

인간이면서 엘프의 피가 격세 유전으로 짙게 발현된 슈리아와 달리 여성의 매력이 흘러넘치는 몸과 이지적이고 멋있는 용모, 푸른빛에 가까운 자색 머리카락을 뒤쪽으로 묶어 내리는 늠름한 자태가 정말 어른스러워서 살짝 부럽기도 합니다.

벌써 열넷이 됐는데도 아직껏 어린아이 같은 모습의 슈리아랑 참 많이 달라요. 하다못해 조금만 가슴을 나눠 주면 좋겠습니다. 그리고 키도요.

"요리장이 양념을 살짝 바꿨다고 말했습니다만, 맛은 어떠십니까? 슈리아 아가씨."

"응, 맛있어요. 슈리아 혼자 먹기에는 미안할 정도예요."

"그러신가요. 그러면 슈리아 님께서 칭찬의 말을 남기셨다고 전해드리겠습니다."

잠시 후 슈리아가 디저트로 나온 콜린 열매를 다 먹고 조금은 갑갑한 식사를 마쳤을 때 소리 씨는 아래 부하를 불러서 다 먹은 식기를 물린 뒤 허리를 살짝 굽히며 인사했습니다.

"저기요, 전에 부탁드렸던……."

"아, 새 인형 말씀이군요. 잠시만 기다려주십시오."

그렇게 말한 뒤 소리 씨는 일단 방에서 나갔다가 곧 다시 돌아왔습니다.

"이 인형으로 괜찮으실까요?"

"……응, 고마워요."

소리 씨가 사다 준 것은 커다란 곰 요괴 인형이었습니다.

여기저기를 붙이고 기운 황색과 적색의 몸에 지퍼가 달린 입, 눈은 양쪽 다 갈색의 단추, 깜찍합니다.

두 손으로 포옹하면서 인형을 부둥켜안자 양질의 천과 솜의 폭신폭신한 감촉이 돌아옵니다.

"그럼 저희는 방 앞에서 대기하고 있겠습니다. 무엇이든 용무가 있으실 때 불러주십시오."

「이만 실례하겠습니다, 슈리아 아가씨」라고 평소와 완전히 똑같은 말을 남긴 뒤 소리 씨는 아름답게 걸어서 방 바깥으로 나갔습니다.

슈리아는 한바탕 새 인형을 부비부비하고 만질만질하고 함께 침대에서 데굴데굴하면서 충분히 즐긴 다음에 다른 인형과 마찬가지로 방에 장식했습니다.

"이 아이는 무척 마음이 드니까 여기에 두기로 해요."

커다란 침대의 베개 옆쪽에 기대어 인형을 세워 놓았습니다.

"……자, 오늘도 해야죠."

흥흥, 슈리아는 주먹을 꼭 쥐고 스스로에게 들려주고자 일부러 소리를 내어 말했습니다.

무엇을 하냐면요, 일과로 정한 체력 단련입니다.

귀족, 게다가 영주님의 저택인 만큼 하루하루의 식사는 몹시 맛있고 양도 많습니다. 그런데 평범한 마을 소녀였던 슈리아가 그렇게 사치스러운 식사를 먹고 그뿐 아니라 방에서 한 걸음도 나가지 않는 생활을 하면 뒤룩뒤룩 살찔까 봐 걱정됐거든요.

방에서 못 나가는 스트레스 해소와 부족한 운동의 보충을 겸해 일과로 정했습니다. 다만 엘프의 피 때문인지 역시나 전혀 근육이 붙지 않아요. 아뇨, 복부가 쫙쫙 갈라져도 곤란하겠지만요.

그렇게 한바탕 땀을 흘리고 나서 방에 설치돼 있는 욕실로 몸을 씻으러 갑니다.

마을에서 지내던 때는 샤워 시설 같은 호사는 어림없었고 기껏해야 낮에 따뜻할 때 강에서 미역을 감는 게 고작이었습니다.

원래 생활로 돌아갔을 때 제대로 적응할 수 있을까 걱정입니다. 그래도 역시 기분 좋아서 안 쓸 수는 없어요.

"……흐앙, 개운해요."

"어머나. 방정맞잖니, 슈리아."

"어, 언니, 계셨어요?!"

욕실에서 나왔을 때 슈리아가 언제나 앉는 창가 의자에 유미스 언니가 앉아 있었습니다.

단정한 용모에 온화하게 미소를 머금었고, 짙은 신록의 색을 지닌 아름다운 머리카락은 붙박이창으로 비쳐 들어오는 빛을 반짝반짝 반사합니다.

반면에 슈리아는 목욕 수건만 달랑 걸친 모습이죠.

"죄, 죄송해요! 으으."

허둥지둥 옷을 붙들고 차려입었습니다.

"서두르지 않아도 괜찮단다. 게다가 너무 불쑥 찾아온 내 잘못이기도 하잖니."

"그, 그렇지 않아요! 유미스 언니가 얼마나 바쁜 줄 슈리아도 잘 아는걸요."

간신히 꼴사납지 않게 옷을 갖춰서 입고 슈리아는 유미스 언니의 앞에 앉았습니다.

"오늘은 마침 맛있는 과자를 선물 받아서 같이 먹으려고 가져왔단다. 그리고, 평소처럼 편지도 받아서 왔어. 나중에 천천히 읽어보렴."

"앗! 언제나 고맙습니다."

슈리아는 언니가 건네주는 『음성 재생 기능』이 딸린 편지를 소중하게 받아 들고 책상 서랍에 넣었습니다. 지금 바로 열어서 듣고 싶은 마음도 있었습니다만, 모처럼 언니가 찾아와주셨으니까 나중으로 미룰 거예요.

"편지 전해주는 것도 이번이 마지막이야. 이제는 슬슬 마법의 효과가 완성되니까. 그럼 가족과 직접 만날 수 있단다."

"정말로 감사합니다. 매번 『음성 재생 기능』이 딸린 편지까지, 무척 든든했어요."

"괜찮아, 너는 지난 3년 동안 쭉 쓸쓸하게 지냈잖니. 게다가 『음성 재생 기능』이 딸린 편지를 만들어 낸 분이 내 조모님이잖니? 개인 용도로 매달 몇 장씩 쓰는 정도는 문제없단다."

그렇게 말하고 언니는 여느 때처럼 매력적으로 미소 지었습니다. 몇 번을 봐도 넋을 잃고 쳐다보게 되는 다정함 가득한 미소입니다.

"자, 이제 들자꾸나. 애써 끓인 차가 다 식겠네."

"네네, 언니."

그렇게 슈리아는 언니와 함께 티타임을 즐겼습니다. 언니는 바쁜 분이니까 긴 시간을 함께할 수는 없었습니다. 그래도 이렇게 때때로 슈리아의 방을 찾아와줍니다.

만난 지 아직 3년밖에 지나지 않았지만, 존경스럽고 자랑스럽고 정말 다정한 언니랍니다.

슈리아가 유미스 언니의 여동생이었다는 사실을 알게 된 때는 3년 전이었습니다.

태어나 자란 마을은 이곳 에르미아에서 북동쪽, 주위가 숲으로 둘러싸여 있는 산기슭의 작은 마을이었죠.

어머니와 두 살 아래의 여동생, 그리고 저까지 셋이 지내는 생활.

아버지는 없었어요. 그 사실에 대해 어머니는 절대로 대화를 나누려고 하지 않았습니다.

그래도 슈리아 세 가족은 특별히 굶주리는 일 없이 생활할 수 있었어요. 슈리아에게는 엘프의 격세 유전으로 발현된 강력한 마법 재능이 있었던 덕분입니다.

금실과 같은 머리카락에 유난히 하얀 피부, 성장이 늦은 몸, 그리고 엘프 특유의 뾰족한 귀. 어머니의 할머니에게 엘프의 피가 섞여 있었대요. 그 덕분이라는 말씀을 들은 적이 있네요.

마법으로 구현되기 이전의 마력을 직접 볼 수 있는 고유 스킬『비색 눈동자』도 갖고 있습니다.『비색 눈동자』는 마법을 다루는 데 무척 편리하거든요.

전직 모험가 출신의 개척자가 일군 마을이어서 수인이나 엘프나 드워프 같은 아인에 대한 편견도 없고, 넉넉하지는 않지만 평화로운 곳이었습니다. 슈리아는 마을 안에서 마법의 힘을 이용해 모험가 비슷하게 활동하며 매일매일 수입을 벌어들였습니다.

넉넉하지는 않았어요. 그래도 행복한 나날이었죠.

그런데 그 나날이 길게 이어지지는 못했습니다.

여동생 셀미가 병에 걸리고 말았어요.

생명에는 지장이 있지 않지만, 끊임없이 격렬한 고통에 신음해야 하는 병.

치료에 필요한 마법약은 무척 값비싸서 슈리아네 가족끼리 약을 살 만한 돈은 도저히 마련할 수가 없었습니다.

슈리아는 조금이라도 돈을 저축하기 위해서 열심히 노력했어요. 그래도 약을 사는 데 필요한 액수에는 전혀 미치지 못했죠.

괴로워하는 셀미를 보다가 몸이라도 팔아야 하나 고민이 들던 때였습니다, 유미스 언니가 저희 마을에 찾아온 것은.

어머니는 원래 에르미아의 영주님 저택에서 시녀로 일을 했었대요.

그러던 중 영주님의 침실에 들어간 적이 있어서 슈리아가 태어났고 셀미도 임신했는데 본부인이었던 영주님의 사모님에게 미움을 받아 얼마간의 위자료와 함께 도시에서 쫓겨났던 거죠.

어렸던 저를 데리고 도착한 곳이 이 마을이었습니다.

즉 유미스 언니는 저희 자매의 이복 언니에 해당한다는 설명이었습니다.

그런 유미스 언니가 이 마을에 온 이유는 슈리아가 마법의 힘을 갖고 있어서예요.

특별한 술식을 써서 슈리아가 갖고 있는 마법의 힘을 언니에게 옮기면, 그럼 슈리아는 마법의 힘을 잃어버릴 수밖에 없지만 그 대가는 셀미의 병을 치료하기 위한 값비싼 마법약과 가족 셋이 평생을 생활하기에 부족함이 없는 금전, 게다가 유사시에 방패막이가 되어준다는 약속.

두말할 필요도 없이 슈리아는 제안을 받아들였습니다.

마법을 못 쓰게 된다니까 조금 유감이기는 하죠. 그래도 가족 셋이서 행복하게 살아갈 수 있는 앞날을 떠올리면 망설일 여지가 없었어요.

여동생 셀미가 마법약을 먹고 병이 완치되는 것을 지켜본 뒤 슈리아는 에르미아에 있는 유미스 언니의 저택으로 거처를 옮겼습니다.

마법의 힘을 옮기는 술식은 이런저런 제약이 많기 때문에 슈리아는 저택의 방에서 한 걸음도 나갈 수 없었어요. 게다가 언니 이외의 혈연이 있는 사람, 즉 어머니나 셀미와 만나는 것도 금지당하고 말았습니다.

쓸쓸하지 않았을 리가 없었죠. 그래도 유미스 언니의 배려 덕분에 매달 한 번은 『음성 재생 기능』이 딸린 편지를 써서 소식을 주고받을 수 있었습니다. 어머니도 셀미도 글자를 쓸 줄 몰라서 무척 도움이 됐어요.

그 밖에도 이렇게 귀한 다과를 가져다주시기도 했고요. 방 한곳에서 지낼 뿐 바깥출입을 못 해서 지루하니까 일부러 슈리아에게 글자 공부를 시켜주셨고 게다가 슈리아가 좋아하는 인형이나 소설을 마련해주라고 소리 씨에게 말씀해주셨어요.

영주 대리로 맡은 업무와 학회에서 진행하는 마도구의 연구로 바쁜 와중에 그럼에도 가능한 한 슈리아의 거처를 방문해주는 유미스 언니.

슈리아가 유미스 언니를 진짜 언니로 받아들이는 데 긴 시간은 필요 없었습니다.

마법의 효과가 이상 없이 안정되면 어머니도 셀미도 이 도시에 불러서 함께 살 수 있습니다. 슈리아의 아버지와 본부인분도 지금은 영주 업무를 유미스 언니에게 맡기고 왕도의 저택에서 생활하고 있는 상황이기에 에르미아에서 사는 정도라면 아무 문제도 없다고 했어요.

유미스 언니는 그다음에도 언제든 저택에 놀러 오라고 말해줬습니다.

언제나 마음을 편안하게 만들어주는 온화한 미소를 머금고 방 한곳에서 긴 시간을 갇혀 지내야 하는 슈리아에게 미안함을 담아 사과해주는 무척 다정한 심성의 언니.

어머니도 셀미도 이제 곧 만날 수 있어요.

편지의 목소리만 갖고는 모르거든요.

셀미는 얼마나 많이 자랐을까요.

슈리아와 달리 엘프의 피가 강하게 발현되지 않았으니까 슈리아보다 훨씬 많이 자랐을지도 모르겠어요.

제가 무척 좋아하는 음식, 어머니가 만들어주는 따끈따끈한 리코르 파이도 먹고 싶어요. 분명 유미스 언니도 마음에 들어 할 거예요.

그때는 넷이서 오늘처럼 차를 즐기고 싶어요.

후후, 슈리아는 정말 행복한 아이랍니다.

이상이 변화가 적은 슈리아의 행복한 일상이었습니다.

그런 때였죠. 슈리아의 눈앞에 신기한 유령님, 아뇨, 정령님이 나타난 것은.

☆

"후유, 시종장님은 정말 사람을 험하게 부려 먹는다니까요."

"그러게 말야."

"얘! 혹시 들으면 아주 혼쭐이 난단 말이야. 나는 싫거든? 연대책임으로 일거리 늘리고 싶지 않아."

"""네~!"""

수다를 떨면서 나온 3인조 메이드가 우르르하고 건물 바깥에 있는 일상생활 쓰레기를 넣어 두는 항아리에 쓰레기를 버리러 간다.

'그러면 잠시 실례 좀 할까.'

메이드들이 일하는 모습을 곁눈질하고 열려 있는 뒷문을 지나 저택 안으로 침입했다.

영체가 되어 있는 현재는 굳이 출입구를 쓰지 않아도 평범한 벽이라면 쓱 통과가 가능하지만, 이곳은 유미스의 저택인 만큼 벽에는 부여 마술에 따른 강화가 펼쳐져 있다.

【심화의 영검】을 써서 만들어 내는 영체는 마력만 갖고 이루어져 있어서 물리적인 방어는 거의 대부분, 아니, 전혀 의미를 갖지 못하는 만큼 마법적인 저항력의 영향을 제법 강하게 받는 까닭에 이렇게 침입하는 방법이 더 편하다.

뒷문을 지나 들어갔을 때 유미스 오리지널 침입자 방어용 감지 결계가 펼쳐져 있는 것을 감지했다.

이 결계에 걸리면 곧장 유미스에게 연락이 가서 침입자의 존재가 전달된다. 그리고 즉각 하급의 방어 · 저지에 특화된 골렘이 다섯 마리쯤 소환되어 습격에 나서는 구조이다.

그러나 이 결계가 어떤 술식의 마법으로 구성됐는가, 어떤 조건을 따라 반응하는가. 나는 첫 번째 때에 이미 들은 바 있다.

그러니까 최대한의 경계심을 갖고 구축한 이 결계가 내 영체에는 어떤 효과도 없다는 사실 또한 알고 있었다.

눈에 보이지 않도록 전신을 영체화한 이 상태의 나를 감지할 수 있는 인물은 그야말로 『심안』이나 『비색 눈동자』 등등 최상급 스킬 및 고유 스킬을 갖고 있는 존재뿐이다.

그쪽을 지금 그 녀석은 확실하게 유지하고 있지 못하다는 사실도 안다. 힘을 단련시켜준 사람이 바로 나였기에.

'그러고 보니 여기에 오는 게 처음이었군…….'

호화로운 장식품 따위로 장식된 복도를 걸었다. 영체의 다리에는 아무 감촉도 느껴지지 않지만, 실체화를 하면 곧바로 푹신푹신한 감촉이 느껴지겠지.

'자, 그러면 어디부터 조사해볼까…….'

여기에 온 이유는 유미스에게 고통을 주는 데 가장 좋은 방법은 무엇인가 고찰하기 위해서였다.

유미스가 지나치리만큼 새로운 마도구의 제작에, 그럼으로써 에르미아의 석비에 이름을 새긴다는 행위에 얼마나 집착했는지를 알고 있다.

그 때문에 꿈을 내다보는 광기에 찬 눈빛을 가지고 있었던 유미스의 얼굴을 나는 아직껏 기억한다.

그렇지만 어째서 그렇게까지 그 명예를 갈망했는지 그 이유를 모르겠다.

어릴 적부터 가진 꿈이었기 때문이라면 대충 이해가 되기는 한데, 그 눈에는 그 밖에도 단순한 꿈을 넘어서는 즉물적인 욕망의 불길이 언뜻언뜻 내비쳤었다. 그러니까 욕망의 정체를 알아내려는 것이 이번 행동의 첫 번째 목적이다. 달리 약점이 될 만한 요소가 있어서 찾아낸다면 더욱 좋겠다.

그래, 단지 갈가리 찢어 죽이려 들자면 언제든지 가능하니까.

'먼저 그 녀석의 집무실 같은 곳을 뒤져볼까.'

유미스와 관련된 비밀이 있다면 분명히 그곳이겠지. 일기든 뭐든 발견한다면 유미스가 지닌 욕망의 밑바닥을 알아낼 수 있지 않을까.

이 세계의 습관을 감안하면 높은 인간이 이용하는 방은 건물 안에서도 위쪽에 있는 층이라는 게 상식인지라 계단을 발견한 뒤 저택

상층으로 올랐다.
과연 영주 가문 딸의 개인 저택인 만큼 내부도 넓었다.
“어머? 지금 무엇인가…….”
그리고 도중에 메이드와 계단에서 스쳐 지나갔을 때였다.
걸음을 멈춘 메이드가 불쑥 이쪽을 돌아보기에 몸이 굳었다.
청색에 가까운 자색의 머리카락을 뒤쪽에서 포니테일로 묶은 20대를 넘긴 여성이 의구심 어린 시선으로 이쪽을 이리저리 살피고 있다.
‘이런, 낌새를 챘나?!’

스테이터스

## 소리 루엘 Lv23

Soriy=Lurel 23 세 여 인족

HP : 310/310 MP : 222/222

근력 : 183 체력 : 143

내구 : 144 민첩 : 208

마력 : 119 항마 : 122

고유 능력 : 『직감』

스 킬 : 『통각 내성 Lv 2』『기척 감지 Lv 1』

『기척 은폐 Lv 1』『탈취 Lv 3』

『암시 Lv 3』『검술 Lv 2』『철가면 Lv 1』

『사고 가속 Lv 1』

상 태 : 양호

급히 감정을 걸어봤지만, 표시되는 스테이터스에서 이쪽을 간파하는 부류의 스킬은 발견되지 않았다. 아마도 고유 스킬로 있는 『직감』이라는 스킬이 원인이겠군.

"……그냥, 착각일까요."

한동안 의아해하면서 고개를 갸웃거리던 소리라는 이름의 메이드는 그대로 1층으로 내려갔다.

'음!! 저 녀석은…….'"

"앗, 유미스 님. 이제 돌아오셨군요."

"네. 다녀왔어요, 소리."

계단 아래쪽에서 나타난 인물은 쓰레기 벌레, 즉 유미스였다.

"오늘은 관청 쪽에서 지낼 예정이 아니셨나요……?"

"잠시 휴식을 취하려고 돌아왔답니다. 그리고 서류에 영주의 재가의 도장을 찍는 것이 전부니까요, 이 저택에서도 업무는 볼 수 있어요. 잠시 후에 서류가 도착할 테니 그때까지 같이 휴식하도록 하죠. 내 침실에 늘 쓰던 물을 가지고 와주겠어요?"

"아, 네, 알겠습니다. 곧 가지고 가겠습니다."

"후후후, 그러면 먼저 가서 기다릴게요."

'흐음……. 잘하면 저 녀석의 사적 상황을 알아낼 기회가 될 수도 있겠군.'

너무 방심했다고 반성하는 동시에 좋은 상대를 발견했다는 생각도 들었다. 유미스와 대화 나누는 장면을 보고 떠올렸다. 저 여자는 유미스의 심복으로, 유미스가 영지를 비울 때마다 영주의 업무를 맡아서 수행하는 엘프의 피를 이은 여동생에게 보좌로 붙여 두었던 메이드가 맞았다.

현재에도 어느 정도의 사정에는 정통한 인물일 테고, 휴식을 취하는 자리에 동석하는 사이인 만큼 불평과 같은 형태로 재미있는 본심을 몇 마디 주워들을 수 있지 않을까.

역시 2층을 살펴보기 전에 잠시간 이 녀석들의 상황을 관찰해보기로 하자.

나는 입꼬리를 끌어 올리면서 유미스와 메이드의 뒤를 쫓았다.

☆

……그래, 나는 적당히 재미있는 장면을 볼 수 있다면 만족스럽겠다고 살짝 기대를 했을 뿐이다.

최근 들어서 마음에 안 드는 상대라든가 어떤 고민거리라든가 가볍게 훔쳐 듣는다면 횡재, 그렇게 가벼운 각오밖에 하지 않았다. 그러니까 이따위 장면을 보게 될 줄은 추호도 예상을 못 했다는 말입니다. 그럼요. 마음의 준비가 부족했죠.

정말이지, 이따위…….

"으응, 후후후. 여기가 약하군요, 소리?"

"흐아앙! 거, 거기는 안 돼요. 유미스 니, 하아, 아앙, 웃, 으응!"

"훗, 목소리가 참 귀여워요, 소리. 참지 말고 목소리를 내도 괜찮답니다?"

"으응, 아아앗!!"

'이따위, 돼지 교배를 목격하게 될 줄은……!!'

아니, 동성이니까 교배라는 말은 부적합한가?

혹시 별 관계도 없는 귀여운 여자아이 둘이었다면 흐뭇했겠지만, 사람이 저것들이어서는 그냥 괴기 영상이다. 속이 메슥거린다.

그러고 보니 침실에서 휴식을 운운하는 말이 나왔던 시점에 이상하다고 판단해야 했다. 그렇다 해도 이렇게 내놓부터 속이 메슥거리는 불장난질을 벌일 줄이야, 그야말로 상상도 못 했다.

덧붙이자면 『늘 쓰던 물』 어쩌고는 아마도 점성을 지니는 로션 같은 액체였다.

끈적끈적한 두 마리 구더기 벌레가 서로 얽혀 드는 장면처럼 보여서 이보다 더 속이 메슥거릴 수가 없었다.

'아니, 좋게 생각하자. 유미스가 진성 레즈인 줄은 몰랐지만, 나쁜 정보도 아니잖아?'

달콤하게 향을 피워 둔 방, 커튼도 치고 문도 꼭 닫길래 무엇을 하나 싶었더니 이따위 꼬락서니다.

첫 번째 세계에서도 이쪽 세계의 기준으로 상당히 잘나가는 미남에게 구애를 받은 적이 있었다만, 유미스는 티끌만큼도 마음 흔들리는 모습을 보이지 않았었다. 그 이유가 결국은 여기에 있었다는 뜻이 되겠다.

즉 돼지의 취향은 여자였다는 것.

"아아앗! 으응, 으읏."

'으으, 안 되겠다. 이제 한계야…….'

더 이상은 정신적 대미지가 너무나 커서 강제로 본체에 돌아가버릴 위기였다.

예상 밖의 대미지에 맥이 쭉 빠지면서도 문을 통과해서 밖으로 나왔다.

'다시 기운을 내서 집무실 같은 장소를 찾아볼까.'

한동안 즐거운 시간을 보낼 테니까 반실체화해서 이것저것 뒤져 보기도 편하겠지.

자꾸 들러붙어서 속을 메슥거리게 만드는 영상을 떨쳐 내고자 한 차례 머리를 흔들고 2층으로 올라갔다.

일단 가까운 방에 들어갔다가 나오고, 들어갔다가 나오기를 반복한다.

그리고 드디어 낌새가 심상치 않은 방을 발견했다.

'이 방만 굳이 물리 결계를 이중으로 펼쳐 놓았군……. 훔쳐보기 대책으로 부여가 된 마도구인가 뭔가가 실내에 있는 탓에 상세한 상황은 모르겠지만, 방 전체에 어떤 효과가 있는 마법진을 설치해 놨어.'

조금 지나치게 엄중한 것도 같지만, 그만큼 숨기고 싶은 무엇인가가 있다는 증거일 터.

훔쳐보기 방지의 마도구를 썼다는 점을 감안하면 감지 계열의 마법진은 아니겠지. 훔쳐보기 방지의 마도구와 간섭이 일어나는 사태를 피하기 위해서라도 그쪽 부류의 능력이 아닌 침입자에게 직접 피해를 가하는 타입의 마법진이겠지.

어지간히도 이 방의 출입을 막고 싶었나 보다.

물리 결계에는 영체인 내가 당연히 걸리지 않는 까닭에 주의할 것은 방 안의 전체에 효과를 미칠 것이라고 짐작되는 마법진뿐이었다.

아무튼 방 안에 들어가지 않는 한 아무 성과도 거둘 수 없기 때문에 영체의 표면을 변질시켜서 마력 저항치를 끌어올렸다.

마력의 밀도를 보아 마법진의 효과를 곧장 받지는 않을 것이다. 최악의 경우에도 일단 안쪽으로 진입하면 마법진이 어떤 것인가 판별을 지을 수 있을 테니까 위험하다 싶을 경우는 잠시 철수한 뒤 다시 대책을 마련해서 와야겠다.

'자, 도대체 어떤 비밀을 숨겨 놓았으려나?'

문을 쓱 지나쳐서 감지 결계를 속이고 방 안으로 들어간다.

어떤 마법이 발동되어 날아들더라도 무방하도록 경계를 늦추지 않았다. 그런데 그곳에서 목격한 것은 도저히 유미스의 집무실이라고 여겨지지 않는 방.

여기저기에 인형을 장식해 놓았고 업무에 쓸 만한 커다란 책상은 놓여 있지 않았다.

언뜻 보기에 평범한 객실 같았다. 그리고 안쪽에는 한 명의 소녀, 유미스의 여동생이 있었다.

본래는 저 소녀도 역시 유미스에게 고통을 주는 수단으로 얼마나 가치를 지닌 인재인가 가늠해야 할 상황일 터이나, 다만 이 방은 명백하게 비정상적이었다.

'얼씨구. 뭐냐, 이게……. 어떻게 된 거지? 이 마력의 질은 틀림없이 계약 주인(契約呪印)이군. 어째서 이런 게…….'

마법진은 예상했던 대로 침입자를 배제하는 부류의 것이 아니라 방 안의 특정 대상에게 일정한 효과가 있는 **저주**를 강제로 정착시키는 물건이었다.

'게다가 마력의 흐름으로 보아 대상이 되는 인물은 저 여동생이잖아. 이거 도대체 뭐가 어떻게 된 거야?'

계약 주인은 기본적으로 마족의 전매특허와 같은 힘이다. 유지는 문제없을지라도 발동은 악마에게서 유래되는 마족 특유의 마력이 사용되기에 인간은 취급이 불가능한 수단이었다.

그런 것이 유미스의 개인 저택에 장치되어 있다는 것도 이상하고, 굳이 타인에게 감춰서 유지하는 마법진의 효과가 미치는 대상이 유미스의 여동생이라는 것도 의미를 모르겠다.

'아무튼 자세한 것은 마법진에 감정을 걸어서…….'

그렇게 생각하던 때였다.

"……."

'응……?'

창가 의자에 앉아 편지지를 펼치고 있던 소녀가 허공을 보고 갸웃갸웃 멍한 몸짓을 보이면서 비색(緋色)을 띠는 눈동자로 이쪽을 물끄러미 쳐다본다.

'……비색? 아니, 뭐야, 설마.'

오른쪽으로 왼쪽으로 이동해봐도 소녀의 시선 역시 나를 따라서 움직였다. 그리고 그 눈동자에 불신감이 어렸다.

나는 착각 때문이라는 한 가닥 희망에 걸고 소녀에게 감정을 걸어봤지만…….

"……유령님이에요?"

'……오늘은 예상 밖의 사태가 너무 많군.'

스테이터스

## 슈리아 Lv31

Shuria 14세 여

인족(엘프 혼혈)

HP : 332/332 MP : 525/525

근력 : 133 체력 : 213

내구 : 194 민첩 : 288

마력 : 549 항마 : 522

고유 능력 : 『비색 눈동자』

스 킬 : 『기척 감지 Lv 1』『기척 은폐 Lv 1』
『수술 마법 Lv 1』『풍술 마법 Lv 1』
『명상 Lv 3』『탈취 Lv 3』

상 태 : 양호(계약 주인 진행 중)

'이 녀석, 어째서 뜬금없이『비색 눈동자』를 갖고 있지?'

아무래도 내가 알지 못했던 진실은 상상 이상으로 많았나 보다.

명백하게 이상한 사태였다. 왜냐하면 내 기억 속에 있는 소녀의 눈동자는 결코 붉은색을 띠지 않았으니까.

'내가 착각했나……? 아니, 그렇다 쳐도 분명히 이 아이는 녹색 눈동자를 갖고 있었을 텐데…….'

비색의 눈동자를 갖고 있는 인간 모두가『비색 눈동자』라는 고유 스킬을 갖고 있지는 않지만『비색 눈동자』를 갖고 있는 인간은 모두 눈동자의 색깔이 붉은색이다.

즉 태생 능력에 해당하는 고유 능력『비색 눈동자』를 갖고 있는 이상 녹색 눈동자는 말이 안 된다.

그러나 기억 속의 소녀는 분명히 녹색 눈동자를 갖고 있었다. 처음으로 열, 스물이 아닌 수많은 적과 교전했던 이 도시에서 겪은 사건은 지금도 세세하게 기억이 난다. 개중에서도 유미스의 여동생이고 엘프의 모습을 지닌 소녀쯤 되면 그리 쉽사리 잊을 만한 대상이 아니었다.

【팔목의 투본검】으로 첫 번째 때의 데이터를 다시 확인하면 확신을 가질 수 있겠지만, 유감스럽게도 애당초【팔목의 투본검】을 획득한 시기는 여행이 거의 중반에 다다랐을 무렵이었다. 나중에 확인하려고 해도 이 소녀의 데이터는 없을 것이다.

'일단 당장에 큰 소리를 지를 분위기는 아니군.'

먼저 도망쳐야겠다는 생각이 반사적으로 들었지만, 소녀의 태도를 보고 생각을 바꿨다.

이곳은 틀림없이 유미스의 급소다.

반쯤 감에 불과하나 내가 첫 번째 때에는 볼 수 없었던 유미스의 어떠한 측면이 분명 이곳에 있다.

'그렇다 해도 이제부터 어떻게 하느냐, 그게 문제인데…….'

"안심해, 수상한 사람이 아니…….. 음, 이런 말 해도 안 믿기겠지만."

목소리를 내려면 실체가 필요하기에 영체의 마력을 더욱 변질시켜서 임시로 몸을 만들어 냈다. 물론 내 몸의 본체는 지금도 숙소 침대 위에 있기 때문에 어디까지나 몸의 대용품이고 기본은 단순한 마력체에 불과한 터라 내구력은 평범한 사람 이하였다.

『비색 눈동자』에 보이는 내 모습은 아마도 거의 다를 바가 없겠지만, 제대로 말을 주고받을 수 있는 만큼 무서운 느낌도 많이 줄어들겠지. 아무튼 이 방의 정체와 이 아이가 어째서 이런 상황에 있는가 조사할 만한 시간을 갖고 싶었다.

"……유령님? 앗, 아녜요. 진짜 정령이세요?"

"응? 아, 아니, 뭐라고?!"

무엇이 소녀의 심금을 울렸을까, 잘은 모르겠다만 덜커덕 의자에서 일어서더니 성큼성큼 이쪽을 향해 다가왔다.

표정은 별로 바뀌지 않았지만, 은근히 배어나는 오라가 흥미진진한 속내를 대변해준다.

"굉장해요, 정령님은 숲에서도 전혀 본 적이 없어요. 이런 데서 만날 줄이야……."

뭐랄까, 동경하는 사람과 만난 초등학생 여자애 같은 태도였다. 눈 속에서 별이 날아다니는 듯 보인다.

"슈리아는 정령님이랑 만나면 묻고 싶은 게 잔뜩 있었어요. 평소에는 대체 어디에서 살고 있나요? 역시 도시 바깥의 숲에서 살아요? 밥은 무엇을 먹어요?"

"어? 아니, 그게 아니라, 나는 정령이 아닌데."

'뭐야, 이게. 진짜 도대체 어떻게 된 거냐고. 내 기억력이 이 지경으로 엉망이었나?'

기억에 있는 모습은 말을 건네도 꿈쩍도 표정이 변하지 않고「네」라든가「아니요」라든가 대답도 최소한의 말밖에 하지 않는 소녀.

몇 번인가 이야기한 적은 있었지만, 스스로 먼저 무엇인가 말을 꺼낸 적은 단 한 번도 없었다.

마치 인형 같았다고 받았던 느낌을 지금도 잘 기억한다.

그런데 이 태도는 무엇인가.

별로 큰 목소리를 안 내는 구석이나 다소 평탄한 말투 따위의 흔적은 보이지만, 어떻게 생각해도 행동에 감정이 드러나지 않는 소녀였다는 인상과는 맞지 않는다.

아니, 나를 정령이라고 착각했기 때문이라면 정령을 몹시 좋아해서 그 이야기에만 말이 많아지는 아이라는 가능성도 아주 없지는 않지만.

"음, 그리고요, 저기요!"

"알겠으니까 조금 진정해라……. 아, 이런."

"햑."

흥분한 소녀가 아마도 거의 무의식중에 붙잡은 내 팔이 찢어졌다.

애당초 단단해 봤자 발포 스티로폼 정도밖에 안 되는 몸이기에 동요해서 결합의 강도가 떨어져버린 것이 원인이겠다.

“힉, 헉, 학…….”

“이봐, 괜찮아?”

대용품 몸인지라 딱히 통증이 솟구치지도 않고 금방 재구축이 가능하기에 문제는 없다만, 눈앞의 소녀는 놀라 입에서 혼이 빠져나간 분위기였다.

눈앞에서 팔을 재구성하고 괜찮다고 보이기 위해 소녀의 눈앞에서 손을 흔들었다. 그러나…….

“끄앙…….”

“이거 안 되겠군.”

나는 한 차례 한숨을 쉬고 소녀가 의식을 되찾을 때까지 가만히 기다려야 했다.

☆

결국 소녀가 의식을 되찾은 것은 몇 분은 족히 지난 다음이었다.

지금은 창가가 아닌 방 가운데에 있는 탁자에 마주 보는 위치로 앉아 있었다.

“……미안요, 미안해요. 너무 부끄러운 모습을 보여드렸어요……. 슈리아, 슈리아라고 해요. 아까 전 손은 이제 괜찮으세요?”

“괜찮아, 보이겠지만 어차피 마력으로 만든 몸이니까.”

“……정령님, 정말 대단해요.”

“애고, 정령이라고 하자.”

정령이라고 치고 넘어가야 이 아이, 슈리아와 이야기를 나누는 데 더욱 수월하겠다.

원래 세계에서 알고 지냈던 신부님을 떠올리면서 화법도 살짝 그쪽과 비슷하게 바꿔보도록 할까.

"……정령님은 무슨 일로 여기에 오셨어요? 뭔가 볼일이라도 있었어요?"

"잠시 너에게……."

"슈리아예요. 네, 슈리아라고 불러주셔요."

"……슈리아에게 묻고 싶은 말이 있거든. 슈리아의 눈동자라면 이 방에 펼쳐져 있는 마법진의 정체도, 그 대상이 너 자신이라는 것도 알고 있겠지?"

소녀가 멍하니 넋이 나가 있는 동안에 이 방의 마법진에 상당량의 마력을 담아 감정을 걸었다.

그 결과 표시된 내용은 아래와 같다.

=========================================

【여섯 색채의 마력 전이 주각진】

주각진을 펼쳐 둔 범위 안에 대상을 머물게 함으로써 대상에게서 화 · 수 · 풍 · 토 · 광 · 암의 마법 스킬 숙련도와 마법 적성을 다른 대상에게 부여할 수 있다.

진행이 50퍼센트를 넘어서면 옮긴 숙련도와 적성치가 부여 대상에게 정착된다. 또한 효과 대상자와 부여 대상자에게는 혈연자 수준으로 혼의 상성을 필요로 한다.

효과 대상자: 슈리아, 부여 대상자: 유미스 에르미아

《주각 진행도》 96퍼센트(100퍼센트까지 나머지 7일)

==================================================

몹시 과격한 효과를 지닌 주각진이다.

스킬 숙련도 이외에 마법 적성까지 빼앗아 간다. 즉 빼앗긴 상태에서 아예 정착이 되면 다시 마법의 힘을 익혀서 복구할 여지도 사라지는 셈이다.

실질적으로 평생 마법을 못 쓴다는 말과 같았다.

재차 더욱 힘줘서 감정을 걸어 마법 적성을 살펴봤더니 속성 마법의 적성이 높은 엘프의 피를 이어받았는데도 이미 여섯 가지 마법 적성을 거의 잃어버린 상태였다.

스테이터스에 그나마 남아 있는 마법 스킬도 레벨을 감안하면 더욱 높았을 것이다.

혼과 깊숙이 결부돼 있는 마법 적성 및 스킬을 빼앗기는 이러한 타입의 계약 주인은 진행에 상당히 긴 시간이 소요된다.

이토록 높은 진행도의 숫자를 보면 슈리아라는 소녀는 상당히 긴 기간 동안 이 방에서 바깥출입을 하지 못했을 테지.

"이 마법진은 유미스 언니에게 슈리아의 마법 재능을 넘겨주기 위한 장치예요. 세상에는 슈리아가 모르는 일이 참 많았어요."

'그야 마족이어도 일부밖에 쓸 줄을 모르는 비기 중 하나니까. 애당초 일반인은 알 만한 것이 아니지. 그나저나…….'

마력을 직접 눈으로 포착할 수 있는『비색 눈동자』의 소유자라면 끊임없이 자신에게서 빠져나가는 마력의 재능을 직접 목격하게 된다.

【심화의 영검】에 딸린 패시브 효과로 이제는 나 또한『비색 눈동

자』처럼 마력을 직접 볼 수 있지만, 이러한 꼴을 가만히 줄곧 지켜보면서 별로 유쾌한 기분은 들지 않았을 텐데.

“무엇을 위해 그런 행동을……?”

“셀미, 여동생이 병에 걸렸었거든요. 그 병을 고치는 데 비싼 마법약이 필요했고 슈리아는 마법약의 대가로 마법 재능을 유미스 언니에게 넘겨주기로 했어요.”

‘여동생? 그 녀석에게 또 자매가 있었던가?’

“흠, 그런데 어째서 네가 대가를 치러야 하지? 너와 셀미는 자매라면서? 그 아이도 유미스의 여동생이잖아?”

“슈리아와 셀미는 언니와 절반밖에 피가 이어지지 않았어요. 그래서 줄곧 따로따로 자라왔어요. 피가 이어졌을 뿐인데 많은 돈을 공짜로 받을 수는 없었던 거예요.”

“그래서 너는 만족하는 거야?”

“그럼요. 마법을 못 쓰게 되는 건 유감이에요. 그래도 마법약을 받은 데다가 가족이 평생 살아갈 수 있는 돈도 받을 거예요. 원래 마법은 생활을 위한 수단에 불과했어요.”

게다가, 하고 슈리아가 말을 이었다.

“언니는 슈리아가 주는 재능으로 꿈에 가까워진다고 말했어요. 유미스 언니의 꿈을 위해서 슈리아의 마법 재능이 보탬이 된다면 기쁜 일이에요.”

“그렇구나, 너는 언니를 좋아하는구나?”

“네, 정말 좋아요. 언니는 대단하세요. 노력가이고 슈리아보다 나이가 몇 살 많을 뿐인데 영주 업무까지…….”

망설임 없이 유미스를 좋아한다고 말한 뒤 희미하게 살짝 미소 짓는 슈리아는 별로 바뀌지 않은 표정을 보충하고도 남을 만큼 자랑스럽게 유미스를 칭찬했다.

그 모습을 보고 미소를 지어주면서 귀에 셔터를 내린다. 완전히 한 귀로 듣고 한 귀로 흘리면서 그 이면에서는 시치미를 뚝 떼고 싸늘한 계산을 도출해 냈다.

'마도구 연구를 진행하기 위해 엘프의 피가 격세 유전으로 나타난 여동생에게서 마법의 재능을 빼앗는 건가. 그 대신 슈리아의 여동생을 치료하는 데 필요한 마법약을 구해주고, 생활의 수단을 빼앗는 대신 상응하는 금전도 준다…….'

과연, 그래서 유미스의 마법 적성이 인족치고 이상하리만큼 높았던가.

이것만 보면 뭐라고 말할 필요도 없는 사연이다. 유미스의 재능이 비롯된 근원을 알아냈을 뿐 이 지경으로 진행된 저주에 어떻게 손을 쓰기란 어림없었다. 그러나 이 사연이 흔한 미담으로 끝날 리 없었다.

하나는 유미스가 어떻게 주각진을 알았고, 그리고 발동시켰는가.

둘은 눈앞에 있는 슈리아라는 소녀와 기억 속에 있는 유미스의 여동생이었던 슈리아 사이에서 느껴지는 어긋남.

주관에 의한 착각일 뿐이라고 치부하자면 그럴 수도 있겠지만, 도무지 위화감이 가시지 않는다. 적어도 내 기억 속의 슈리아는 이렇게 감정을 뚜렷하게 드러내는 느낌이 아니었다. 그러나 지금은 여전히 감정 표현이 얌전한 편이기는 하나, 감정 자체는 뚜렷하게 드러내고 있었다.

목에 작은 가시가 박힌 듯한 이 불쾌감은 조금만 더 나아가면 많은 진실과 연결될 것 같다는 그런 답답함이었다.

"『——……리아, 건강하게 지내고 있니?』"

"앗, 어라, 응응?"

바로 그때였다.

무엇인가 목소리가 들렸던 것은.

'음, 저것은…….'

소리가 난 원인을 찾아 고개 돌렸다가 창가의 책상 위에 놓여 있었던 하나의 편지지를 발견했다. 이 방에 들어왔을 때 슈리아가 봉투를 열고 있었지.

연파란색을 물들인 에르미아 후작가의 문장이 찍힌 편지지는 표면을 쓰다듬으로써 사전에 넣은 음성을 원하는 때에 재생할 수 있는 음성 재생 기능이 딸린 물건으로 알고 있다.

"아, 꽃이 떨어져서 편지 위에 올라갔어요."

바라보니 창가에 놓인 화분의 자색과 황색이 어우러지는 예쁜 꽃이 목부터 꺾여 편지의 위에 올라가 있었다.

아마도 그 때문에 편지에 기록된 음성이 재생되었을 것이다.

"『우리 마을에서는 올해도 네가 기른 화단에서 저녁노을 꽃이 피었단다. 기운을 차린 셀미가 매일 돌봐주는 덕분에 예쁘게 꽃이 피었어.』"

'뭐야, 왠지 섬뜩한데.'

"혹시 네 어머니인가?"

들리는 것은 묘령의 여성의 목소리. 다만 미묘하게 위화감이 느껴지는 목소리였고, 또한 어딘가에서 들은 적이 있다는 느낌도 들었다.

“맞아요. 앗, 이쪽은 여동생 셀미예요.”

“『언니, 건강해요? 어디 아픈 데 없죠? 배를 드러내 놓고 잠들지는 않아요? 나는 완전히 건강해졌어요. 언니는 괜찮다고 말했지만, 말주변이 없어서 정말로 잘 적응하고 있나 걱정이에요. 언니가 길렀던 화단은 내가 잘 돌보고 있어요. 이제 곧 만날 수 있다고 들었어요. 다시 만나는 날이 무척 기대돼요.』”

“……셀미는 슈리아가 언니인데도 너무 바보로 알아요.”

“아하하, 좋은 동생을 뒀네.”

부끄러워할 때도 아주 살짝은 얼굴 붉히는 슈리아를 보면서 무의식중에 원래 세계에 두고 온 여동생을 떠올렸다.

내 여동생님은 나보다 훨씬 더 야무지고, 편지의 소녀가 하는 말처럼 매번 시끄럽게 주의를 늘어놓았다.

다만 감상에 젖는 한편으로 역시 이쪽의 목소리에도 상당히 걸리는 부분이 있었다.

재생된 것은 분명 조금 전 여성보다 높은 음색을 띠는 소녀의 목소리였다. 그러나 이쪽도 묘한 위화감이 가시지 않는다.

‘……알겠군, 목소리에 전혀 감정이 실리지 않았어.’

교과서 따위를 또박또박 읽는 입장도 아닐 텐데 목소리의 음색에 전혀 고저가 없다. 평범하게 대화를 나눌 때 목소리에 으레 묻어나는 억양이 부자연스러울 만큼 존재하지 않았다.

항상 일정한 장단을 유지하는 목소리는 마치 기계가 말하는 것처럼 들린다. 그렇다, 마치 기억 속에 있는 슈리아와 비슷한 목소리로…….

그리고 여러 요소가 의미하는 바에 다다른 순간, 자신의 머릿속에서 딸깍하고 무엇인가가 맞아떨어지는 소리가 났다.

착착 소리를 울리면서 금세 하나의 가설이 구축되었다.

'……하하! 이거, 설마 그렇게 되는 건가? 아무것도 모른다면야 이 편지의 정체도 원래 이렇다는 한마디로 속일 수 있었겠지.'

슈리아도 편지 속 목소리의 장단이 가족의 평소 음색과 비교하여 이상하다는 사실을 안다고 한들 원래 이렇다고 설명하면 믿을 수밖에 없었겠지. 마음씨 고운 유미스 언니가 해주는 말이라면 더더욱이다.

'계약 주인 쪽은……. 그래, **그것**을 썼나. 그 녀석들의 것도 원래는 악마에게서 거두어들였던 마력이라고 했던가. 대가는, 일단 틀림없이……. 그리고 유미스가 추후 저질렀을 법한 행동을 가정하면 전부 설명이 된다.'

상상이 형태를 갖추었을 때 갑자기 현기증이 났다.

'……으음, 또 이런 식인가.'

흡사 세계가 휙 돌아가는 감각.

마침내 완성된 그림은 남의 일인데도 불구하고 너무나 나와 많이 비슷했기에 평소는 필사적으로 억누르고 있는 어두운 불길에 콜타르와 같은 걸쭉한 기름이 쏟아지는 기분이었다.

"한 가지 물어봐도 될까?"

"……네?"

어느 틈인가 재생이 다 끝난 편지를 창가의 책상에 다가가서 소중하게 간수해 놓는 슈리아에게 말을 건넸다.

"아까 편지에 떨어졌던 꽃, 혹시 편지에서도 말했던 네가 돌봐줬다는 화단의 꽃인가?"

"넵. 무척 생명력이 강한 꽃이에요. 숫자를 늘리기는 좀 힘들지만요."

"그런가, 꽃이 참 예쁘더라."

짤막한 말만 남기고 나는 탁자 앞 의자에서 일어섰다.

"이만 나는 가볼게. 아무쪼록 나와 만난 것은 비밀로 해주고. 실은 이렇게 너와 이야기하는 것도 별로 좋은 게 아니라서."

"그, 그런 거예요? 알겠어요, 비밀이에요!!"

슈리아는 주먹을 꾹 쥐더니 처음 내가 모습을 드러냈을 때와 마찬가지로 표정은 바꾸지 않고 눈을 반짝반짝 빛내는 별난 재주를 부리면서 약속해줬다.

이러면 유미스에게 내 이야기를 할 일도 없겠지.

"저기요! 정령님의 이름을 물어봐도 돼요?"

"응, 상관없어. 내 이름은 카이토야."

"카이토 씨……. 저기, 또 만날 수 있을까요?"

"그럼, 분명히 또 만날 거야."

그렇게 말한 뒤 몸을 영체로 되돌리고 나는 그 자리에서【심화의 영검】의 효과를 해제했다.

☆

"애고, 진짜 쓰레기밖에 없군. 이놈의 세계."

전이를 썼을 때와 비슷한 신비로운 부유감을 맛본 뒤 숙소 침대에서 잠들어 있던 몸으로 의식이 돌아왔다. 미나리스는 아직껏 외출 중인 듯했다.

"후, 갈까."

부글부글 끓어오르는 열기.

때마침 지금 시기라면 이 감정을 순수하게 단지 화풀이를 위해 쏟아붓기에 적당한 상대가 있다.

실은 이삼일 후에 미나리스에게 제안해서 경험치를 벌어들일 겸 다수의 적을 상대로 하는 전투 경험을 쌓을 수 있도록 진행하려고 했지만, 뭐, 이번에는 연이 없었다고 쳐야지.

어차피 마지막에는 비장의 수단을 시험해볼 예정이었다. 유미스를 상대하는 데 지금 스펙으로 어느 정도의 힘을 발휘할 수 있는지 확인할 필요가 있으니까. 게다가…….

……으음, 안 되겠군.

애써 합리적으로 행동을 포장할 만한 이유를 더 이상은 갖다 붙일 수가 없다.

지금은 단지 한시라도 빨리 불합리하게 마구 날뛰고 싶어서 견딜 수가 없었다. 지금의 내게 있는 감정은 갈 곳을 잃은 열기뿐이다.

"꿀꺽꿀꺽, 푸핫!"

【심화의 영검】을 사용함으로써 MP가 소모된 터라 포션을 마셔 회복하면서 숙소를 나와 전에도 지난 적 있는 동쪽 문으로 나왔다.

도중에 사람의 흐름에서 빠져 숲으로 이어지는 길을 홀로 걷는다.

사실 아직은 이런 짓을 할 짬이 있다면 다른 장소를 조사하는 것이 옳다고 이성이 의견을 낸다.
거의 확실하다고 짐작은 되도 가설의 근거를 확보할 필요가 있음을 머릿속으로는 알았다.
그러나 지금 유미스와 깜빡 얼굴을 마주했을 때 자신을 완전하게 억제할 확신이 들지 않았다.
"오, 있구나, 있어. 스트레스 발산 삼아서 **비장의 수단**을 시험하기에는 딱 적당하겠군."
숲을 앞에 두고 서서 가볍게 기척을 살폈더니 일전에 자일리 패거리를 덮쳤던 때와 도저히 비교도 되지 않는 밀도로 숲속에 마물이 우글거렸다.
며칠 지났을 때 숲 밖으로 흘러넘쳤다는 말도 이러면 납득이 된다.
입꼬리가 자연스럽게 들려 올라갔다.
이 불합리한 분노를 쏟아 낼 표적은 많으면 많을수록 좋다.
아무렇지도 않게 숲속에 걸음을 들여놓자 열 걸음도 걷기 전에 고블린이 두 마리 덮쳐들었다.
그놈들을 오른손에 【시초의 심검】, 왼손에 【취록의 정검】을 불러내서 동시에 두 마리를 뼈째 양단했다.
""끄갸아악?!""
"미안하게 됐네, 별로 너희에게 원한이 있는 건 아니지만 말이야."
【취록의 정검】을 장식 끈으로 허리에 고정한 뒤 왼손으로 다시 【복수의 성검】을 잡아 쥐었다.
"끄갸!!" "푸악?!" "쿠훅?!" "꺼걱?!" "봐롸." "갸악?!"
"도저히 속이 가라앉질 않아. 그런데 말이야, 이런 한심한 꼴을 공범자에게 보여줄 수는 없잖아?"

일부러 저쪽에서 먼저 습격해주는 마물을 닥치는 대로 베어버리면서 눈 깜짝할 사이에 땅을 박차고 주위의 마물을 싹 섬멸해 간다.

숲속에서 마물들의 단말마가 끊임없이 거듭 이어졌고, 점점 귀가 못쓸 지경에 다다랐다.

"그러니까 말이야, 미안하지만."

숲에 들어오고 나서 고작 몇 분 사이에 숲의 외곽 부분까지 밀려들었던 대부분의 마물을 해치우고 말았다.

마물을 섬멸하면서 돌아다니다가 조금 트인 장소에 모여 있는 많은 기척이 느껴지는 무리 쪽으로 다가간다.

많은 마물이 모여든 그곳은 많은 인원으로 캠프를 하기 위해서 개간해 놓은 장소인 듯 큼지막한 체육관쯤 되는 넓이였다.

레드 캡, 홉 고블린, 소드 고블린, 레드 보어, 빅 보어, 오크, 하이 오크, 트롤.

번뜩번뜩 이쪽으로 적의가 서린 시선을 보내는 마물들의 수가 일백을 훌쩍 넘어선다.

그래, 이쯤 숫자가 되면 정말 마음껏 전력으로 싸울 수 있겠군.

"꿀꺽, 크, 하아."

마지막으로 한 번 더 MP포션을 쭉 들이켜고 빈병을 집어 던졌다.

"끄갸?!" "끄극!!" "꺼걱!!"

아무 생각도 않고 있는 힘껏 지면을 박차며 무리의 집단 선두에서 조금이나마 돌출되어 있던 고블린을 세 마리 한꺼번에 꿰뚫었다.

검을 쭉 뽑아내고 지면에 피를 떨쳤다.

"너희들, 내 화풀이로 죽어다오."

그렇게 말하고 나는 전투의 의식도 리미터를 해제한 몸의 기어도 전력에서 한 발짝 더욱 위쪽으로 밀어 올렸다.

"크핫!! 아하하하하하!!"

단 한 줌의 자비도 없이 검이 춤추고, 머리가 솟구치고, 피가 튀고, 심장이 꿰뚫리고, 목이 꺾여 나간다.

"죽어! 하하, 기분이 좋군!! 최고다!!"

머리에 치밀어 오른 피가 사고를 비등시킨다.

술을 퍼마신 듯한 취기와 고양감이 머릿속을 온통 휩쓸어버렸다.

투쟁 본능으로 집약되는 감정에 힘입어 사고가 오직 살육에 특화되어 간다.

죽여서 즐거움을 느껴도 되는 상대의 존재가 사랑스럽다는 기분마저 느꼈다.

"크핫, 아하하하하!!"

의식하지 않아도 미친 사람 같은 웃음소리가 나왔다.

그야말로 올바른 유린이라고 부를 만한 행위였다.

필요 최소한의 살해 방법 따위는 선택하지 않는다.

급소를 노리지도 않고 단지 눈에 들어온 순간 리미터를 끊어버린 채 온 힘을 퍼붓는 일격으로 해치운다.

채 5분도 지나지 않아 죽어 나가는 마물의 시체가 산을 이루었고, 지면은 마물들의 피로 질퍽거리는 지경에 이르렀다.

그리고 그 무렵에는 이미 주위에 숨을 쉬고 있는 것은 나밖에 남지 않았다.

"헉, 허헉. 흡, 후유……."

주위에 살아 있는 것의 기척이 사라진 뒤 깊이 숨을 쉬었다.

그리고 뱉어 내는 열기 다음에 남는 것은 미처 꺼지지 않은 불씨와 주체할 도리가 없는 거대한 허무감.

"어째서, 언제나 깨닫는 때는 이미 손쓸 도리가 없도록 악화된 다음인 걸까."

불쑥 말이 새어 나왔다.

'이봐, 레티시아. 네가 말했던 대로 이 세계는 무기질적인 모조품이 절대 아니야. 아름다운 것도 있고. ……그래도, 그보다 훨씬, 우리가 상상했던 이상으로 활개를 치는 더러운 작자들이 잔뜩 있다고.'

굳게 잡아 쥔 주먹의 손톱이 손바닥으로 파고들어 피가 배어난다.

이 감상은 최악의 기만이다. 알고는 있다.

설령 어떻게든 손을 쓸 만한 단계였을지라도 나는 복수에 유리해지는 행동을 선택했을 테니까.

그런데도 자신의 복수에 방해되지 않으니까 제멋대로 동정하고, 제멋대로 자신과 겹쳐서 보고, 제멋대로 담아 두고 있었던 불만을 입에 담는다.

"……어째서, 언제나 돌이킬 수 없는 시점에서 알게 되냐고."

한탄한들 어쩔 도리가 없었기에 줄곧 봉인해왔던 불만. 단지 트집에 불과할 뿐, 떼쓰는 어린아이 같다고 스스로도 이해를 하고 있었고 그럼에도 이해하고 싶지 않았던 사고.

……두 번째로 다시 시작할 수 있었다면 왜 하필 소환 직후로 돌려놓았는가.

거기에서는 이미 돌이킬 수가 없는데.

이미 잃어버린 다음이기에.

"하핫, 한심하군."

복수가 가능한 두 번째 세계가 이미 기적과 다름없다는 사실은 알고 있었다.

세계는 결코 나 하나를 위해 돌아가지 않는다. 매사에 항상 이쪽의 사정 따위는 알 바 아니라는 얼굴로 세상만사를 돌린다.

이렇듯 두 번째 세계를 맞이했지만, 역시 나의 심정과는 아무 관련이 없다.

내가 복수를 맹세했기 때문도 아니고 다시 시작하고 싶다고 바랐기 때문도 아니다.

내가 이곳에서 걸어 나아갈 수 있는 까닭은 어딘가의 여신님인가 하는 분께서 걸어 둔 보험 덕분이고, 거기에 내 심정은 무엇 하나도 관련되지 않았다.

그래도 어쩔 수 없이 상념에 빠지게 된다. 대책도 없이 한심하고, 부조리함을 한탄만 하는 마음.

그러니까 이 분노는 단순한 화풀이다.

생각만 하고 입 밖에 꺼내지 않았던 내 가장 약한 부분이 이미 손쓸 도리가 없는 지경까지 다다라버린 소녀의 현 상황에 자극받았다는 단지 그 이유뿐.

"정말, 너무나 꼴사나워서 아무에게도 보여줄 수가 없군."

잃어버린 나날이 그립고 그리워서 견딜 수가 없어서 미련을 뚝뚝 흘리며 울부짖으려 하는 모습을 그 누구에게든 보여줄 수는 없는 노릇이다.

어떻게 생각해도 복수자에게 어울리는 모습이 아니었으니까.

"죽인다, 기필코 죽일 테다. 저것들의 전부를 짓밟고 나서 모조리 죽여주마……."

그러니까 지금 내가 추구해야 하는 목표는 단 하나뿐.

결국 내가 선택한 것은 복수다. 그래서 충족된다면 아랑곳하지 않겠다.

이렇게 마지막으로 뱉어 낸 약한 마음이 타오르는 복수심으로부터 불순물을 제거했다.

그다음 남는 것은 어둡고 지저분한 복수의 싸늘한 불길.

마음속에서 되살아나는 것은 전원을 죽이겠다고 결심했던 맹세의 불꽃.

사냥감은 바로 지척까지 다가왔다. 불쑥 감상에 젖는 헛된 시간은 필요 없었다.

……고통과 더한 고통으로 바작바작 갉아 먹으면서 괴롭힌 끝에 극도의 절망을 줘서 죽인다.

복수를 실행하는 때에 마음에 담는 감정은 복수심이면 족하다. 복수의 꿀은 달콤한 만큼 분명히 곁눈질을 용납하지 않을 만큼 시샘도 많을 테니까.

"후, 조금은 진정이 됐나."

이런저런 감정을 토한 덕분에 머릿속의 아찔아찔한 불쾌감과 분노를 조금이나마 수면 밑바닥으로 가라앉힐 수 있었다.

"음, 하하하. 뭐랄까, 이 지경이 되니까 차라리 웃음이 피식 나오는구나."

아무 생각도 안 하고 오로지 마물을 베어 죽이면서 돌아다닌 탓에 온몸에 피가 튀겨서 꼴이 아주 말이 아니다.

정신없이 검을 휘두르는 동안은 못 알아차렸다만, 요란하게 들러붙은 피는 기분 나쁘다는 한마디밖에 할 말이 없었다.

MP는 아직 3할쯤 남아 있다. 다만 급격한 속도로 MP를 소모한 탓에 상당히 심한 MP취기에 침범당한 상태다. 평소는 싫어하는 감각이었지만, 열기에 정신이 몽롱해지는 감각이 지금은 왠지 기분 좋았다.

'지금 사용 가능한 거의 비장의 수단을 썼는데도 예상보다는 섬멸하는 데 시간이 걸렸군. 역시 전성기와 비교할만한 수준은 아직 멀었나.'

그런 생각을 하면서 아무튼 빨리 이 피를 씻어 내야겠다는 욕구에 휩싸여 곧장 둥글 주머니에서 꺼내 든 비상용 식수통을 머리 위에서 쏟아부어 몸에 달라붙은 피를 씻어 냈다.

피부를 타고 흐르는 물이 슈리아에게 들었던 질문을 떠올리게 했다.

『카이토 씨……. 저기, 또 만날 수 있을까요?』

"그래, 물론이지. 틀림없이 또 만나게 될 거다."

온몸을 꿰뚫는 바늘 바다에서 허우적거리는 듯한, 그 뒤집어진 세계의 밑바닥에서.

그다음 길을 바라겠다면 외도(外道)의 저편으로 이끌어주마.

그래, 마치 동화 속 악마처럼.

"……가만있자."

방울져 떨어지는 물을 털어 내고자 몸을 흔들고 한 차례 거하게 기지개를 켜면서 목을 까딱거리다가 어깨를 늘어뜨렸다.

"그건 그렇고 배고픈데. 피곤해라, 힘이 쭉 빠지네."

당장에 성대하게 꼬르륵 소리를 울릴 듯싶은 배를 문지르면서 입으로 푸념을 쏟아 냈다.

아마도 지금 시각은 세 시의 간식을 먹기에는 약간 빠른 정도의 시간일 것이다. 점심 식사를 꽤나 든든하게 먹었는데도 아침부터 아무것도 먹지 않은 것처럼 공복감이 덮쳐든다.

이 비장의 수단을 쓰면 금방 MP취기에 시달리는 데다가 상당한 피로가 찾아온다. 그리고 또 죽도록 배가 고프다.

주위가 피로 물들었는데도 불구하고 둥글 주머니에서 무작정 당장 먹을 수 있는 마른고기를 꺼내 확 베어 물었다.

이대로 방치하면 안 된다는 자각 덕분에 간신히 이성을 움직여서 불러낸 슬라요시에게 시체를 남김없이 먹어치우도록 지시 내렸다. 피 냄새는 사라지지 않겠으나 그쪽은 어쩔 도리가 없었다.

이제 이곳에 있을 이유도 없는지라 일단 잠시간 휴식을 취하고자 마른고기를 뜯어 먹으면서 나는 피 냄새가 닿지 않는 곳까지 터벅터벅 걸었다.

# 종장 누군가의 세계가 뒤집히는 날

그래요, 그러니까 분명 세계가 뒤집히는 날이었습니다.

평소와 아무것도 다르지 않고, 높은 하늘에 태양이 밝게 떠오른 날의 기억.

살짝 하품을 하고 비색의 눈을 비비다가 작은 새 지저귀는 소리를 들었던 날의 기억.

아마도 다른 수많은 사람들에게는 아무렇지도 않고 평온했을 날의 기억.

유난히 긴 황혼 무렵에 흑색이 섞인 주홍색의 빛이 거리를 비추던 날의 기억.

그날의 기억은 분명히 죽은 다음에도 잊지 못할 거예요.

"카이토 씨, 오늘도 오지 않았어요."

방에 딸린 욕조에 들어가서 어깨는 물론 목 위쪽까지 깊숙이 몸을 담그고 입으로 보글보글 숨을 뿜어봅니다.

그로부터 정령님…… 카이토 씨가 갑자기 문을 지나쳐서 나타난 지 벌써 사흘이 지났어요.

그날은 정말 깜짝 놀랐죠. 설마 진짜 정령님과 만나는 날이 올 줄은 상상도 못 했거든요.

옛날에 훨씬 어릴 적에 어머니가 들려주셨던 동화 속에서는 하프 엘프 소녀와 인형에 깃든 빛의 정령님이 언제나 함께 지내고는 했어요. 매일 마주치게 되는 소소한 말썽에 머리를 싸매다가 마지막까지 사이좋게 함께 살아가면서 이야기는 끝을 맺습니다.

물론 어디까지나 동화 속의 이야기예요. 슈리아는 하프 엘프가 아니라 엘프의 피가 격세 유전으로 조금 발현된 인족이고, 그런 식으로 정령님이랑 줄곧 함께 하루하루를 보내고 싶은 마음도 특별히 없거든요.

다만 실제로 만나서 이야기를 나눠보고 싶다는 바람은 줄곧 갖고 있었어요. 그리고 가능하면 친구가 되고 싶었고요.

"……역시 너무 허물없이 굴었나 봐요."

정령은 대부분이 변덕쟁이에 성미가 까다롭고 좀처럼 사람들 앞에 모습을 드러내지 않는다고 해요.

설령 변덕을 부려 사람들 사는 마을에 나타났어도 슈리아가 가지고 있는『비색 눈동자』가 아닌 한 마력 덩어리와 같은 정령님의 모습은 보지 못하는 거죠.

그야말로 자기 뜻으로 모습을 보여주려고 하지 않는 한 평범하게 거리에서 사는 사람은 그 모습을 평생이 지나도록 못 보는 것이 보통이라고 이야기를 들었어요.

"……응, 나중에 만났을 때는 꼭 친구가 되어달라고 부탁드릴 거예요."

이 세계에는 정령님을 불러낼 수 있는 아이템이 있다고 합니다.

그래도 평범한 사람은 애당초 실물을 자기 눈으로 볼 기회도 없을 만큼 무척 값비싸고 귀한 물건이래요.

언니는 그중 하나를 갖고 있다고 하셨는데 『섬세한 물건이거든』 하면서 역시 보여주지는 않았어요.

'혹시 좀 더 즐거운 이야기를 하는 게 좋았을까요? 그래도 길게 이야기하는 말재주는 조금 서투르거든요.'

따뜻한 물로 첨벙첨벙 장난치면서 고민합니다.

정령님을 실물로 보는 게 처음이었으니까 맨 처음에는 진짜 정령님이 맞나 의아했지만, 슈리아가 만질 수 있었으니까 실체화도 가능하다는 뜻이잖아요?

그러면 역시 정령님이 맞을 거예요.

"다음에는 더 즐거운 이야깃거리를 준비해야겠어요."

참바당, 욕조에서 나와 몸을 닦은 뒤 준비해주신 잠옷으로 갈아입고 젖은 머리카락은 수건으로 감싸 물기를 닦아 냅니다.

비치된 물주전자로 컵에 물을 한 잔 따르고 두 손으로 컵을 붙잡아 꼴깍꼴깍 세 번 만에 쭉 들이켰습니다.

마지막까지 단숨에 마시는 이 방식은 마을에서 지내던 무렵, 어릴 적 옆집 할아버지에게 배운 목욕 후 예절이에요. 사실은 허리에 손을 얹고 한 손으로 마셔야 하는데요, 어머니에게 보여서 혼난 이후 슈리아는 줄곧 이렇게 마신답니다.

그렇게 적당하게 온기가 도는 몸 그대로 천천히 이불 속으로 들어갔습니다.

유미스 언니의 말에 따르면 마법이 완성되는 날도 이제는 정말 며칠밖에 안 남았대요.

그러면 이 침대도 방도 이별입니다. 인형은 가지고 가도 된다고 말해줬지만, 역시 조금은 쓸쓸해요. 그래도 그날은 어머니와 셀미와 다시 함께 살아갈 수 있는 날이기도 합니다. 무척 기다려져요.

"앗, 어떡하죠. 다시 만나러 와주셨을 때 이 방에 없으면 슈리아가 어디에 사는지 몰라 못 찾아올 수도 있잖아요."

저도 모르게 몸을 일으켜서 생각에 잠겼습니다.

언니에게 말을 전해달라고 부탁하는 방법도 떠올렸습니다만, 애당초 『비색 눈동자』를 갖고 있지 않은 언니는 실체화하지 않은 정령님을 직접 볼 수가 없거든요.

게다가 정령님의 얘기는 언니에게 비밀이라고 약속했고요.

어떻게 할까 망설이다가 끝끝내 좋은 생각을 떠올리지 못한 채 슈리아는 깜빡 잠들어버리고 말았습니다.

"슈리아, 정말로 고생 많았어. 방금 전에 막 마법의 효과가 완성됐단다."

그로부터 며칠 후 아침, 유미스 언니가 방에 찾아와서 차분한 미소를 지은 채 말했습니다.

언니에게서 그날이 가까웠다는 소식은 전에 들었죠. 그러니까 『비색 눈동자』로 볼 수 있었던, 늘 휘감겨 붙어 다니던 마력의 소용돌이가 사라졌을 때도 맨 처음에 든 생각은 『아, 카이토 씨를 만나지 못한 채 결국 이날이 와버렸어요』라는 아쉬움이었습니다.

"……그러면 이제 바깥에 나가도 괜찮은 거예요?"

"그럼, 괜찮고말고. 그래, 오늘은 원래 자유 시간을 가질 예정이었으니까 같이 바깥을 좀 돌아다녀볼까?"

"……외출, 나가보고 싶어요."

"좋아, 결정됐네. 소리, 준비를 부탁해도 될까요?"

"알겠습니다, 유미스 님."

소리 씨는 가볍게 인사한 뒤 방을 나갔습니다.

오랜만에 바깥에 나가 언니와 함께 시간을 보낼 수 있어요. 무척 기대됩니다.

"분명히 멋진 하루가 될 거예요."

"응, 그럴 거야."

유미스 언니는 평소처럼 미소를 짓고 대답해주었습니다.

그로부터 에르미아의 거리를 언니와 구경하며 다녔습니다.

처음으로 왔을 때는 관광할 여유도 없었기 때문에 찬찬히 거리를 보고 돌아다니기는 이번이 처음입니다.

"굉장해요. 처음 왔을 때도 생각했는데요, 사람이 정말 많아요. 가게도 정말정말 많아요."

"후후, 그렇지. 에르미아는 큰 도시니까 그동안 작은 마을에서 살았던 슈리아에게는 굉장하게 보일 수도 있겠네."

유미스 언니는 평소와 달리 안경을 걸치고 모자도 깊숙하게 눌러써서 변장했습니다. 슈리아도 언니에게 맞춰서 커다란 모자를 뒤집어쨌는데, 조금 앞쪽이 잘 안 보여서 불편하네요.

"……언니, 언니. 저거 뭐예요?"

"아, 불을 피우는 마도구란다. 우리 집에서도 주방에 두고 쓰는 물품이야."

"저건요?"

"놀이판의 일종이란다."

화창한 하늘 아래에서 해님이 기운차게 등을 밀어주는 것처럼 노점상 상인 아저씨가 목소리에 힘줘서 소리칩니다.

둘러보기만 해도 저희 마을의 모든 주민들보다 훨씬 많은 사람들이 길을 걷고 있었습니다.

"아……."

"이번에는 또 무엇을 봤을까? 아, 정말 귀여운 인형이구나."

잡다한 물건을 늘어놓은 노점 중 하나, 살짝 큼지막한 하얀 고양이 인형. 두 손에 포크와 나이프를 들었고 케첩 따위의 무엇으로 얼룩이 진 것처럼 표현한 앞치마를 둘렀습니다.

그 인형을 보고 걸음을 멈춰버렸던 슈리아를 돌아보면서 언니가 쿡쿡 웃습니다.

"아주머니, 이 인형을 하나 구입할 수 있을까요?"

"아무렴, 대동화 여덟 장이야."

"고맙습니다. 자, 슈리아."

"……받아도 돼요?"

"쿡쿡, 그럼 받아야지. 이미 사버렸잖니. 안 받아주면 내가 곤란한걸? 자, 어서."

유미스 언니, 정말로 다정하세요.

인형도 귀엽네요. 그래도 그 이상으로 언니의 손으로 직접 뭔가를 받았다는 게 슈리아는 무척 기쁩니다.

받아 든 고양이 인형을 꼭 껴안고 살며시 웃었습니다.

"슬슬 식사를 할까? 공원에서 같이 소리가 준비해준 샌드위치를 먹자꾸나."

"네네, 그렇게 해요. 유미스 언니."

유미스 언니가 이끄는 대로 찾아간 곳은 예쁜 공원이었습니다.

사다주는 소설로 읽은 내용에서는 몇 번이나 봤었지만, 실제로 구경하기는 처음이에요. 저희 마을에는 이렇게 세련된 곳은 없었거든요.

공원 안 벤치에 함께 앉아서 슈리아는 유미스 언니와 바구니에서 샌드위치를 꺼내 사이좋게 절반씩 나눠 먹었습니다.

유미스 언니와 둘이 먹는 식사가 처음은 아니었지만, 오늘은 특별히 더 즐거운 기분이에요.

점심 식사를 마친 다음에도 여기저기 가게의 물건을 보고 돌아다녔습니다.

즐거운 시간을 빨리 지나가는 법이죠, 어느 사이에 하늘이 노을빛으로 물들었습니다.

"저기요, 유미스 언니. 슈리아는 오늘 즐거웠어요. 그런데 언니는 혹시 지루하지 않았나요?"

"어머, 어째서?"

"오늘은 정말 즐거웠거든요. 그러니까 저 하나만 즐거워서 유미스 언니의 귀한 휴일을 망쳐버린 게 아닐까 걱정돼요."

"그렇지 않단다. 나도 오랜만에 이곳저곳을 구경하는 동안에 꽤 즐거웠거든. 게다가 오늘은 3년 이상 공들인 마법이 겨우 효과를 완전히 다 발휘하게 된 기념할 만한 날이잖니. 전혀 신경 쓸 필요 없는걸?"

유미스 언니는 그렇게 말한 뒤 다정하게 미소 지었습니다.

"그럼 이제는 해도 떨어질 무렵이니까 슬슬 가볼까?"

"또 어디에 가요?"

"응, 사실은 슈리아의 어머니와 여동생 셀미가 이미 우리 도시에 와 있거든."

"네……?!"

"후후, 슈리아를 깜짝 놀래주려고 말을 안 해줬던 거야. 지금쯤 소리와 함께 네 환영 파티 준비를 마치고 이제나저제나 기다리고 있을 거야."

'만날 수 있어……. 드디어 어머니랑 셀미를 만날 수 있어요!!'

매달 한 번은 편지로 대화를 주고받았고 언니도 방의 상황을 보러 와주는 덕분에 괴롭지는 않았어요. 그렇지만, 그래도 어머니랑 셀미를 만나지 못하는 날은 쓸쓸했죠.

3년, 이제 곧 3년이 돼요.

처음부터 몇 년은 걸릴 수도 있다고 당부를 듣기는 했습니다. 그래도 막상 3년은 정말로 길었어요.

"자, 가자꾸나. 모두들 네가 이제부터 살 집에서 기다리고 있어."

"네네, 어서 가요!"

황혼에 물든 길을 유미스 언니와 함께 걷습니다.

조금씩 어두워지는 거리를 휙 달려 나가고 싶은 기분을 열심히 참았습니다. 그럼에도 오랜만에 가족과 다시 만나서 파티를 연다고 생각하니까 저절로 가슴이 설렙니다.

어디로 가는지도 알지 못한 채 유미스 언니보다 한 발짝 앞쪽으로 걸음이 나아갑니다.

그래서 슈리아는 그때 유미스 언니가 짓고 있었던 어떤 표정을 걸어가는 내내 알지 못했습니다.

"……새집이에요?"

"응, 그렇단다."

유미스 언니가 데려다준 곳은 도시의 변두리에 고적하게 만들어 놓은 건물이었어요.

제법 큰 건물은 사람들 눈에 띄지 않는 위치였고, 조금 외진 장소에 지어 놓기는 했지만『비색 눈동자』에는 건물 전체에 유미스 언니의 집에도 펼쳐 놓았던 큰 마법이 걸려 있는 광경이 보입니다.

슈리아는 유미스 언니와 다르게 단지 감각으로 마법을 사용했을 뿐이니까 마법의 내용에 대해 상세하게 알지는 못합니다만, 분명히 이전에 말을 들었던『방어용 결계』가 맞을 거예요.

"이곳은 내 비밀 연구소 중 하나라는 명목으로 빌린 곳이야. 설령 아버님이나 어머님이 오셔도 내 허가 없이 들어오지는 못하니까 안심하렴."

'그러면 혹시 영주님과 사모님이 이 도시에 돌아와도 며칠 동안

집 안에서 꼼짝 않고 있으면 괜찮겠네요.'

피가 이어진 것이 전부인 아버지와 저희를 무턱대고 싫어한다는 본부인은 별로 만나고 싶지 않아요. 그분들도 분명히 같은 마음이겠죠.

"자, 들어가자."

"네네."

집 안은 특별히 이렇다 할 구석이 없는 평범한 가옥이었습니다. 오늘 아침까지 살고 있었던 유미스 언니의 개인 저택보다는 당연히 간소하죠. 그래도 작은 마을에서 살았던 때의 원래 단층집과 비교하면 훨씬 더 살기 편안한 집이에요.

"기다리고 있었습니다. 유미스 님, 슈리아 아가씨."

인사말과 함께 머리 숙인 사람은 소리 씨였습니다.

평소처럼 메이드복을 입고 늠름한 예법으로 언니와 슈리아를 맞이해줍니다.

다만 옆쪽에서 어머니도 셀미도 보이지 않습니다.

"……어머니와 셀미, 어디 있어요?"

"건물 안쪽에 있단다."

언니는 그렇게 말한 뒤 위치를 다 안다는 듯이 망설이지 않고 걸음을 옮깁니다. 뒤따라 걸음을 떼는 소리 씨의 뒤쪽으로 제가 또 따라나섰습니다.

건물의 어느 방으로 보이는 문을 열자 지하실이었는지 아래쪽으로 내려가는 계단이 나타났습니다.

안쪽에서 살짝 축축하고 불길한 마력이 흘러나옵니다.

“저기요, 유미스 언니? 정말로 이런 곳에…….”

“이쪽이야. 따라오렴.”

“앗, 언니! 기다리세요.”

고개 돌리지 않는 언니를 조금 의아하게 여기면서도 뒤를 따라 걸었습니다.

조금 불안을 느끼면서도 계단을 하나하나 내려갈 때마다 이제 곧 어머니와 셀미를 만날 수 있다고 생각하면 기쁜 마음이 드는 동시에 조금 들뜨게 됩니다.

편지는 몇 번이고 주고받았고, 몇 년이나 함께 살았던 가족인데도 조금 별난 기분이에요.

계단을 다 내려가자 수수한 철제 문이 보였습니다.

“이 안쪽이야. 다들 너를 기다리고 있단다.”

그렇게 말한 뒤 유미스 언니가 미소 짓습니다.

슈리아에게 선두를 양보하고 옆에서 생글생글 미소 짓고 있어요. 슈리아는 문을 열려다가 조금 망설이고 말았습니다.

‘으으, 왠지 긴장되네요.’

오랜만에 만나는 어머니와 셀미에게 먼저 어떤 말을 하는 게 제일일까요?

큰 목소리는 잘은 내지 못하거든요. 그래도 오늘 하루는 맨 처음 한마디를 큰 목소리로 건네고 싶어요.

그러니까 슈리아는 깊이 숨을 들이마셨다가 조금 삐걱거리는 철문을 밀어 열면서 있는 힘껏 밝은 목소리를 내려고 했습니다.

“어머니! 셀미! 정말 오랜만이에요! 만나고 싶었…… 답, 니다?”

그러나 기합을 넣은 한마디는 결국 어물어물 끝났습니다.

"……."

눈앞에 보인 광경은 상상했던 바와 전혀 달랐습니다.

불길한 마력과 함께 슈리아를 맞이한 광경은『으으, 아아~』낮은 신음 소리를 내지르는 **무엇인가**들과 어두컴컴한 동굴 같은 감방이었습니다.

감옥과 같은 철창의 건너편, 정체된 마력을 두르고 있는 그 **무엇인가**들은 생물의 내장처럼 생생하고 그로테스크한 몸을 지면에 대고 몸부림치면서 뻐끔히 뚫린 공동과 같은 입으로 의미를 이루지 못하는 신음 소리를 내지릅니다.

"앗!! 언니! 저거, 언데드예요!!"

『비색 눈동자』로 보는 시야에는 언데드 특유의 부정적인 정념이 깃든 마력이 그 **무엇인가**들에게 휘감겨 붙은 채 퍼져 나가는 모습이 보였습니다.

이제껏 본 적이 있는 어느 생물과도 다른 모습이어서 어떤 언데드인지는 모르겠습니다. 그래도 틀림없이 언데드입니다.

"본 적도 없는 몸체예요. 그래도, 분명 언데드가 맞아요."

"응, 그렇단다. 여기 주변은 별로 좋은 재료를 구하기가 어려워서 썩지 않도록 마력을 주입하기만 해도 망가져버리더구나. 부패는 멈췄지만 색도 변질돼서 저런 시궁창 같은 색깔로 바뀌어버렸고."

"……네?"

저도 모르게 곁에 서 있는 유미스 언니를 올려다보자 마치 당연하다는 듯이 평소처럼 미소 띤 낯선 누군가가 있었습니다.

"심장을 남겨 두면 조금은 달랐을지도 모르겠지만, 산 심장은 마도구의 기본 필수품인 마석을 정제하는 촉매로 써야 하니까 빼내버렸거든. 언데드는 심장이 없어도 움직일 수 있지만, 어쨌든 뽑아내면 몸에다가 마력을 거두는 힘이 약해지나 봐. 가만히 두면 몸의 살점이 점점 썩어 가더구나."

눈앞의 비정상적인 광경을 보고도 아무것도 느끼지 않는 듯 곤란하구나, 하고 가볍게 뺨에 손을 가져다 대며 한숨을 쉽니다.

"무, 무슨 말씀을 하는 거예요?"

눈앞에서 언니처럼 생긴 누군가가 웃고 있습니다.

언니처럼 생긴 얼굴을 갖고, 언니처럼 들리는 목소리를 내고, 언니처럼 보이는 몸동작을 하고.

다만 흘러나오는 분위기만 전혀 본 적이 없는 누군가로 바뀌었습니다.

"역시 사령술은 많이 어려워. 사용자가 적어서 자료도 거의 남지 않았고, 재료를 몇 개나 망가뜨리고 말았어. 그래도 이런저런 마물의 내장을 붙이거나 짜 맞추거나 해서 어떻게든 목소리를 낼 수 있는 상태로 돌려놨단다? 아무리 무리한 작업을 요구해도 상관없는 귀중한 실험체니까 지금은 사고 능력을 되돌릴 수 없을까 연구 중이야."

"……."

대체, 누구죠?

눈앞에 있는 이 사람은 도대체 누구예요?

이런 표정을 짓는 언니를 슈리아는 알지 못합니다.

이런 말을 꺼내는 언니를 슈리아는 알지 못합니다.

"어머, 그렇게 무서워하는 표정은 짓지 말려무나. 오늘은 드디어 어머님과 여동생 셀미 양과 만나는 날이니까 웃는 얼굴로 맞아주지 않으면 가엾잖니. 자, 이쪽이야."

"앗, 싫어요."

멍하니 있던 슈리아의 손을 언니가 쥐었습니다.

반사적으로 몸을 움츠려도 체격 차가 너무나 커서 끌려가고 맙니다.

"자, 감동의 재회란다."

"꺅, 뭐, 뭐예요! 언니, 언니?!"

휙, 내동댕이쳐져서 들어가게 된 곳은 가장 안쪽에 있던 감옥.

허둥지둥 바닥을 짚자 손에 들려 있었던 고양이 인형이 털썩 떨어집니다.

그리고 돌아봤을 때는 철컥하는 소리와 함께 감옥의 문이 닫혔습니다.

이곳에도 당연하다는 듯이 정체를 알 수 없는 언데드가 있었습니다.

"힉……!!"

가까이에서 보면, 형태만 보면 팔과 다리가 없는 인간 비슷한 형태를 갖고 있었습니다.

다른 개체들과 마찬가지로 미끄러운 표면에 거무칙칙한 색을 띤 피부. 몸에는 가슴 비슷하게 부푼 부분이 있습니다.

사람이라면 머리에 해당하는 부분은 매끈매끈하고, 얼굴에는 간

신히 코라고 짐작할 만한 구멍이 두개, 입술이 없고 사람과 똑같이 치아만 늘어서 있는 입이 보였습니다.

다만 그 둘은 다른 개체들과 달리 조금 달라서 지옥 밑바닥에서 울려 퍼지는 듯한 신음 소리를 내지르지는 않았습니다.

눈이 없는데도 이쪽을 인식했는지 질질 가까이 기어 옵니다.

"싫어, 싫어요……!"

일전에 언데드와 조우했을 때는 마법을 쓸 수 있었습니다. 그러나 지금 슈리아에게는 몸을 지키기 위한 힘이 없어요.

"시, 싫어요! 오지 마요!! 꺼, 꺼내주세요, 언니! 유미스 언니!!"

녹슬어 들뜬 철창을 붙들고 공포에 휩싸인 채 필사적으로 언니를 향해 부르짖었습니다. 그래도 유미스 언니는 저 건너편에서 평소처럼 미소를 짓고 바라보기만 합니다.

"슈리아, 전에 정령석을 보고 싶다고 말한 적이 있었잖니?"

"아, 어, 언니?"

유미스 언니는 품속에서 엄중하게 봉인한 천에 감싸여 있는 무엇인가를 꺼내 들었습니다.

쓰륵쓰륵 천을 풀어내고 안쪽에서 드러난 물건은 흑자색의 광석이었습니다.

"그, 그거, 그 마력……. 방의 마법진과 똑같아……!"

"어머, 알아보는구나? 역시 『비색 눈동자』는 편리하네."

오싹, 평소처럼 웃는 얼굴이 몹시 비뚤어지고 싸늘하게 보입니다.

"자, 슈리아. 기뻐하려무나. 줄곧 정령님과 만나고 싶다 말했었지? 조금 종류는 다르지만 일단은 정령이니까."

“『이봐, 거 너무하잖나. 오랜만에 불러내는가 싶더니 말을 섭섭하게 하는군.』”

난데없이 불쑥 들려오는 목소리와 함께 유미스 언니의 손에 들린 정령석에서 마법진에서도 발출됐던 것과 똑같은, 그러나 평범한 육안으로도 확인 가능할 만큼 비교도 되지 않는 수준의 밀도를 지닌 마력이 분출되는 광경이 보입니다.

아무 색깔도 지니지 않은 색의 마력이 소용돌이치면서 형태를 이루어 냈습니다.

“……아, 악마.”

커다랗게 찢어진 입과 가시처럼 뾰족한 이빨, 빙글빙글 구부러지는 염소의 뿔, 허리 부근에는 검붉은 날개 막이 달린 칠흑색 뼈 날개가 흔들거리고, 울퉁불퉁한 바위의 질감에 흑빛과 잿빛이 뒤섞인 피부.

다양한 자료에 다양하게 묘사되는 여러 형상 중에서도 가장 대중적인 모습을 지닌 악마『그리드 데몬』.

정령과 동종이면서도 이질적이고 천사와는 정반대에 위치하는 존재.

“아, 으윽, 아…….”

대체 뭔가요, 이게.

지금, 슈리아의 앞에서, 대체 무엇이 일어나고 있는 건가요.

“어머, 평범한 정령과 똑같이 취급하지 말아달라고 했던 건 당신 아니었어?”

“『케케케, 악마가 평범한 정령 따위가 같은 취급을 받는다면 견딜 수가 없잖나.』”

낮은 목소리와 높은 목소리가 뒤섞인 듯한 이상야릇한 음성으로 히죽히죽 말하는 목소리가 불쾌하게 울려 퍼졌습니다.

"『그래, 이 녀석이 마지막 제물인가? 오오, 엘프의 피가 섞인 혼이라. 극상품이로고, 우히히!!』"

"힉, 싫엇……?!"

할짝, 타액에 흠뻑 젖은 자색의 기다란 혀가 악마의 입 주변을 훑었습니다.

십자로 갈라진 눈동자가 번뜩번뜩 움직거리고 있었습니다.

"언니, 언니!! 살려주세요! 슈리아가 뭔가 저질렀다면 사과할 테니까, 그러니까!!"

"어머나, 사과할 일은 하나도 없단다."

철제 창살 너머에서 유미스 언니가 예쁜 손을 뻗습니다. 그리고 슈리아의 뺨을 평소처럼 다정한 손길로 어루만졌습니다.

"이것은 처음부터 이미 결정된 사항이거든. 그러니까 어쩔 수 없단다."

"네……?"

"계약 주인의 지식과 기동에 필요한 마력의 대가에는 슈리아의 혼과 생명도 포함되어 있었어. 게다가 직전까지 행복 가득한 삶을 보낸 혼과 생명을 원한다지 뭐니? 정말 깐깐하지?"

"『어이쿠, 무슨 말씀인가. 이 몸께서는 깐깐한 게 아니라 미 · 식 · 가라네.』"

유미스 언니의 평소와 다를 바 없는 미소가 촛대에서 일렁거리는 초의 불빛을 받아 일그러져 보였습니다.

“역시 악마는 편리한 대로 말이 바뀐다니까. 『일단은 양이 중요해』라고 말한 건 당신이잖아? 그 덕분에 이 아이의 마을을 하나 통째로 박살 냈는데도 나중에 또 딴소리라니.”

“『흐흐, 그때는 그런 기분이었다네. 질은 어쨌든 간에 양은 제법 충분하게 먹을 수 있었지. 고급감 흘러넘치는 맛있는 생명과 혼도 좋아하지만, 공포에 일그러지는 혼은 싸구려 같은 존재여도 제법 맛깔난단 말이지. 뭐라더라, 아, 맞아. 정크 푸드라고 하던가?』”

“무슨, 말을, 하는 거죠……?”

모르겠어요, 모르겠습니다.

눈앞에서 무슨 말을 하고 있는지 모르겠습니다.

눈앞에서 무슨 일이 일어났는지 모르겠습니다.

“악마가 소원을 이루어줄 때 막대한 대가를 요구한다는 말은 유명하지? 오십 명을 산 채로 한꺼번에 달라고 졸라 대잖니, 그래서 너희 마을의 사람들은 재료로 썼어. 보려무나, 남은 마을 사람들도 여기에 이렇게 데려왔단다? 자, 오늘은 평소보다 한층 더 힘차게 목소리를 내서 환영해주는구나.”

“앗?! 서, 설마.”

언니가 꺼내 놓는 말의 의미를 이해하고 감옥에 갇혀 있는 언데드들을 잘 살펴봤습니다.

사람은커녕 어떠한 자연적인 생물의 흔적마저도 남아 있지 않도록 일그러진 몸을 지닌 언데드.

그러나 언데드만 지니는 마력의 안쪽에 살짝 달라붙어서 남아 있는 마력의 잔재는 어딘가에서 본 적이 있는 사람의…….

"저거, 저 마력은 저스 할아버지! 저쪽은 유미르 아주머니!! 아, 아아, 그러면, 설마 진짜로……."

핑글핑글, 시야가 일그러집니다.

윙윙 소리가 들립니다. 목소리가 메아리치는 듯 들려옵니다.

"어머, 그렇게 자세한 부분까지 알아보는구나. 역시 네 『비색 눈동자』는 좋은 재료가 되겠어. 그럼 뒷일은 좋을 대로 해. 계약대로 죽일 때 몸에는 흠집을 내지 말고. 먹어도 되는 것은 혼뿐이야. 저 아이의 몸은 아직 여러모로 쓸데가 많으니까."

점점 시야가 일그러집니다.

뻗었던 손은 털컥털컥 철창에 소리를 울릴 뿐 닿지 않았습니다.

"아앗! 기다려, 기다려요! 언니, 유미스 언니이이이이이!!"

그러나 유미스 언니는 더 이상 흥미가 없다는 사람처럼 또각또각 지면을 밟아 울리면서 걸어갈 뿐 한 번도 이쪽을 돌아보지 않았습니다.

그렇게 지하 감옥에 슈리아와 악마를 남겨 놓고 떠나버렸습니다.

"『카카카! 이런 처사를 당하고도 아직 저딴 년에게 매달리려고 할 줄이야. 거참, 정말로 취미 한번 끝내준다니까, 저 유미스라는 여자. 내가 눈앞에서 인간을 먹어 치워도 낯빛 한 번 바뀌지를 않더라니까. 고통의 단말마를 들으면 악당 행세를 하면서도 핼쑥해지는 녀석이 아주 많거든? 고작 인간으로 내버려 두기에는 아까울 정도라니까, 케케케!』"

"거짓말! 전부 다 거짓말이에요! 언니가, 그런 짓을 할 리가……. 맞아요!! 어머니와 셀미는 편지로, 그런 말 한 마디도 하지 않았어요!"

“『엉? 아, 그야 그랬겠지. 왜냐하면 그 편지, 저 녀석들이 명령을 받아 녹음했으니까.』”

“……아?”

이 악마가, 지금, 무슨 말을 한 거죠?

“『그쪽에 있는 언데드 두 마리를 잘 좀 살펴보라고. 네 눈동자로 보면 분명하게 판별할 수 있을 텐데?』”

그런, 그런 일이 있을 리 없습니다.

그럼요, 그런 잔인한 짓을, 슈리아는 나쁜 짓 전혀 하지 않았는데…….

“아, 아아, 아아아아아아아아아아아아!!”

“『봐라, 줄곧 만나고 싶었다면서? 아주 잘됐군, 으응?』”

——네가 정말정말 좋아한다는 어머니와 여동생이랑 드디어 만났잖나?

귓가에 닿는 한마디 말이 쩌적, 세계에 균열을 만들었습니다.

“싫어어어어어어어어어어어어어어!!”

“『우캬카카카카카카카카!! 아아아아, 좋군, 좋구나! 그윽한 향이 풍기도록 맛있는 절망의 향기로다!!』”

그곳에 있는 것은 아무리 희미해졌어도 잘못 알아볼 리가 없을 만큼 태어나서 줄곧 함께 살아왔고 매일매일 봐왔던 가족의 마력.

“『자, 나는 친절하니까 목소리도 하나하나 들려주도록 하마.』”

“아…… 카…….” “키…… 쿠…….”

"흑!! 아, 아아, 아."

딱딱한 움직임으로 입을 움직이는 두 사람이 딱딱 이를 부딪치다가 이윽고 며칠 전에 막 들었던 목소리를 들려줬습니다.

"슈리아, 건강하게 지내고 있니?"

"언니, 건강하죠?"

마치 인형처럼 매끄러운 목소리.

"이제, 그만……. 그만해……."

귀를 찌르는 악마의 너털웃음이 삐걱삐걱 세계를 일그러뜨립니다.

진심으로 즐겁다는 듯이 악마가 웃습니다.

"『그래그래, 이렇게 돼도 알아본다는 건 역시 사랑이지. 우케케. 만나서 정말 잘됐어.』"

"거, 거짓말이에요……. 저, 전부 다, 거짓말이에요……. 슈리아가, 뭔가 나쁜 짓을 저질렀나요……? 어째서, 대체 왜 이렇게 된 거죠……?"

"『히히, 거짓말 아니다. 게다가 나쁜 짓을 한 사람은 오히려 네 언니겠지. 거참, 진짜 못된 년이라니까, 네 언니 말이야. 네 엄마랑 여동생을 이딴 꼬락서니로 만들었잖냐? 아, 여기에는 나도 전혀 참견 안 했다? 전부 다 그년 취미야, 쿠히히히!! 뭐냐, 진짜 악마보다 악마 같은 여자라니까.』"

온몸에서 힘이 쭉 빠져나가버렸습니다.

이제는 뺨을 타고 흐르는 눈물의 감촉마저 모르겠습니다.

"……그랬던, 거네요."

빙그르, 이제껏 겪은 전부가 다 뒤집힙니다.

풀솜으로 감싸인 듯한 다정한 세계의 추억이 무수히 많은 바늘로 찔러 상처를 내는 괴물로 모습을 바꿨습니다.

'처음부터, 처음부터 전부 거짓말이었어요. 미소도, 다정함도, 함께 마셨던 티타임도, 소설의 감상을 주고받았던 시간도, 그리고 오늘 외출도, 전부, 전부 다 거짓말이었어요.'

"하, 하하! ……진짜 우스워요."

이런 바보가 또 있을까요.

슈리아는 줄곧, 마을 사람들을 모두 해쳐서 죽음마저 농락한 상대를 언니로 믿고 따랐습니다.

어머니와 셀미를 이렇게 만든 상대를 위해 몇 년 동안이나 한방에 갇혀 지내면서 마법 재능을 넘겨줬습니다.

"『오오? 절망했나? 절망해버렸어? 응응?』"

"윽!! 시끄러워요!! 타오르는 업화의 구체여, 『파이어 볼』……!"

분노를 실어 만들어 내려고 했던 화염구는 그저 공기 중에 마력을 안개처럼 흩어 놓을 뿐이었습니다.

"아, 아아, 이제, 이렇게 간단한 마법도 못 쓰는 거네요."

슈리아에게는 이제 정말 마법의 재능이 남아 있지 않습니다.

이 악마에게 한 차례 반격조차 할 수 없었습니다.

"후후! 하하하, 하하하하하!!"

우습고 우스워서, 그저 우스워서 견딜 수가 없었기에. 메마른 웃음소리만 눈물과 함께 쏟아져 떨어집니다.

“『우히히, 이제는 슬슬 좋은 상태로 혼이 물들었겠군.』”

일그러지는 시야에서 악마가 풀썩하고 날개를 펼쳤습니다.

“……어째서예요.”

어째서 이렇게 돼야 했죠.

도대체 왜 이렇게 돼야 했죠.

아주 조금 전까지 세계는 그토록 따스했건만, 지금은 차라리 그 따스했던 기억마저도 피부를 찌르는 가시의 기억으로 바뀌어버렸습니다.

“『좋구나, 비통하게 소리를 내는 아름다운 혼은 몹시도 맛깔나거든.』”

“이제 됐어요……. 더는 아무것도 보고 싶지 않아요. 듣고 싶지 않아요.”

“『흐흐, 정말로 맛있겠구나. 쿠히히, 포식 타임이다!!』”

천천히 색을 잃어 가는 세계 속에서 유난히 또렷하게 악마의 비웃음 묻어나는 얼굴이 보였습니다. 정면으로 쭉 뻗어오는 손은 분명하게 목숨을 앗아줄 것입니다.

그렇게 되면 전부 끝나죠.

슈리아는 그때가 오기를 가만히 기다리기만 하면…….

“『어라라? 뭐야, 뭐야. 아직도 저항하려고?』”

“……역시 안 되겠어요. 아직 못 죽어요. 슈리아는 죽으면 안 돼요.”

정신을 차렸을 때는 이미 뻗어오는 손을 피해서 몸을 빼내고 있었습니다.

“……죽여 버리겠어. 절대, 절대로 용서 안 할 거예요!! 그 여자에게 복수해주겠어요! 무슨 수를 써서라도!!"

"『좋아, 좋구나. 그렇게 나와야지. 그렇게 저항해줘야 더욱 맛있어진다고!!』"

살고 싶어, 죽고 싶지 않아, 아직 끝나고 싶지 않아.

흙탕물을 삼키더라도, 아무리 추한 꼴을 보이더라도 포기할 수 없어.

용서하지 않아. 죽이고 죽이고 싶어, 극한의 괴로움 속에 빠뜨려서 죽이고 싶어 못 견디겠어.

그 여자와 관련된 전부를 다 죽여버리겠어.

그 여자를 도운 놈들도 전부 다 죽여버리겠어.

"……가까이 오지 말아요!!"

"『어라라, 이 몸께서는 매정한 말을 들으면 상처받는다고. 훌쩍훌쩍."』

히죽히죽 웃는 눈앞의 악마가 증오스러워.

이놈도 그 여자에게 가담한 한 패거리야.

갈가리 찢어 놓고 싶어, 불태워버리고 싶어, 물어 죽이고 싶어, 물에 빠뜨려 죽이고 싶어, 목 졸라 죽이고 싶어.

고통과 고통과 더한 고통과 고통 속에서 한 줄기 햇살도 들이비칠 여지가 없는 절망의 감옥 속에서 끔찍하게 죽어버려. 아니, 이 손으로 죽이고 싶어.

거의 의미가 없다는 것을 알면서도 가까운 곳에 떨어져 있던 돌멩이를 집어 던졌고, 손에 잡히는 것이 없어지자 모래를 쥐어 집어 던졌다.

미워, 미워, 전부가 미워.

이런 상황을 만들어 낸 전부가 미워.

그럼에도, 아무리 분해도 그 부조리함은 닥쳐든다.

"꺅, 읏, 아악……!!"

다가든 악마는 머리카락을 붙잡아 희색을 띠고 할짝 입술을 핥았다.

뿌리치려고 해도 힘이 워낙 강해서 벗어날 수가 없었다.

"『안심해라. 몸은 쓸데가 있다니까 크게 흠집을 내지는 않을 거야. 혼만 빨아내서 악마의 독으로 심장을 멈춰주마.』"

"놔, 놔. 괴물! 너도 기필코, 슈리아가 죽여, 죽여버리겠어!"

머리카락을 붙잡는 손을 필사적으로 할퀴었다.

이놈에게 아픔을 줄 수 있다면 손톱이 떨어져 나가도 상관없어.

"『쿠하하, 이런 극상의 혼은 얼마 만일까. 안심하라고, 쓸쓸하지 않도록 거기 덜떨어진 언데드도 함께 마력으로 바꿔다가 먹어줄 테니까.』"

"앗?! 안 돼……!!"

"『악마의 만찬(데몬즈 앱소브).』"

악마가 손을 뻗은 방향에 있는 것은 어머니와 셀미였던 무엇인가.

눈앞의 악마가 뭐라고 중얼거리자 폭발하여 터져 나갔다는 말이 딱 들어맞도록, 마치 이 한 가지만큼은 인간과 똑같았다는 듯이 붉은 혈액을 흩뿌렸다.

그 후 검은 안개와 비슷하게 분해되더니 커다랗게 벌린 악마의 입으로 빨려 들어가서 사라지고 말았다.

"이 나쁜, 망할 자식아! 감히, 감히!!"

"『어라라, 방금 전에는 뒷걸음질한 주제에 충격을 받아버렸나? 응응~?』"

낄낄, 눈앞에서 악마가 웃는다.

"『괜찮단다, 곧 이 몸의 위장 속에서 하나가 될 테니까.』"

분하다, 분노 때문에 날아갔었던 눈물이 다시 배어난다.

어째서인가요, 무엇 때문인가요.

몇 번이고 떠올랐던 말이 갈가리 찢어지면서 소리를 낸다.

슈리아는 아무것도 나쁜 짓을 하지 않았는데 어째서 이렇게 된 건가요.

"이런 최후는, 너무하잖아요……."

분명히 저 역시 어머니와 셀미처럼 심지어 죽은 다음에도 그 여자가 원하는 대로 이용당하겠죠.

실험의 재료라든가, 이 눈을 재료로 마도구를 만든다든가, 어머니와 셀미와 마찬가지로 언데드가 되어 사역당한다든가.

그 예감이 죽음보다도 훨씬 더 분하고 또 분해서 견딜 수가 없었다.

언제부터 잘못되었을까.

어디에서 어긋나버렸을까.

무엇부터 배반당했을까.

"『자, 그럼, 어디 이번에야말로 식사를 시작해볼깝쇼. 우히, 우히히히!!』"

눈앞의 악마에게 미소 띤 유미스 언니의 얼굴이 겹쳐 보였습니다.

『네가 슈리아니? 만나서 반가워, 나는 유미스. 네 언니란다.』

처음 유미스 언니와 만났던 날의 미소.
'아, 만약 그날로 돌아갈 수 있다면…….'

"……기필코, 기필코 죽여버렸을 텐데."

"맙소사, 이렇게까지 똑같으면 정말 기분이 나빠지는구나. 빌어먹도록 재미가 없어."
"아……?"
쾅, 감옥 철창이 잘려 떨어져 나가면서 바닥을 구르는 소리가 난 다음 눈앞으로 번쩍이는 궤적이 달렸습니다.
눈앞에 있던 악마의 손이 절단되어 바닥에 툭 떨어집니다.
눈앞에 나타난 사람은 검은 머리카락과 검은 눈을 지닌 검사 차림의 소년.
그렇지만 『비색 눈동자』로 본 모습은 마력으로 만들어진 몸이 아니라 분명한 실체를 지닌 것으로 보였습니다.
"카이토, 씨……?"
"맞아. 오랜만이다, 슈리아. 약속대로 다시 만났지?"
그래서 무심코 입 밖에 나왔던 의문문에 눈앞의 소년이 입을 열어 대답했습니다.
"『누구인가, 자네는. 갑자기 나타나서 실례되는 짓이나 하는 인간이군. 정체가 뭐지?』"
악마의 물음에 카이토 씨는 곧장 앞으로 돌아섰습니다.
"정체가 뭐냐고? 글쎄, 묻는다고 대답해주는 것도 웃기는 짓이지. 멍청한 멘트를 들으니 빈정거리고 싶기는 한데 말이야, 오늘은 진지하게 권유하려고 온 입장이니까."

손에 쥐인 것은 청은빛 칼날.

칼자루의 코등이에서 나부끼는 두 가닥 붉은 실의 끝 쪽에 주홍색 둥근 솜털이 달려 있었습니다.

"나는 말이야, 너를 불러낸 여자를 철저하게 괴롭히고 죽이기 위해 일부러 먼 길을 떠나 찾아온."

카이토 씨는 비장하게 끓어오르는 어두운 미소를 머금고 손에 든 칼날의 끝부분을 악마에게 겨눴습니다.

"……어리석고 미련한『두 번째 복수자』야."

# 특별 단편 이제는 알려지지 않을 이야기

아, 젠장! 도대체 어쩌다가 일이 이렇게 됐단 말인가.

오늘은 내가 얼마나 대단한 사람인지 하루하루를 방종하게 놀아나는 모험가에게 과시하는 날이었건만.

"헉, 허헉, 젠장!! 도대체 왜 이런 곳에서 레드 캡이 튀어나오는 건데!!"

"쳇, 쫄랑쫄랑하는 게 짜증 난다!"

"윽, 이렇게까지 내 화살이 빗나가는 놈은 오랜만이군요."

'……뭐냐, 상상 이상으로 강하지 않나, 이 녀석들.'

몰아치는 레드 캡의 공격을 견디면서 나는 침음했다.

길드에서 시비가 붙은 모험가들과 길드 관계자의 중재에 따라 3개월 정도 함께 파티를 짜는 신세가 됐다.

길드에서 시비를 일으켰던 벌칙이라서 따르지 않을 시 나는 등록 거부, 자일리 3인조도 강등은 물론 다대한 페널티를 받아야 했기 때문에 우리에게는 선택의 여지가 없었다.

자일리 3인조는 기간 중 나에게 부당한 대우를 강제했다고 판단될 때도 당연히 같은 페널티를 받고, 과실의 유무와 관계없이 내가 죽어버리거나 중한 부상을 입거나 하면 페널티는 부과되지 않을지언정 강등과 함께 일정 기간 동안은 승격을 금지.

나도 혼자서 의뢰를 받을 수 없다고 기간 중 자일리 3인조를 따돌려서 다른 마을로 도망칠 경우, 모험가의 신분을 반년간 정지시키겠다는 통보를 들었다.

모험가의 세계에 혜성처럼 나타난 초신성으로 활약해야 했던 내가 이런 곳에서 발목을 붙들릴 줄은 예상하지 못했다.

별수 없이 우리는 임시 파티를 짜서 마물이 날뛰는 숲에 나오게 되었다만…….

일단 첫걸음 삼아 신출내기 모험가 누구든 해치울 수 있는 고블린 토벌 의뢰를 받아 찾아왔던 숲에서 본래는 결코 출몰하지 않을 터인 마물과 교전하는 위기에 빠지고 말았다.

"끄아아아아?!"

"키키!!"

그때, 괜히 딴생각을 하고 있던 탓에 마물에 대한 반응이 한 박자 늦어져버렸다.

레드 캡이 휘두르는 손도끼의 끝이 팔을 할퀴었을 뿐 별것도 아닌 찰과상이었건마는 타오르는 듯한 통증이 몸을 달렸다. 다만 통증에 겁먹고 있을 여유는 없었다.

"크윽, 꺼져라!!"

"""키키키."""

다시금 정면에서 덮쳐드는 두 마리의 레드 캡은 지팡이를 휘둘러서 쫓아냈다.

"키키!!"

"아차?!"

'전방에 너무 주의를 빼앗겼어!!'

등 뒤에서 희색을 띠고 부르짖는 레드 캡의 목소리가 들려 초조감이 온몸을 휩쓸었다.

'죽는다?! 시, 싫어. 죽고 싶지 않아! 누가, 살려…….'

"에라, 뭐하는 거야!!"

"갸아아!!"

그러나 레드 캡의 칼날이 나에게 닿기 직전에 놈의 몸은 자일리가 휘두른 칼에 베여서 나동그라졌다.

"헉, 허헉, 허억."

"일단 진정부터 해라, 네 녀석이 죽으면 우리도 난감하다고."

"그, 그래……."

……도움받았다. 게다가 명백하게 나보다 혈통에서 뒤떨어지는 상대에게.

그런데도 마음에서 용솟음치는 감정은 굴욕이 아닌 안 죽고 버텼다는 안도감뿐이었다.

"기긱?!"

"지금입니다!!"

"그래, 봤다! 타오르는 업화의 구체여, 『파이어 볼』!!"

나는 안도감에 잠길 틈도 없이 테리가 다리를 쏘아 꿰뚫은 레드 캡에게 셀 수 없이 사용했던 마법을 날렸다.

"프갸아아아아아아아!!"

지팡이의 끝에서 발사된 타오르는 불꽃의 구체가 레드 캡을 감싸서 불사른다.

마법 내성이 약한 레드 캡은 일단 적중만 된 이상 순식간에 숯덩이가 됐다.

"후유, 뭐야, 제법 하잖습까. 죄다 지팡이에 의존하는 줄 알았더니만, 장비 효과를 감안해도 충분한 위력입다."

"어이쿠, 겁먹어서 휙 빗나갈 줄 알았는데, 의외로 근성이 있군그래."

"흐, 흥!! 당연하다, 내가 누구인 줄은 아는가!"

"좋아, 좋아! 놀지 말고, 다음은 이쪽이다!!"

"맡겨둬라!!"

전투는 계속된다.

집에서 홀로 훈련하던 때에는 느끼지 못한 고양감.

'……흥! 뭐, 3개월 동안 함께 싸우기에는 충분한 상대인가.'

그때부터 레드 캡을 섬멸하기까지 그리 긴 시간이 걸리지는 않았다.

골칫덩이를 떠안게 됐다는 것이 내 생각이었다.

길드가 쓸데없이 중재에 나서기 전에 적당히 매듭을 짓고 물러나는 게 현명했다고 절실히 후회했다.

『쳇, 어째서 우리가 이따위 꼬마 치다꺼리를……. 저 지팡이를 빼앗아 장물아비에게 넘길 작정이었는데 다 글렀잖아.』

『뭐, 어쩌겠습까. 길드의 명령인데 별수 없습다.』

『몇 달만 참자. 게다가 저 시건방진 구석을 잘만 교정하면 의외로 쓸 만할지도 모르잖아? 우리 파티에는 마법사가 없고 말이야.』

『헹, 귀족 출신 도련님에게 근성 쪼가리나 있겠냐?』

그런 대화를 나눴던 것은 어제 술자리에서.

일단 무난한 의뢰로 시작하자고 고블린을 사냥하러 나간 숲에서 다수의 레드 캡에게 둘러싸이게 될 줄은 미처 예상하지도 못 했다.

"헉, 허억, 제길!! 도대체 왜 이런 곳에서 레드 캡이 튀어나오는 건데!!"

저도 모르게 뱉어 낸 말에는 주체할 수 없는 조바심이 묻어 있었다.

아니나 다를까, 마물에게 겁먹은 꼬마는 아무렇게나 지팡이를 휘둘러 대기나 하고 도무지 쓸모가 없었다. 그러나 이곳에서 저 녀석이 죽어 나가기라도 하면 설령 어떻게 포장하더라도 길드가 무거운 처벌을 내릴 것이다.

싸우면서 시야 한쪽으로 레드 캡에게 등 뒤를 공격당하는 꼬마의 모습을 발견하고 도움의 손길을 뻗은 것은 그 이유가 전부였다.

'아, 아주 짜증 나는구나. 입만 산 꼬마가 가장 싫단 말이다.'

그렇게 생각했던 그때였다.

마물에게 살해당할 뻔한 직후였는데도 꼬마는 제대로 된 마법을 구축해서 레드 캡을 태워 죽였다.

오호라, 예상외의 활약에 평가가 가볍게 뒤집혔다.

대부분의 녀석은 죽어 나갈 뻔하면 겁먹고 손이 미끄러진다. 게다가 저 족히 훌륭한 지팡이의 보조를 받았다고 쳐도 간신히 발동시키는 수준이 아니라 제 의지대로 힘을 실어서 컨트롤된 마법이었다.

그 후에도 꼬마는 내내 그런대로 정밀한 마법을 구사했다.

'……선투가 끝나면 이름은 대충 물어봐줄까.'

그렇게 전투를 계속한 끝에 간신히 레드 캡을 섬멸할 수 있었다.

☆

그로부터 3개월이 지났고 이러저러하는 사이에 결국 나는 자일리, 테리, 도트와 같은 파티로 눌러앉게 됐다.

그 녀석들에게서 많은 것을 배웠다.

떳떳한 기술로 말하자면 마물과 싸우는 요령부터 위험을 감지하는 방법까지.

뒤가 구린 기술로 말하자면 타인을 능숙하게 함정으로 유도하는 요령부터 마음에 든 여자를 강제로 해치우는 수단까지.

뭐, 이 녀석들의 출신은 나와 비교도 되지 않지만, 내가 작위를 수여받았을 때는 가신으로 맞아들여주자는 마음이다.

그런 식으로 다양한 경험을 쌓는 사이에 정신을 차리고 보니 2년 이상의 시간이 흘러 있었다.

수많은 의뢰를 수행했고 이제는 최전선을 책임질 만하다고 평가받는 B랭크로 파티 랭크도 올라갔다.

활발화된 마족과의 전투도 최종 국면으로 들어섰다.

용사를 대표로 내세워서 치고 들어간 마족의 영역.

들은 정보에 따르면 마왕은 토벌했을지언정 용사는 제 힘에 취해 자기 절제를 잃어버리고 마왕의 자리를 대신 꿰차려고 하는 중이라던가.

전대 마왕과 치른 전투로 소모되어 있는 동안에 섬멸한다는 것이

대륙을 석권하고 있는 여러 나라에서 만장일치로 내린 결단이었고, 그들은 거액의 현상금도 내걸었다.

'뭐, 용사가 마왕으로 전락했다는 말은 분명히 뻔한 구실이겠지만, 어쨌든 간에 이 기회를 가만히 두고 볼 수는 없겠지.'

어리석은 우민들은 진심으로 상층부의 발표를 믿는 눈치였지만 나는 다르다.

그러나 사태의 진위 따위는 아무 상관이 없었다. 이제 용사를 처단하면 나는 확실하게 작위를 수여받을 수 있을 것이다.

단지 구실이라고는 하나 마왕이라고 불리는 상대를 해치운다면 작위뿐 아니라 왕가의 일원으로 들어갈 수도, 어쩌면 오를레아의 가인(佳人)이라고 불리는 알레시아 왕녀를 아내로 맞아들일 수도 있겠지.

"가라아아아아!! 갸악?!"

윈드 커터
"아차차, 깜짝 놀랐네. 『풍인파(風刃波)』!"

그런 상념에 빠져 숲속을 탐색하던 중 갑자기 튀어나오는 가름에게 습격당했다.

그러나 이제 와서 가름 따위에게 애먹을 리가 있겠는가. 아무 어려움 없이 발톱을 피한 뒤 바람의 칼날을 날렸다.

"갸아……?! 그르르……. 그윽."

"쳇, 놓쳤나. 비록 가름에 불과해도 역시 마족 영역에 속한 마물인가."

분명히 명중했다는 감촉이 느껴졌다. 그러나 부상을 당하고도 그 가름은 땅을 박자며 이곳에서 벗어났다.

지금은 저 녀석을 쫓아갈 만큼 한가하지 않다.

“헨젤, 용사의 위치를 얼추 확인했다. 이제 곧 치러 갈 테니까 준비해라!”

“그래!! 알겠다.”

그렇게 나는 들려오는 목소리에 따라 경종을 울리기 시작하는 내 심장을 천천히 진정시켰다.

드디어 나는 여기까지 다다랐다.

이 앞에 있는 것은 약속된 영광과 상찬의 길.

상처 입고 약해진 용사, 아니, 마왕을 죽이기만 하면 전부가 손에 들어온다.

“내가 임금님이 되면 무엇을 할까~.”

나는 숲속에서 홀로 웃음 지었다.

# 두 번째 용사는 복수의 길을 웃으며 걷는다 2
~꿈에 미친 마술사~

1판 1쇄 발행 2018년 9월 20일
1판 3쇄 발행 2019년 5월 8일

**지은이_** Kizuka Nero
**일러스트_** Sinsora
**옮긴이_** 김성래

**발행인_** 신현호
**편집국장_** 김은주
**편집진행_** 최은진 · 김기준 · 김승신 · 원현선 · 권세라
**편집디자인_** 양우연
**국제업무_** 정아라 · 전은지
**관리 · 영업_** 김민원 · 조인희

**펴낸곳_** (주)디앤씨미디어
**등록_** 2002년 4월 25일 제20-260호
**주소_** 서울시 구로구 디지털로 26길 111 JnK디지털타워 503호
**전화_** 02-333-2513(대표)
**팩시밀리_** 02-333-2514
**이메일_** lnovelpiya@naver.com
**L노벨 공식 카페_** http://cafe.naver.com/lnovel11



ISBN 979-11-278-4633-6 04830
ISBN 979-11-278-4600-8 (세트)

**값 9,800원**

L NOVEL